Jugend und Gewalt

Hubertus Heil, Muzaffer Perik, Peter-Ulrich Wendt (Hrsg.)

Jugend und Gewalt

Über den Umgang mit gewaltbereiten Jugendlichen

Schüren

Die Deutsche Bibliothek – CIP-Einheitsaufnahme

Jugend und Gewalt : über den Umgang mit gewaltbereiten Jugendlichen / Hubertus Heil ... (Hrsg.). – Marburg : Schüren, 1993

ISBN 3-89472-075-1

NE: Heil, Hubertus [Hrsg.]

Schüren Presseverlag GmbH
Deutschhausstraße 31 · W-3550 Marburg
Kuglerstr. 5 · O-1071 Berlin

Satz: Textline GmbH, Oberursel
Druck: Clausen & Bosse, Leck
Gedruckt auf chlorfrei gebleichtem Papier
Printed in Germany
ISBN 3-89472-075-1

Inhaltsübersicht

Muzaffer Perik, Hubertus Heil und Peter-Ulrich Wendt

Ausgrenzen oder anbiedern?
Zum Umgang mit rechten Jugendlichen – anstelle eines Vorwortes

»Ja, sie sind Verbrecher!«
(Dieter Hildebrandt im »Scheibenwischer«, nach Rostock)

Wer kennt sie nicht, die zum Teil gekünstelten, auf jeden Fall aber hilflosen Bekundungen von »Betroffenheit« in den Talkshows nach Wahlerfolgen rechtsextremer Parteien. Und auch die gutgemeinten, aber stets zu kurz greifenden Solidaritätsaktionen mit AusländerInnen nach Anschlägen auf Asylbewerberheime, die die links-alternative *taz* schon als *»Bimbophilie«* kennzeichnete, verfehlen ihre Wirkung. Im Gegenteil: Sie verstärken zum Teil die Lagermentalität unter den zumeist jugendlichen Tätern. Die etablierten Institutionen – vor allem *Parteien, Gewerkschaften* und *Kirchen* – haben sich selbst diskreditiert und so Raum für die Betätigung *rechter Rattenfänger* geschaffen.

Und die Konservativen fahren in diesem Zusammenhang eine Doppelstrategie: Einerseits nutzen sie die vorhandenen rechtsradikalen Tendenzen als Begründung für eine Revision der deutschen Politik aus (siehe Asylrechtsdiskussion), die Gewalttätigkeit Jugendlicher andererseits betrachten sie meist nur unter rein kriminologischen Aspekten und beantworten sie deshalb folgerichtig mit polizeilichen Mitteln und der Forderung nach Strafrechtsverschärfungen und Einschränkungen indivueller Rechte. Als Analyseersatz dient das konservative Lamento vom »Verfall der Sitten«. So wird unter anderem die antiautoritäre Erziehung für die Zunahme gewaltförmigen Verhaltens verantwortlich gemacht. Als Gegenstrategie wird eine Orientierung an »traditionellen Werten« beschworen. Dem Rechtsextremismus begegnen weite Teile der CDU/CSU mit Relativierungsversuchen (zum Beispiel dem Verweis auf Rechtsradikale in *ande-*

ren westlichen Demokratien) und der Forderung nach einem neuen deutschen Selbstbewußtsein, das sich um einen »aufgeklärten Patriotismus« rankt und die »Rückkehr zur Normalität« verlangt, ist doch »die deutsche Geschichte mehr als die Zeit zwischen 1933 und 1945«. Anderen Unionschristen gehen sogar diese Ansätze noch nicht weit genug. Prominente Unionspolitiker wie *Lummer*, *Meyer-Vorfelder* und *Stoiber* fordern eine stärkere Orientierung an vermeintlich »wertkonservativen« WählerInnen – was nichts anderes meint als eine Anpassung an einen rechtsradikalen Zeitgeist.

Aber auch SPD, Gewerkschaften und Grüne verhindern durch ideologische Popanze und monokausale Erklärungsversuche für die Gewalttätigkeit junger Menschen die Bekämpfung der Ursachen dieses Verhaltens und der Gründe des wachsenden Rechtsextremismus'. Zwar hat sich spätestens nach dem Wahlerfolg der *Republikaner* 1989 in Berlin herumgesprochen, daß der hilflose Wehret-den-Anfängen-Antifaschismus keine Problemlösung ist. Aber immer noch greifen viele Linke zu kurz, wenn sie zum Beispiel allein die sozio-ökonomische Lage zur Ursache für Gewaltbereitschaft und Rechtsorientierung von Jugendlichen ausmachen. Die Anhänger dieser Hauptwiderspruchsthese waren es auch, die bis 1989 glaubten, wenn auch vieles im DDR-Staat nicht so sehr in Ordnung gewesen sei, so hätte es aber wenigstens eine (im Westen politisch verhinderte) *gründliche* antifaschistische Erziehung gegeben, die jegliche Renaissance des Nazismus' verhindern würde. Wie gründlich der verordnete Antifaschismus der SED-Leninisten versagt hat, ist heute nach der »Wende« festzustellen.

Als schwerwiegendster Fehler allerdings erweist sich die Stigmatisierung von *auffälligen*, weil scheinbar oder tatsächlich *rechten* (oder: nationalorientierten) Jugendlichen: Der Ansatz, faschistische und militante Ideologie(n) zu bekämpfen, läuft dann auf eine Ausgrenzung der Jugendlichen selbst hinaus, die sich zwar gewaltförmig verhalten und/oder von nazistischer Symbolik fasziniert sein mögen, ohne doch Nazis zu sein. Statt dieser Politik des *Nazis 'raus*, die vielen, die sie betreiben, nur als Bestätigung ihrer »aufrechten linken Gesinnung« zu dienen scheint, wäre eine Praxis notwendig, die gerade solchen Jugendlichen echte Alternativen bietet. Ausgrenzung beginnt schon bei der pauschalierenden Behauptung, Skinheads seien *in jedem Falle* auch ausgemachte Faschisten. Die in diesem Kontext bereits ritualisierte Verbotsforderung gegen rechtsextremistische Organisationen wird so zum Pendant konservativer Kriminalisierungspolitik; Verbotsforderungen sind zwar grundsätzlich richtig, aber keineswegs das einzige und schon gar nicht das in jedem Fall angebrachte Mittel.

Es gilt wirkungsvollere Ansätze, insbesondere im Umgang mit gewaltbereiten Jugendlichen, zu suchen und zu finden. Ziel dieser Umorientierung muß es sein, Jugendliche, ihre Ängste und Frustrationen ernstzunehmen, ihnen Optionen zu eröffnen und sie in die Gesellschaft zu integrieren, ohne sich in irgendeiner Form anzubiedern.

Die Orientierungskrise und der Verfall der Milieubildungen

Der fortschreitende Verfall der klassischen Autoritäten und die immer stärkere Milieudifferenzierung führt in Westdeutschland zu einer Orientierungskrise vieler Jugendlichen.[1] Diese Verunsicherung trifft fast alle sozialen Schichten. So suchen sich viele Jugendliche neue Autoritäten und Ideale. Junge Menschen, vor allem aus dem traditionslosen Arbeitermilieu, bei bei denen als Modernisierungsverlierern noch die Ängste um den Wohnraum, den Arbeitsplatz und materielle Not hinzukommen, fühlen sich oft von der vermeintlich stärkeren sozialen Konkurrenz bedroht.

Aus dieser Situation der Verunsicherung erwächst zum Teil eine gestiegene Gewaltbereitschaft und die Suche nach Anerkennung und Bestätigung. Solche potentiell gewaltbereiten Jugendlichen sind nicht zwangsläufig *rechts*-orientiert. Aber unter ihnen rekrutieren rechtsextremistische Demagogen den Nachwuchs für ihre militanten Organisationen, insbesondere dann umso erfolgreicher, wenn junge Menschen auf ihrer Suche nach Solidarität, Bestätigung und Geborgenheit nicht anderweitig fündig wurden.

Die Jugendlichen aus dem aufstiegsorientierten Milieu der ModernisierungsgewinnerInnen fixieren sich dagegen eher auf die Bewahrung und Ausweitung ihres Besitzstandes. Sie entwickeln eine Art *Wohlstandschauvinismus,*[2] der sich in Abgrenzung gegenüber anderen sozialen Schichten und Nationalitäten manifestiert. Diese Jugendlichen, die oftmals über eine relativ hohe Formalbildung verfügen, treten selbst meist nicht gewalttätig in Erscheinung.[3] Unter ihnen ist allerdings eine hohe Akzeptanz für Gewaltä-

---

[1] Vgl. grundsätzlich den Aufsatz von *Wendt* in diesem Band; zur Situation in Ostdeutschland vgl. von *Ness* die Aufsätze von Ness und Thierse in diesem Band.

[2] Vgl. *Held*, J., u. a., »Du mußt so handeln, daß Du Gewinn machst...« Wohlstands-Chauvinismus jugendlicher Arbeitnehmer; in: *deutsche jugend*, 11/91, S. 483 - 494; ausführlich als DJJS-Schrift 18/91.

tigkeit und sozialdarwinistische Denkansätze gegeben. Bei dieser Gruppe, zu der auch immer mehr Studenten gerechnet werden können, gibt es ein starkes Bestreben, das sich bildende *law-and-order*-Weltbild mit der Verheißung vermeintlich einfacher Lösungen mit pseudowissenschaftlichen »Erkenntnissen« intellektuell zu untermauern.

Wohlstandschauvinistische Jugendliche scheinen das stereotype Produkt der konservativen achtziger Jahre zu sein, geprägt von den Postulaten der US-Reaganomics (»Erfolg ist machbar« und »Leistung muß sich wieder lohnen«), die sowohl im Großbritannien des Thatcherismus' als auch in der Bundesrepublik nach dem Regierungswechsel 1982 beherrschende Ideologie zu werden begannen und in den späten achtziger Jahren endgültig Fuß in allen gesellschaftlichen Lebensbereichen faßten. Der Typ des erfolgs- und karriereorientierten *Young Urban Professional* wirkte stilbildend: Plötzlich liefen 14jährige mit schwarzen Aktenköfferchen unter dem Arm herum, lasen »Capital«, interessierten sich für Börsenspiele und waren am ehesten von der Vorstellung gesprägt, wenn jeder an sich selbst dächte, sei an jeden gedacht.

Auch vor diesem Hintergrund ist das neuerliche Auftreten von sozialdarwinistischen Ideen bei jungen Menschen zu erklären. Ein relativ geringer Teil driftete in das rechtsradikale Milieu ab. Anknüpfungspunkte waren meistens nur punktuelle Übereinstimmung mit rechten Ideologien.

Der soziale Nährboden bei Modernisierungsverlierern und Gewinnern für die aktuelle Entwicklung war gegeben. Dazu kam, daß durch den vorallem von konservativen Politikern und Historikern geführten sogenannten *Historikerstreit* nationale und chauvinistische Hemmschwellen herabgesetzt wurden. So sorgten »Entgleisungen« wie *Stoibers* Satz von der »durchrassten Gesellschaft« dafür, daß rechtsradikale Sprache und somit auch rechtsradikales Gedankengut wieder hoffähig wurden. Als die etablierte Rechte 1991 begann, das Thema Asyl für ihre Wahlkampfzweck zu mißbrauchen, brachen bei vielen die Dämme. Das nicht nur wahltaktische Verhalten mancher Konservativer wurde zu *einer* Grundlage für die Ausbrüche von Haß und Gewalt gegenüber Flüchtlingsheimen. Die zunächst keinesweg eindeutige und schließlich in weiten Teilen windelweiche Haltung der SPD, insbesondere in der Frage des Asylrechtes, hat es der Rechten dabei nur leichter gemacht.

---

[3] Ausnahmen bestätigen sicher die Regel; so ist insbesondere auch unter Hooligans die Gewaltbereitschaft formal eher hoch qualifizierter und sozial »oben« angesiedelter Jugendlicher keine Ausnahme.

Im Bereich der Gewaltfaszination ist es wissenschaftlich umstritten, inwieweit gewalttätige Destruktivität bei Jugendlichen durch Medien, im Besonderen durch Fernseh- und Videokonsum, gesteigert wird. Die offene Gewalttätigkeit an Schulen muß jedoch als ein eindeutiges Indiz dafür gewertet werden, daß auch die Medien zur Herabsetzung der Hemmschwellen und zu einer rapiden Abnahme sozialer Skrupel geführt haben: Galt früher noch eine Art »Ehrenkodex« für Schlägereien, so ist heute ein völlig rücksichtsloses Schlagen und Treten zu beobachten, das verdächtige Ähnlichkeit mit Gewaltszenen einschlägiger Fernseh- und Videofilme hat. Auch die zunehmende Armierung von SchülerInnen bis hin zu lebensgefährdender Waffen weist in diese Richtung.[4]

Akzeptierende Jugendarbeit als Alternative

Das Stichwort für diesen neuen Ansatz heißt *akzeptierende Jugendarbeit*.[5] Das *Neue* an diesem Ansatz ist, daß der Kontakt zu *rechten* und/oder *gewaltbereiten* Jugendlichen nicht vordergründig unter missionarischen Vorzeichen steht, sondern den Betroffenen ein Angebot machen will. Fragen, die in diesem Zusammenhang gestellt werden müssen, sind: Wo sind die Grenzen zur Anbiederung an die Ideologie? Bei wem sind solche Versuche sinnlos (*Ideologieträger*)? Es wäre allerdings fatal, wenn akzeptierende Jugendarbeit zu einer konzeptionslosen Geste verkommen würde. Negative Beispiele dafür lassen sich mancherorts schon beobachten: Hier versuchen KommunalpolitikerInnen durch die Einstellung von SozialarbeiterInnen, ohne nach einer genauen Konzeption zu fragen, Signale gegen fortschreitenden Rechtsextremismus und Gewalttätigkeit zu setzen, die dann entweder zu Symbolen der Hilflosigkeit degenerieren oder im schlimmsten Fall die Ausbreitung neonazistischer Tendenzen begünstigen.[6] Es gilt darauf zu achten, Jugendlichen neue Räume (im doppelten Wortsinn) zu schaffen, die Ausbreitung der Ideologie aber zu verhindern.

---

[4] Neue »Sportarten« tauchen auf, zum Beispiel das perverse, aber noch relativ harmlose *Gotcha-Spiel*, das von amerikanischen Managern entwickelt wurde, quasi als *Kriegsspiel für die Mittagspause*. Ziel dieses »Spiels« ist es, den »Spiel«-gegner durch Farbe sprühende Pistolen zu markieren, ohne selbst getroffen zu werden. »Sinn des Spiels« sei es, so die Macher, »den Überlebenskampf im Dschungel des Lebens« zu »trainieren«. Darwin läßt grüßen.
Inwieweit der Schritt von der Farbpistole zur tödlichen Waffe wahrscheinlich ist, bleibt dahingestellt. Sicher scheint nur, daß es oftmals auch Tötungsphantasien sind, die dieses »Spiel« für Jugendliche so attraktiv machen.

[5] Vgl. insbesondere Aufsatz von *Krafeld* u. a. in diesem Band.

[6] Vgl. hierzu den Aufsatz von *Ness* in diesem Band.

Folgerungen

Zur Situation in Westdeutschland läßt sich feststellen:

1. Gewaltbereitschaft und Rechtsextremismus sind kein Jugendphänomen. Bei Jugendlichen sind diese Entwicklungen aber um so intensiver feststellbar.
2. Es gibt *keine einzelne* Ursache für die zunehmende Jugendgewalt: Sowohl die soziale Situation, das Versagen der klassischen Sozialisationsinstanzen als auch das Fehlverhalten weiter Teile der politischen Klasse in der Bundesrepublik, der Verfall der Milieubindungen und die Veränderung im Medien- und Bildungsbereich spielen eine Rolle.
3. Gewalttätigkeit oder -akzeptanz gibt es in allen sozialen Schichten; Ursachen und Gewaltformen müssen jedoch als schicht- und statusbedingt unterschiedlich angesehen werden.
4. Gewalttätige Jugendliche sind nicht zwangsläufig rechtsradikal. Einige dieser gewalttätigen Jugendlichen finden allerdings im Rechtsradikalismus eine »moralische« Heimat.
5. Ein Ansatz, um die sich bildenden rechtsradikalen Strukturen aufzubrechen, ist das *Konzept akzeptierende Jugendarbeit*, wenn es wirklich als Konzept und nicht als bloßes Schlagwort angewendet wird.

Die Bundesrepublik gerät zusehens in Verhältnisse, die denen der Weimare r Republik vergleichbar sind. Die Brisanz, die von jugendlicher Gewalt und jungen Rechtsextremen ausgeht, liegt in der steigenden Zustimmung in weiten Teilen der Gesellschaft. Immer mehr Bundesbürger äußern Verständnis für die neue rassistische Gewalt *wegen des Ausländerproblems*: Waren es Ende 1991 noch 24%, so stieg die Zahl nach einer Studie des *Emnid-Instituts* ein halbes Jahr später auf 38% an. Noch erschreckender sind die panischen Reaktionen der etablierten großen Parteien, die nun versuchen den nach rechtsabgleitenden WählerInnen hinterherzulaufen, anstatt ihnen klare Alternativen zu bieten. Das beste Beispiel dafür ist die Wende der SPD in der Asylfrage. Das verheerende Signal, das von diesen Reaktionen ausgeht, darf nicht unterschätzt werden. Es wird viele neue und alte Rechte in ihren Ansichten bestätigen. Notwendig ist eine Gegenstrategie in der Sozial-, Wirtschafts-, Medien-, Bildungs- und Jugendpolitik.

Peter-Ulrich Wendt

Haßt Du was, dann bist Du was
Zum gewaltförmigen Verhalten junger Menschen

1. Wider die Vereinfachung

Hamburger Fußballfans, die vor, während und nach dem Spiel *geil auf Randale* sind, Berliner Jugendliche (unterschiedlicher Nationalität), die sich in Straßenbanden organisieren, ihre Claims abstecken und exzessiv gegen andere Gangs verteidigen[1], kurzgeschorene Skinheads, die türkische Jugendliche »plattmachen« oder »Fidschis klatschen« gehen[2] oder modisch-bedreßte Jugendbanden im feinen München, deren schickes outfit aus Überfällen stammt[3] – sie sind (nicht erst seit den Übergriffen gegen politische Flüchtlinge in Rostock-Lichtenhagen, seitdem aber besonders) *als Problem* anerkannt worden. Öffentlichkeit, Medien und Politik müssen mehr *aufgeschreckt* als aus eigener Einsicht zur Kenntnis nehmen, daß die schleichende Brutalisierung des Umgangs junger Menschen mit sich und der Umwelt ein kritisches Niveau erst erreicht (Hoyerswerda und Hünxe[4]) und im Spätsommer 1992 nicht nur in den neuen Bundesländern überschritten hat. Bis zum September 1992, also im wesentlichen vor den gewalttätigen Angriffen auf politische Flüchtlinge in Deutschland, verzeichneten die Strafverfolgungsbehörden bereits 970 rechtsextreme Gewalttaten, über 700 Verletzte und zehn Tote.[5]

---

[1] Vgl. zum Beispiel »So ein Gefühl der Befreiung«. Skinheads und Türkengangs machen Berlin zur Hauptstadt des deutschen Bandenwesens; in: *Der Spiegel*, 46/90, S. 50 - 58; dort auch: »Ein paar Zähne gehen drauf«. Die Lichtenberger Street Gang über den Straßenkampf der Jugendbanden im Osten Berlins, S. 58 - 65 (Interview); ferner: »Jeder Deutsche ein Nazi«. Über Ausländer-Streetgangs; in: *Der Spiegel*, 47/90, S. 157 - 174 (dort auch ein Interview mit Mitgliedern der türkischen Gangs »36er« und »Ghetto Sisters«).

[2] Zum Beispiel Alltägliche Jagdszenen; in: *Der Spiegel*, 16/91, S. 112.

[3] Vgl. zum Beispiel *Lebert*, S., »Krieg auf den Straßen«. Über Schickimicki-Jugendbanden in München; in: *Der Spiegel*, 9/91, S. 103 - 105.

[4] Schon muß befürchtet werden, daß der Brandüberfall dreier Jugendlicher auf eine libanesische Familie in Hünxe in Vergessenheit zu geraten droht; vgl. *Ostendorf*, H., Zeinap schon vergessen? In: *Freitag*, 41/92, S. 15.

[5] Das *Gewalt-Tabu* ist doppelt gebrochen: durch die Gewalt an sich und durch die breite gesellschaftliche

Gleichwohl ist Gewalt, die von Jugendlichen sowohl individuell wie vor allem kollektiv ausgeübt wird, kein spezisch *deutsches* Problem: Skrupellos körperverletzende Jugendliche gab und gibt es überall in den Industriestaaten. Nicht weniger brutal sind holländische Fußballhooligans, nicht weniger fremdenfeindlich polnische Gangs, nicht weniger rassistisch englische Skinhead-Gruppen (und auch sogenannte *Red-Skins* [against Racism] gehen nicht unbedingt toleranter mit ihren Gegnern um).[6] In amerikanischen Städten liefern sich rivalisierende Straßengangs mit scharfen Waffen blutige Schlachten, gehört die schutzversprechende Armierung der dazwischen stehenden Jugendlichen zum Alltag und erregt es kaum noch Aufsehen, wenn ein Schüler *aus Versehen* einen Mitschüler erschießt. *Soziale Bedenklichkeit*, die ehedem gewalttätige Konfrontation unter Jugendlichen abgemildert oder kanalisiert haben mochte, droht zur unbekannten Begrifflichkeit, zum Fremdwort zu degenerieren.

Episode oder biographische Verankerung? So lautet wohl angesichts dessen die zentrale Frage; oder: Ist Gewalttätigkeit junger Menschen, wie sie sich jetzt artikuliert, nur ein Übergangsphänomen, das gekommen ist und wieder gehen wird? Um die Antwort unter Rekurs auf *Heitmeyer*[7] im Wesentlichen vorwegzunehmen: Unter den Bedingungen von Individualisierungsprozessen, wie sie Jugend heute unterworfen ist (und was im Einzel-

---

Thematisierung, die Gewalttätigkeit jetzt erfährt – mit unvertretbarer Zeitverzögerung allerdings, muß man doch darauf hinweisen, daß schon rechtzeitig auf die Gefahr solcher Vorkommnisse hingewiesen wurde; vgl. dazu einerseits *vor* den Vorkommnissen: *Heitmeyer* (1989c), *Müller-Münch*, I., Wunschwelt mit Feindbildern. Jugendliche und Rechtsradikalismus, in: *Frankfurter Rundschau*, 19. März 1988; *Hofmann-Göttig* (1989), J., und *Göttig*, H., NPD und Republikaner – die Jugendparteien von morgen? In: *Demokratische Gemeinde*, 6/89, S. 10 - 16; 1990: Mücke (1990a); *Grill*, B., Auferstanden aus Ruinen; in: *Die Zeit*, 25/91, S. 3; andererseits *nach* den Vorfällen: *Schüre*, F., Hier mal 'ne Faust und da mal 'ne Faust; in: *Die Zeit*, 43/92, S. 104; *Brenner*, G., Randale gegen Ausländer, in: *deutsche jugend*, 12/91, S. 523/524; *Gehrmann*, W. u. a., Vereint im Fremdenhaß. Im neuen Deutschland schlägt der Streß des Zusammenschlusses in Aggression um; in: *Die Zeit*, 42/91, S. 17 - 20 (*Zeit*-Dossier); Matussek, M., Jagdzeit in Sachsen. Über Hoyerswerda und den Exodus der Asylanten; in: *Der Spiegel*, S. 41 - 51; aus der laufenden *Spiegel*-Berichterstattung: »Ernstes Zeichen an der Wand«/»Damit konnte niemand rechnen«/Alle drei Wochen ein Toter. Gewalttäter von rechts – gefährlicher als die Rote Armee Fraktion; in: 36/92 (Titel-Geschichte), S. 18 - 29; *Uhrlau*, E., Anfang der Todesspur. Interview über Gewalt von Rechts; in: 38/92, S. 30/31; »Das Böse in den Genen«; in: 36/92, S. 30 -32; Anklang an Weimar/»Teilhaber der politischen Macht«. Die Rechten auf dem Marsch in die Parlamente; in: 41/92 (Titel-Geschichte), S. 18 - 29; »Dann macht er dich kalt«. Wie rechtsextreme Jugendbanden Ausländer und Deutsche drangsalieren; in: 42/92, S. 36 - 38.

[6] Zum extrem rechten Potential in den Ländern der EG vgl. *Bauer* (1990)/*Niedermayer*.

[7] Auf die Darlegungen von *Heitmeyer* wird aus gegebenem Anlaß ausführlicher zurückgegriffen. Soweit nicht anders angegeben, wird der Bezug zu seinem Vortrag anläßlich des 1. Niedersächsischen Jugendgerichtstages im Januar 1992 in Hannover und einem Manuskript hergestellt, das er anläßlich der Tagung des Deutschen Instituts für Urbanistik (DIFU), Berlin, im Februar 1992 vorgelegt hat und das zwischenzeitlich gleich mehrfach gedruckt nachlesbar ist; vgl. *Heitmeyer* (1992c/1992d).

nen noch darzulegen sein wird), werden die Suchbewegungen junger Menschen, für sich eine persönliche Perspektive und Antworten auf Orientierungslosigkeiten, Ängste und Verunsicherungen in dieser Zeit zu finden, zunehmen. Der gängige Hinweis darauf, daß *früher* – Rock'n'Roll-Gangs, *Halbstarke*, 68er-Generation, Rocker, linker Jugendprotest – Jugendliche schließlich zeitweise auch »außer Rand und Band« geraten seien, ohne deshalb gleich »aus der Art zu schlagen«, sondern sich weitgehend spurenlos in die Erwachsenenwelt haben integrieren lassen (oder können), greift zu kurz. Der Verweis wäre nur dann zulässig, wenn unterstellt werden könnte, daß die Integrationswege in der Erwachsenengesellschaft heute ebenso tragfähig und dauerhaft sind wie seinerzeit. Daran besteht jedoch ein erheblicher Zweifel.

Doch soll das Ergebnis nicht vorweggenommen bleiben ohne eine sorgfältigere Analyse der Konditionen, unter denen sich *gewaltförmiges* Verhalten junger Menschen zu entwickeln scheint. Schon der Begriff an sich macht einige definitorische Präzisierungen erforderlich: *Gewaltförmiges Verhalten* muß nicht notwendigerweise nur exzessives Gewalttätigsein an sich meinen. Menschen, die dem Pogrom applaudierend zur Seite stehen, mögen nicht *physisch* gewalttätig gegen die verfolgten politischen Flüchtlinge oder die in Brand gesetzten Unterkünfte vorgehen; sich verbal solidarisierend, sind sie von der haßerfüllten offenen Gewalttätigkeit gleichwohl *fasziniert* (*anonym* und immer noch *schamhaft* in der Dunkelheit der Nacht), in ihrem Verhalten jedoch immer noch soweit gesteuert, nicht selbst Hand anzulegen. Von dort ist es nicht mehr weit zur latenten *Gewaltbereitschaft*, die auch noch am Tag danach (und dessen schutzloser Helligkeit) anhält, sich entsprechend artikuliert und alsbald auch den Weg zur offenen Gewalttätigkeit finden kann, die realisiert, was viele denken.

Gewalt*faszination*, Gewalt*bereitschaft* und Gewalt*tätigkeit* als unterscheidbare Eskalationsstufen wären in diesem Sinne als *gewaltförmiges Verhalten* zu subsummieren, wobei Gewaltsituationen als ein Ergebnis sozialen Lernens und damit in Abhängigkeit von biographischen Erfahrungen zu begreifen sind, wie *Heitmeyer* feststellt.

Diese definitorische Klarlegung mag zunächst eher sophistisch anmuten; sie macht jedoch dann Sinn, wenn auf diese unterschiedlichen Eskalationsstufen von Gewalt mit den Mitteln der pädagogischen Intervention reagiert werden soll. So sehr (allzu oft allerdings auch zu sehr unhinterfragt) die Einschätzung erzieherisches Allgemeingut geworden zu sein scheint, daß man/

frau mit (militanten) »rechten Jugendlichen« (was immer *rechts* auch sein möge) pädagogisch *nicht* arbeiten *könne*, so sehr wird im Rückschluß naheliegen, daß pädagogisches Handeln mit gewalttätigen Jugendlichen entweder ganz unmöglich oder aber von anderen Instrumenten geprägt sein muß. Die begriffliche Präzisierung, mit welcher Qualität gewaltförmigen Handelns es zu tun ist, mag dann einen wichtigen Hinweis auf die angezeigte Methode geben, auch schon allein deshalb, um nicht groben Verallgemeinerungen anheim zu fallen.

Gewarnt sei in diesem Zusammenhang vor einer (häufig) politisch gebrauchten, doch allzu simplen, verharmlosenden Vermutung: Die Gewalttätigkeiten von Rostock und anderswo haben *auch* einen politischen Hintergrund, der aber für die Masse der exzessiv teilhabenden Jugendlichen keineswegs der auslösende Faktor für ihr Handeln sein mußte und auch nicht war. Gewaltförmigem Verhalten liegt nicht per se *nur* rechtsextremistisches oder national-orientiertes Denken zugrunde, obgleich sich rechtsextremistisches oder national-orientiertes Bewußtsein im Regelfall auch gewaltförmig äußern wird. Der Militanz der autonomen Linken dürfte in der Regel das gleiche Maß an Desintegration in den gesellschaftlichen Kontext, Statusunsicherheit oder Orientierungsängste motivational zugrunde liegen, wie bei einem Großteil der jungen Jäger politischer Flüchtlinge in Rostock, Hünxe oder Hoyerswerda.[8]

Die *zentrale These* lautet daher: Die Bedingungen für die erfolgreiche gesellschaftliche Integration junger Menschen haben sich derart verändert, daß eine Einpassung in das so gegebene, gesellschaftlich vorgegebene Normen- und Verhaltenssystem insgesamt erschwert und für Teile verunmöglicht wird. Für immer mehr junge Menschen mündet dieser Prozeß in *gesellschaftlicher Desintegration*.

2. Über die Rahmenbedingungen

Gesellschaftliche Einpassung, Sozialisation – angesichts der tatsächlichen Bedingungen ist der Begriff von der *Zurichtung* junger Menschen wohl aussagekräftiger – in den gegebenen und sich verändernden, strukturierenden gesellschaftlichen Kontext, vollzieht sich in den zentralen Sozialisationsinstanzen Familie, Schule, Beruf und – mit wachsender Bedeutung – im

[8] Und noch ein Hinweis: Mit den alten Mitteln der sog. *antifaschistischen Jugendarbeit* ist ein adäquates Reagieren längst nicht mehr möglich; das hat sich herumgesprochen; vgl. zum Beispiel *Heitmeyer* (1989a und 1989b), *Hafenegger* (1990a), *Möller*(1990) oder *Farin* (1991).

Zusammenhang Gleichaltriger. Als zentrale Steuerungsleistung sozialisatorischer Prozesse konnte bisher eine Einlernung junger Menschen in tradierte, gleichwohl zum Teil radikalen Verwerfungen unterworfene Milieus, Bezugsgruppen und deren Normen- und Verhaltenssysteme, die sich in spezifischen Beziehungen der Negation und Bejahung zu gesamtgesellschaftlichen Normenkontexten verhielten, angesehen werden. Die allmähliche Auflösung insbesondere der durch Klassenantagonismen gekennzeichneten polaren Gesellschaft des Hochkapitalismus hin auf dem Wege zu einer pluralen Gesellschaft des sozial moderierten Kapitalismus hat zunächst insbesondere die Milieus der klassischen Arbeiterschaft verändert und schließlich insgesamt zu einer *Modernisierung* des gesamtgesellschaftlichen Normen- und Verhaltenskontextes geführt.

An die Stelle der durch offenkundige Polarität gekennzeichneten Gesellschaft ist die durch – faktisch oder ideologisch-überhöht, mag hier dahingestellt sein – *Optionalität* charakterisierte Gesellschaft getreten, in der viele Zugang zu unterschiedlichen Lebenszielen, Handlungsperspektiven und Gestaltungschancen haben sollen, in der (scheinbar) alle über ein höchstmögliches Spektrum an Entwicklungswegen verfügen: Nicht die Schicht- oder Klassenzugehörigkeit bestimmt mehr das indivuelle Lebensempfinden, sondern das Maß an Erfolg, sich dieser Optionalität zu bedienen. Damit definiert sich der Status in der Gesellschaft, moderiert über einen zentralen Bewertungsmaßstab: *Leistung*. Erfolg, Durchsetzung, Stärke sind dessen Übersetzungshilfen.

Die zentrale prozessuale Kategorie im Kontext einer leistungsorientierten und den Erfolg in den Mittelpunkt rückenden Gesellschaft lautet demnach: *Leistungsadäquate Sozialisation*. Wo ehedem noch die Zugehörigkeit und damit die Erziehung in die Klasse oder Schicht (als Arbeiterkind, Sproß der Bourgeoisie, Sohn und Tochter des handwerklichen Mittelstands, des Beamtentums oder ähnliche), ihrem Milieu und ihrer Kultur statusdefinierend war, tritt nun die Erziehung im Sinne des Leistungsprinzips (insbesondere im Blick auf die Resultate) immer *schärfer* hervor. Dabei ist es unwesentlich, ob die primär sozialisierende (ohnehin eher in Auflösung begriffene) Familie sich dieser gesellschaftlichen Funktion bewußt ist, wird doch deren sozialisatorische Leistung ohnehin durch Gleichaltrigenbezug, schulische Zurichtung und wachsende Bedeutung medial-sozialisatorischer Prozesse ergänzt oder (wo die familiale Sozialisation nur unzureichend *funktioniert*) in wesentlichen, auf die Gesellschaft orientierenden Elementen ersetzt. – Die Wertevermittlung durch familiale Primär- und schulisch-berufliche Sekundär-Sozialisation sowie die wachsend bedeutungsvollere mediale Einstellungsprägung dienen in diesem Sinne nach wie vor dem Zweck, jungen Menschen das Rüstzeug an die Hand zu geben, mit dieser (leistungsorientierten) Gesellschaft zurecht zu kommen:

- Wo Pädagogik der Methode das Wort redet, *Englisch für Dreijährige* sei der Weg, den Kindern schon frühzeitig die Eintrittskarte in ein transnational statuiertes Europa zu geben, wird deutlich, daß der Prozeß der leistungsadäquaten Zurichtung lebens-zeitlich vorverlegt wird.
- Wenn zum schulischen Standard wohl die frühzeitige Konfrontation mit moderner Computertechnologie gehört, die Aspekte sozialen Lernens jedoch unterbelichtet bleiben, ist offensichtlich, daß die leistungsadäquate Zurichtung im Mittelpunkt steht, nicht aber die Erziehung zum sozialen Subjekt. Wissensdefizite mögen sich durch intensive individualisierte Unterrichtsbegleitung kompensieren lassen, fehlende, auf das kollektive Zusammenleben mit anderen orientierte soziale Kompetenzen dagegen kaum. Die nach wie vor wachsende Zahl der Suizidversuche unter Schulkindern, die hohe Zahl der Schulflüchtigen und deren Anfälligkeit für streßbedingte Krankheiten spricht eine deutliche Sprache.
- Wer über *Esprit-Kids*, also modisch im Trend gekleidete Zweieinhalbjährige spricht, benennt damit auch ein durch Rivalität und Konkurrenz geprägtes Verhältnis (wenngleich auch in allererster Linie durch Eltern gefördert), das sich in Moden und Selbstdarstellung äußert und über die passenden Accessoires, die *richtigen* Turnschuhe, die Wahl der im *Trend* liegenden Duftwässer, den *ultimativen* Haarschnitt, den Kauf der *in*-Artikel, welcher Art auch immer, allmählich kultiviert und damit als *normales*, lebensbegleitendes *Muß* verinnerlicht wird.

Das Resultat sind entweder Angehörige einer *stromlinienförmig* sozialisierten Erfolgsgenerationen oder aber Angehörige einer Generation, die dem permanent erlebten Anspruch, den wachsenden Leistungsanforderungen in Schule, Beruf und vor allem sozialen Beziehungen gerecht zu werden, kaum genügen können und sich massiven *Statusverunsicherungen* ausgesetzt sehen. Die Folge sind massive *Absturz-Ängste* derer, die sich alsbald in der täglichen Auseinandersetzung nicht als Gewinner, sondern bloß noch als Verlierer mit den abwertenden Zensuren, der mangelnden Fähigkeit, modisch konkurrieren zu können, als Abgeschlagene ansehen und den Zugang zu Aufstieg und Erfolg verbaut erleben müssen. Die Optionalität dieser Gesellschaft bricht sich an der indivuell erfahrenen Unmöglichkeit, sich mit Erfolg dieser Optionalität bedienen zu können. Der gesellschaftliche Modernisierungsprozeß schafft sich seine erfolgsgeprägten Karrieren und durch Ausgrenzungserfahrungen gekennzeichnete Verlierercharaktere.

Da der leistungsadäquate Prozeß der Zurichtung zudem ein bezüglich seines Resultates stark anonymisierter und individualisierter Prozeß ist, wachsen einerseits die psychischen Streßbedingungen, sich leistungsgerecht verhalten zu müssen, und andererseits die individuellen Belastungen, wenn das Moment des Scheiterns erst erlebt wird.

3. Krisis der klassischen Sozialisationsagenturen

Die Krisis der klassischen Sozialisationsagenturen verschärft diesen grundsätzlichen Prozeß zudem noch. Insbesondere die *Familie* ist den stärksten Verwerfungen unterworfen. Nicht nur, daß die Zahl der unvollständigen Familien wächst, sich die ökonomischen Bedingungen für Familien verschlechtern, auch die Orientierungslosigkeit der Eltern nimmt zu, die ihrerseits massiven Verunsicherungen durch ihren Status in dieser Gesellschaft ausgesetzt und psychisch von den Leistungserwartungen an sie unter Druck gesetzt sind. So nimmt die in Kinder investierte Zeit entweder ab oder ist dort, wo sie, insbesondere in Fällen von Arbeitslosigkeit[9], eher wächst, massiven psychischen Belastungen und Befindlichkeitsstörungen unterworfen.

Insgesamt ist ein massiver Verlust an Orientierungs- und Richtungsstiftung durch Eltern zu beobachten, auch schon deshalb, weil die Erziehungssituation die eigene Unsicherheit und Angstbeladenheit von Eltern, persönliche Überforderung und erzieherische Ausweglosigkeit reflektiert. *Heitmeyer* kommt deshalb zu der Einschätzung, »daß die meiste Gewalt in und um Familie erfahren und gelernt wird. (...) Die affektive, expressive Gewalt in den Familien u. a. durch psychische Attacken durch Väter haben eher abgenommen, während die instrumentelle, rationale Gewalt eher zugenommen hat.«[10] *Herzka* spricht von einer Zunahme der seelischen Gewalt gegen Kinder; Isolation und Ausschluß, Bedrohung und Beschämung sind einige Formen eines in Familien praktizierten Verhaltens von Eltern, Kinder an

---

[9] Vgl. hierzu *Baethge* (1988), S. 146, und *Herrmanns* (1991), S. 25.

[10] Inwieweit hier *Heitmeyer* angesichts von jährlich schätzungsweise mehr als 300.000 Fällen sexuellen Mißbrauchs an Kindern (westliche Bundesländer) allerdings vollständig gefolgt werden kann, soll an dieser Stelle unerörtert bleiben. Zur Frage der Kindesmißhandlungen – nach *Farin* (1992)/ *Seidel-Pielen* jährlich ca. 500.000 Fälle – bleibt die Publikation des *BMJFFG* (1987) immer noch erschreckend genug.

ihre Leistungs- und Verhaltenserwartungen anzupassen, sie durch Strafe bis hin zur körperlichen Gewalt einzupassen.[11]

Dazu kommen stark von Utilitarismen gekennzeichnete personale Beziehungen: *leistungsabhängige Milieuunterstützungen* und *materialisierte Milieubeziehungen* ebenso *wie Ersatzfreikäufe von sozialemotionalen Anstrengungen* oder *zeitabhängige Milieuunterstützungen*. Das verfügbare Einkommen junger Menschen (allein schon aus Taschengeld oder als Belohnung für gute Zensuren) war noch nie so hoch, die ihnen durch ihre Eltern gewidmete Zeit noch nie so gering.

Der Umstand, daß zunehmend mehr Kinder in unvollständigen Familien leben, wird ebenfalls einzubeziehen sein; ohne Familie weiter einer glorifizierenden konservativen Sichtweise unterziehen zu wollen, ist davon auszugehen, daß die mit familiären Auflösungsprozessen (Scheidung, Weggang eines Partners, Beziehungsstörungen zwischen den Partnern u. ä.) oft einhergehenden Orientierungs- und Beziehungsängste[12] sich in der Orientierung auf die Gesellschaft und den eigenen Status in der Gesellschaft niederschlagen werden.

Die hohe Wahrscheinlichkeit eines geschwisterlosen Aufwachsens vergrößert die Problematik: »Denn bisher galt vor allem die Geschwisterrivalität als psychologischer Lernort für die Fähigkeit, eigene Interessen zu verfolgen und gleichzeitig konkurrierende Interessen zu respektieren, Zuwendung und Liebe (der Eltern) teilen zu können, also Kompromisse zu schließen – Lernerfahrungen, die für das soziale Klima der Gesellschaft auf der Ebene mitmenschlicher Beziehungen unverzichtbar sind«.[13]

Heitmeyer weist darauf hin, daß *inkonsistentes Elternverhalten* die Orientierungsnöte von Kinder und Jugendliche erhöhe, die »gar nicht mehr wissen, was los ist«. Auch Familie ist nicht mehr, was sie einmal gewesen sein mag: »Die individuell verfügbare Zeit nimmt zwar rechnerisch zu – die sozialgeteilte Zeit, sei es in IC-Familien, Spagat-Ehen oder in politischen Großgruppen dürfte dagegen nach und nach abnehmen bzw. nur noch mit hohem Koordinationsaufwand kurzfristig herstellbar sein«. Es kommt zur *Zeitzerstückelung*, wogegen die Nöte, Probleme und Ängste junger Menschen jedoch keinen Aufschub dulden – oder sie werden, ob der Zeitzerstükkelung, lediglich zerstörerisch verarbeitet gegen sich selbst oder andere.

---

[11] Vgl. *Herzka* (1992).
[12] Vgl. dazu u. a. *Oberndorfer* (1992).
[13] *Münchmeyer* (1989), S. 15.

Einerseits schafft also das größere Maß an Zeitautonomie neue Freiräume, andererseits lassen sich diese jedoch ohne Verläßlichkeit nicht mehr genießen und sind zunehmend angstbesetzt: »Angst aber muß in einer auf Durchsetzung getrimmten Gesellschaft zunehmend verborgen werden«.

Auch *Schule* leistet ihren Beitrag, die Orientierungsnöte junger Menschen zu verschärfen.[14] Längst hat sich das Schulsystem von Erziehungszielen verabschiedet, die auf die soziale und kulturelle Integration junger Menschen in die Gesellschaft abzielen. Wo betriebswirtschaftlich orientierte Organisationsmodelle eine unheilige Allianz mit einer am Berufsbeamtentum (und der damit einhergehenden Verhaltensdisposition) festhaltenden Lehrerkultur eingehen, wird soziales Lernen ohnehin zur überraschenden Aktion einzelner verkümmern müssen. Konsequenterweise werden schulpolitische Debatten effizienter und ausstrahlungsstärker überall dort geführt, wo es um effektivere Lernorganisation und Wissenstraining geht. Es darf deshalb schon lange nicht mehr verwundern, wenn Schulnoten und Versetzungsentscheidungen zunehmend gnadenloser umgesetzt werden und Unterricht auf leistungsabforderndes Wissenstraining reduziert wird, in dem der Lehrer oder die Lehrerin distanziert einer immer anonymer werdenden Schülergruppe gegenüberstehen. Allein 400.000 Schülerinnen und Schüler erreichten in den westlichen Bundesländern 1989 das *Klassenziel* nicht und wurden nicht versetzt. Zwar hat die Einführung des Kurssystemes und die einhergehende Auflösung des Klassenverbandes die Chancen individueller, grundsätzlich auch neigungsorientierter Entwicklungsgänge erhöht, zugleich aber auch den Zurichtungsprozeß effektiviert und das Schüler-Lehrer-Verhältnis weiter anonymisiert.[15]

Im Übrigen vollzieht sich dieser Prozeß bruchlos auch in der *beruflichen Ausbildung*. An den Hochschulen wird zunehmend die Einführung einer effizienteren Ausbildungsorganisation (zum Beispiel Trimester-Organisation) und effektiverer Prüfungssysteme diskutiert.

In Handwerk und Industrie (inbesondere in den Alt-Bundesländern) ist ein Prozeß im Gange, der durch die Herausbildung neuer Beschäfti-

---

[14] Und Schule muß mit gewaltförmigem Verhalten als besonders befaßt gelten; wieviel Not und Hilflosigkeit dort allerdings herrscht, bringt *Barth* (1992) auf den Punkt. Vgl. weiter Preuschoff (1992).

[15] Vgl. *Friedrich-Verlag* (1987) und *Voss* (1991); lesenswert auch die Berichterstattung in *Der Spiegel*, zum Teil zwar reißerisch, im wesentlichen aber fundiert: »Gestört und seelisch tot.« Gewalt und Gefühlsarmut verändern das Klima an den Schulen; in: 15/88 (Titel: »Tollhaus Schule«), S. 28 - 46; »Im Tempo einer Kröte«; in 41/91, S. 48 - 66; *Barth*, A., »Endlich bewegt sich was«. Über die Rettung der Kinder von den Süchten; in: 21/91, S. 70 - 91.

gungsbilder[16] nur noch den in besonderem Maße leistungsstarken Auszubildenden eine Chance des beruflichen Fortkommens und Aufstiegs ermöglicht.[17] In Kreisen der Jugendsozialarbeit und Jugendberufshilfe[18] ist es allgemeine Einschätzung, daß trotz der abnehmenden Zahl Auszubildender die Zahl der von beruflicher Bildung eher nicht erreichbaren, leistungsschwachen Jugendlichen wächst. Zwar rufen Industrie und das sich modernisierende Handwerk abwechselnd laut nach Auszubildenden, gestehen aber unter der Hand ein, daß trotz Nachfrage das Leistungsniveau vieler Bewerber kaum noch geeignet sei, erfolgversprechend eine Lehre aufzunehmen. Die Folge des Modernisierungsschubes in Industrie und Handwerk ist eine Dynamisierung und Flexibilisierung der beruflichen Karrieren, der viele junge Menschen nur noch unter Anspannung oder nicht mehr folgen können: Ihr dramatisch erlebter Ausbildungs- und Arbeitsstreß wächst, oder sie sehen sich nur noch mit (durch abnehmende Entwicklungschancen gekennzeichneten) perspektivarmen Ausbildungsgängen konfrontiert, die die Wahrscheinlichkeit beruflicher Brüche und Unsicherheiten (in meist kurzfristigen Arbeitsverhältnissen) und damit massiver Statusgefährdung mit sich bringen –, oder der Weg ist in eine sozial behütete *Maßnahmekarriere* von Projekt zu Projekt und Maßnahme zu Maßnahme vorprogrammiert, bis auch dieses Spektrum dieser, meist auf Kurzzeitigkeit angelegten Angebotstruktur ausgereizt ist.

Den beruflich erfolgversprechend integrierten Jugendlichen stehen die gleichaltrigen, nicht oder nur unsicher am Berufsleben teilhabenden jungen Menschen gegenüber; an die Stelle der ehedem immer noch gegebenen Sicherheit, seinen Platz im Berufsleben schon irgendwie zu finden, ist das Risiko einer *biographischen Ungleichzeitigkeit* innerhalb der Gruppe Gleichaltriger getreten, sehr unterschiedliche Zugänge zu den Lebenschancen der eigenen Generation zu finden: Die Konsequenzen für den sozialen Status und die Möglichkeiten, Leben auch materiell zu gestalten, liegen auf

---

[16] Vgl. zum Beispiel für den industriellen Sektor: *Kern*, H., und *Schumann*, M., Das Ende der Arbeitsteilung? Rationalisierung in der industriellen Produktion, München 1984; ferner *Raab* (1992), der den von *Kern* und *Schumann* beschriebenen Prozeß der Modernisierung von Beschäftigungsbildern sich zuspitzen sieht und deshalb die Erwartung ausspricht, daß Jugendliche hierauf mit wachsenden Ausdifferenzierungsund Individualisierungsleistungen reagieren müssten, um »am Ball zu bleiben«.

[17] In den neuen Bundesländern bleibt dagegen die Ausbildungskrise akut. Die IG Metall hat darauf hingewiesen, daß zum Beispiel zu Beginn des Ausbildungsjahrganges 1991/92 dort 56.000 Bewerber unversorgt blieben und damit auf eine freie Lehrstelle drei Bewerber kamen; vgl. *IG Metall*, Zur Situation der beruflichen Bildung in den östlichen Ländern; in: *deutsche jugend*, 10/91, S. 423f.

[18] Vgl. hierzu auch den Aufsatz von *Teuber* in diesem Band.

der Hand. Die Aussicht, arbeitslos zu werden und es auch zu *bleiben*, auf Sozialleistungen angewiesen zu sein, die das Stigma der sozialen Ausgrenzung in sich tragen, und die Aussicht, bis zur Obdachlosigkeit[19] abzusteigen, werden für junge Menschen zum drohenden Lebensrisiko.[20]

Korrespondierend hierzu wirken *mediale Einflüsse* auf das sozialisatorische Beziehungsgeflecht: Die Deformationsprozessen unterworfene familiale, schulische und berufliche Sozialisation wird von wachsend bedeutsameren medialen Einflüssen begleitet, die durch eine wachsende Brutalisierung und Kommerzialisierung von Kommunikation, eine Militarisierung von Sprache und Berichterstattung und inflationäre Konfrontation mit Gewalt gekennzeichnet sind.[21] Massenmedien und Massenkommunikation leben zudem in Form von Werbung, Information und Unterhaltung vor, wie vor allem die moderne Gesellschaft Probleme zu lösen scheint: in gewalttätiger Form, oft kriegerisch, zumeist durch durchsetzungswillige und -fähige Persönlichkeiten bestimmt. Die Möglichkeit, sich durch den Konsum von Videoproduktionen medial zudecken zu lassen, ersetzt zudem oft die fehlende familiale Kommunikation.[22] Kommunikationswissenschaftliche Untersuchungen zeigen, daß mehr als 650.000 Kinder bis 13 Jahren noch nach 23.00 Uhr ihre Zeit am Fernseher zubringen.

Wo freilich Serien und Spielfilme zu Dutzenden Tote produzieren – es sind rund 70 pro Tag – und die Wahrscheinlichkeit schon vor Eintritt in die

---

19 Vgl. *Schworck* (1992).

20 Die Probleme dürften für junge Menschen in den neuen Bundesländern diesbezüglich besonders groß sein; vgl. ferner *Hafenegger* (1990b), *Roski* (1990), *Schubarth* (1990) und (1991), *Friedrich* (1991) sowie die Aufsätze in *Hempel* (1990); detaillierten Aufschluß über die Befindlichkeit junger Menschen in den neuen Ländern liefern die beiden Aufsätze von *Förster* (1992)/ *Friedrich* und *Müller* (1992)/*Schubarth*, die unter Rückgriff auf empirisches Material aus der Vor-Wende-Zeit und aktuellem Material eine deutliche Verschiebung der Aspirationen junger Menschen in negative Haltungen und eine Radikalisierung politischer Einstellungen nach rechts feststellen mußten; vgl. auch *Schubarth* (1990).

21 *Der Spiegel* (»Die rasten einfach aus«, Nr. 42/1992, S. 36-49) macht seine Berichterstattung über gewalttätige Kinder und Jugendliche ebenso spektakulär wie dokumentarisch auf: Toni, 6, kommt nicht in die Klasse, er tritt auf. Zuerst schmeißt der schmächtige Steppke seinen Ranzen in den Raum, dann stürmt er mit lautem Gepolter hinterher, greift die Schulmappe, nimmt sie zwischen die Beine und »reitet« auf ihr zu seinem Platz. Dann geht es erst richtig los. Der Schulanfänger rennt während des Unterrichts herum, schreit dazwischen, tritt, boxt, piesackt die Mitschüler. Jeder Versuch der Lehrerin, den Jungen in den Unterricht einzubeziehen, scheitert. Toni kann sich nicht konzentrieren. Nach einem Gespräch mit dem Jungen glaubte die Klassenlehrerin endlich, einen Grund für Tonis aggressive Unruhe gefunden zu haben. Wenn seine Eltern schon schlafen gegangen seien, sehe er oft noch bis spät in die Nacht Horrorfilme, in denen »nur getötet wird«. Danach könne er kaum einschlafen und habe Alpträume. Die Mutter des Problemschülers sah trotz solcher Gutenachtgeschichten keinen Grund zur Sorge: Ihr Sohn, meinte sie, habe eben eine lebhafte Phantasie.

22 Vgl. *Winterhoff-Spurk* (1989); auch: Kinder am Kabel: »Endstation Seh-Sucht«; in: *Der Spiegel*, 19/89, S. 220 - 232.

Schule hoch ist, als *durchschnittliches* Kind bereits frühzeitig alle Schattierungen der Menschenschinderei kennengelernt zu haben, ist zugleich die Wahrscheinlichkeit gewaltätiger Handlungsweisen in und an Schulen mit geradezu logischer Konsequenz extrem hoch: Von mehr als 2.500 befragten Berliner Schülerinnen und Schülern gaben mehr als 40% an, daß sie schon einmal Opfer von gewalttätigen Aggressionen gewesen seien.[23]

Auch *gesellschaftliche Organisationen* vermögen längst nicht mehr sinnstiftend zu wirken. Das Wort von der *Glaubwürdigkeitskrise* bringt vieles auf den Punkt. *Heitmeyer* spricht davon, daß sich die Auswirkungen der Auflösung von gemeinsamen Wert- und Normvorstellungen in einer faktischen Teilnahme an gesellschaftlichen Institutionen niederschlagen. Obwohl sie die neuen gesellschaftlichen Normen repräsentieren und als Organisationen auch kultivieren, vermögen sie nur noch mit abnehmender Tendenz die Gesellschaft auch zu organisieren. Die abnehmende Wahlbeteiligung (insbesondere auch jüngerer Menschen), der faktisch sinkende aktive Organisationsgrad der großen Massenorganisationen (Gewerkschaften, Kirchen, Parteien und Verbände), die Distanz zu kleinräumig agierenden Vereinen und bei jungen Menschen insbesondere die Skepsis gegenüber den Jugendverbänden und der strukturierten *traditionalen*[24] Jugendarbeit werfen Schlaglichter auf eine Integrationskrise, deren Höhepunkt erst noch bevorsteht. Sie signalisieren, daß die Akzeptanz der gesellschaftlichen Organisationsformen in Frage steht – und mit ihr zugleich auch die Bereitschaft, sich zu organisieren.

Wo Familie, Schule, Beruf, gesellschaftliche Organisationen und Jugendarbeit an sinnstiftender, Orientierung gebender Bedeutung einbüßen oder in ihrer Krisis erheblich an Relevanz für die Selbstdefinition und Integration des jungen Menschen in die Gesellschaft verlieren, ist ein weiterer Bedeutungszuwachs für eher nicht-klassische Sozialisationsinstanzen naheliegend[25], sei es die Gleichaltrigengruppen, Szenen, subkulturelle Zusammenhänge, jeweils sehr unterschiedlich geprägt durch habituelle und ritu-

[23] Vgl. insgesamt *Rothgang* (1991) und *Herriger* (1991).

[24] Unter JugendarbeiterInnen ist allen Ernstes immer noch ein Streit über die Modernität der Jugendarbeit am Gange: Ist die Jugendarbeit post-adorno'scher Provenienz im Duktus der Spät-68er-PädagogInnen-Generation nun zeitgemäß oder die Methoden der 60er Jahre? Angesichts der gegebenem Probleme dürfte der Streit unentschieden bleiben müssen; methodisch liegt sowohl der hilflose Antifaschismus als auch die produktorientierte Jugendarbeit als subsummiert *traditionale* Jugendarbeit *neben* den Bedürfnissen.

[25] Vgl. hierzu u. a. *Schröder* (1991), A.

elle Prozesse, Strömungen, Stile und ein differentes Verhältnis zu kollektiver wie individueller Gewaltförmigkeit.

4. Status und Alltagserfahrung junger Menschen

Die *Internalisierung des Leistungsprinzip* als zentrale gesellschaftliche *und* individuelle Handlungsorientierung – und der daraus folgende Anspruch, die Früchte der eigenen Anstrengung umgehend genießen zu können (jener *hedonistisch-konsumistische* Zug zum »Genuß sofort«) – kennzeichnen das Alltagserleben und die Statuserfahrung junger Menschen; sie durchdringen die personalen Beziehungen zu anderen, relativieren noch vorhandene Bedenklichkeiten, wie das *eigene* Verhalten auf *andere* wirkt und strukturieren die Erwartungen an das eigene Leben. Was so als Erwartungshorizont entwickelt und verinnerlicht worden ist, korrespondiert in vielen Fällen durchaus mit den Alltagserfahrungen junger Menschen.[26]

Anonymisierung und *Individualisierung* sind dabei die zentralen Kategorien: Junge Menschen *müssen* »klarkommen« – allein und gegen andere, sie *müssen* sich durchsetzen. Ihr Alltagserfahren ist gekennzeichnet von größer werdender Gestaltbarkeit von Lebenswegen bei gleichzeitigem *Zwang*, dies auch tun zu müssen. Anders gesagt: Jugendliche *können* heute mehr entscheiden als frühere Jugendgenerationen, sie *müssen* aber auch mehr entscheiden – *ohne* häufig zu wissen, woraufhin sie denn entscheiden sollen. Der wachsenden *Entscheidungsmacht* entspricht auch die wachsende *Entscheidungsnot junger Menschen*. Die Folge ist eine »Entstrukturierung bzw. De-Standardisierung von Lebensläufen«, die sich in der »Parallelität von individuellen Handlungs- und Wahlfreiheiten durch den vermehrten Wegfall von sozialen Kontrollen auf der einen Seite und einsetzenden Gefährdungslagen und Risiken durch den Zwang zu einer immer komplexeren Bewältigung von Lebensaufgaben ohne den Rückhalt stabiler Vergemeinschaftungsformen auf der anderen Seite« ausdrückt *(Heitmeyer):* »Zu den Strukturmerkmalen der Individualisierungsprozesse gehört die Pluralisierung von Wertvorstellungen. Damit erhält der einzelne einen Zuwachs an Gestaltungsmöglichkeiten (...). Jugendliche werden zum einen zu Trägern von Entscheidungen. Zum anderen werden die Kriterien für die Begrün-

[26] Eine Facette nur: Dem Krieg in den Straßen *(Farin/Seidel-Pielen)* oder an der Schule entspricht der »Krieg auf den Straßen«, von dem *Jörns* (Verkehrsexperte der EKD) spricht und womit er die rücksichtslose und bezüglich des Unfallrisikos unbedenkliche Durchsetzung in PS-strotzenden Fahrzeugen ausgedrückter Stärke und Dominanz meint.

dung von Entscheidungen immer subjektiver, weil immer weniger durch Traditionen, Milieus, Glaubensvorschriften etc. vorweg festgelegt ist.«

Die Unsicherheit wächst; insbesondere auch deshalb, weil nicht mehr an traditionales Verhalten angeknüpft und auf Milieuunterstützungen zurückgegriffen werden kann, sind doch sicherheitsstiftende Tradition und Milieubezüge durch Modernisierung weitgehend aufgelöst und aber weitreichend entwertet worden.

Außerdem: Die Zahl der tagsüber auf sich allein gestellten Kinder und Jugendlichen nimmt zu, und somit auch die Notwendigkeit, daß diese Kinder und Jugendliche sich im Alltag selbst entscheiden müssen; mit der Erhöhung des alltäglichen Entscheidungsspielraumes wächst allerdings auch das Risiko, infolge der eigenen Entscheidung zu scheitern: *Junger Mensch zu sein entbehrt der Sorglosigkeit, in der Entscheidung jetzt eine Entscheidung für das ganze Leben sehen zu müssen.*

Fassen wir zusammen: Das »Zusammenleben wird chancenreicher und schwieriger zugleich, Kontakte vielfältiger und kurzfristiger, Verständigung wird störanfälliger. Und die Zunahme von Optionen für die individuelle Lebensgestaltung sagt noch nichts darüber aus, ob der Einzelne diese wahrnehmen kann. Vielfach bleibt nur steigender Druck übrig, es tun zu müssen«, wie es *Heitmeyer* zuspitzt.[27] Nur wer dies zu tun in der Lage ist, kann sich in die moderne *Risikogesellschaft*[28] erfolgversprechend integrieren; wer freilich erfolglos bleibt, wird sich *wehren* müssen.

5. Zur Entstehung von Gewalt

Wie gehen junge Menschen mit diesen Situationen um, wie *verarbeiten* sie ihr Alltagserleben? Grundsätzlich besteht die Möglichkeit, sich mit den Anforderungen an sich selbst zu arrangieren, den Leistungsanforderungen also wie auch immer zu genügen. Wo dies unmöglich ist und eine Integration in die Leistungsgesellschaft erschwert oder verunmöglicht ist, also: *Des-*

[27] *Birtsch* (1990) kommt mit Blick auf Jugendliche aus der ehemaligen DDR zu dem Ergebnis: »Wir können davon ausgehen, daß narzißtische Haltungen, wie wir sie aus dem Westen kennen, formulierte Ansprüche auf Selbstverwirklichung, auf Teilhabe an einem erfüllten Leben, der jungen Generation in den neuen Ländern nicht fremd waren ... Mit dem Anschluß an den Wohlfahrtsstaat BRD haben Bürgerinnen und Bürger der ehemaligen DDR sich berechtigte Hoffnungen gemacht, nun selbst auch von den Möglichkeiten der Selbstentfaltung auf der Basis besserer ökonomischer Bedingungen und dem Wegfall der alten Zwangsstrukturen profitieren zu können. Zunächst einmal ist für viele das Gegenteil eingetreten« (S. 164); vgl. auch: *DGB*, »Zur Identitätsfindung von Jugendlichen in den neuen Ländern«, in: *deutsche jugend*, 12/91, S. 546 - 548.

[28] Vgl. *Beck* (1986).

integrationserfahrungen gesammelt werden, müssen aus Gründen der Selbststabilisierung andere Wege gewählt werden, sich einen subjektiven Lebenssinn zu geben und den eigenen Status zu definieren. Dabei sind individuelle von kollektiven Reaktionsweisen zu unterscheiden.[29]

Desintegrationserfahrung auf der einen Seite, die fehlende Stabilität der sozialen Beziehungen und die Entwertung von Tradition und Milieukontexten auf der anderen Seite gehen einher mit einer weiteren Abnahme von sozialer Verankerung bei gleichzeitiger Zunahme der Gleichgültigkeit über die Folgen des eigenen Handelns. Desintegration wird nicht durch eine bewußte Abwendung vom gesellschaftlichen System bewirkt, für das Durchsetzung, Erfolg, Stärke und Überlegenheit zentrale, *sakrosankte* Werte sind, sondern es ist vielmehr die hohe Akzeptanz dieser das System tragenden Werte, die desintegrative Wirkungen entfaltet. An diesen Werten zu scheitern, ist insbesondere für diejenigen eine schmerzhafte und enttäuschende Erfahrung, die diese Werte teilen.[30]

Die Bereitschaft zu gewaltförmigem Verhalten kann somit als eine Verarbeitungsweise verstanden werden, die gesellschaftlich tragenden Werte der Durchsetzung, des Erfolgs und der Leistungsfähigkeit aus Mangel an *normaler* Befriedigung auf *anderem* Wege und mit anderen Mitteln *doch noch* realisieren zu können. Das eigentliche Paradoxon ist, daß dort, wo der individuelle Erfolg und damit die persönliche Integration in das gesellschaftliche System im Rahmen des Üblichen nur partiell, bruchstückhaft oder überhaupt nicht gelingt, die zentralen Werte dieses Systems nicht fragwürdig werden: Als solche verinnerlicht, brauchen sie lediglich *andere* Instrumente, Methoden und Objekte, um dennoch so gelebt zu werden, daß der Einzelne für sich hieraus einen subjektiven Sinn und persönliche Stabilität erfahren kann.

Gewaltförmiges Verhalten ist damit als *Mittel der Durchsetzung* der eigenen Person gegen andere eine dieser neuen Methoden und Instrumente der Selbststabilisierung. Physische wie psychische Gewalt verschafft einen neuen Erlebensraum der Dominanz und Selbstbestätigung. Oder lebensnäher: Wem es gelingt, »einen Asylanten zu klatschen«, darf sich sicher sein,

---

[29] Insbesondere individuelle Reaktionsweisen spielen in der Gewalt-Diskussion nach wie vor eine nur untergeordnete Rolle: Fluchtreaktionen, Selbstzerstörung, Drogenkonsum, Suicidversuche jedoch sollten als individuelle Verarbeitungsformen einen größeren Stellenwert in der Betrachtung erhalten, als dies jetzt noch der Fall ist.

[30] Vgl. hierzu *Hurrelmann* (1989)/ *Engel*.

sich durchgesetzt und erfolgreich (selbst-) behauptet zu haben; »dem hat er es aber gegeben.«

Da jedoch jedes Individuum gezwungen ist, sein Handeln zu begründen, bedarf es notwendigerweise einschlägiger Legitimationen für gewaltförmiges Verhalten: Der Verweis, lediglich auf Gewalt zu reagieren, gehört ebenso in die Palette der Begründungsversuche, wie die Feststellung, Gewalt sei ja nur das allerletzte Mittel. Verbreitet ist die Darstellung, wonach Gewalt doch lediglich ein gleichsam normales Handlungsmuster sei, eine Reaktion auf erlittene Gewalt oder erlebtes Unrecht. Gewalt findet überdies häufig eine naturrechtliche Begründung, wonach ohnehin jeder des anderen Wolf sei. Liegt aber erst einmal eine zudem alltäglich als gesellschaftlich durchaus akzeptiert, erlebte indivduelle Legitimation vor, wird die Gewaltschwelle abgesenkt, und die Attraktivität von Gewalt steigt. Gewalttätiges Verhalten erhält einen subjektiven Sinn, es vermittelt Dominanz, die sonst nicht erlebt werden kann, sie dokumentiert Überlegenheit, suggeriert als solches ein Gefühl der Durchsetzung seiner selbst. Was fehlt, ist nur noch ein williges oder widerstandsunfähiges Objekt, an dem sich Gewalttätigkeit ausprobieren und vollziehen läßt. In Gang kommt dieser Prozeß umso leichter, wenn die Erwartung besteht, daß diese Gewalttätigkeit in bestimmten Grenzen zudem durch erkennbar große Teile der Gesellschaft latent wie offensichtlich akzeptiert oder wenigstens hingenommen werden wird, also nicht zu erwarten steht, daß diese Gewalt weitere gesellschaftliche Ausgrenzung bewirken wird.[31] Oder wieder lebensnäher: »Der Asylant, der gerade geklatscht wurde, hat es eben nicht besser verdient; denn er mißbraucht auf schamlose Weise das Gastrecht, das ihm Deutschland bietet.« Ihm »die Bude anzuzünden, geht voll in Ordnung – das denken doch alle!«

Allein auf der subjektiven Ebene wird damit Gewalt noch nicht notwendigerweise aushaltbar gemacht; es bedarf erfolgreicher Neutralisierungs-

[31] Gewaltförmiges Verhalten ist im Übrigen gesellschaftlicher Verurteilung per se keineswegs sicher: Gerade die Gewaltbereitschaft im Straßenverkehr dokumentiert augenscheinlich, daß die Akzeptanz von Gewalt als Mittel der Durchsetzung der eigenen Ziele und Interessen durchaus zugenommen hat. Strukturelle Gewalt wird als Mittel der Durchsetzung längst instrumentell gehandhabt, psychische Gewalt toleriert – Gewalt hat eine durchaus *normalisierte* Dimension in der modernisierten bürgerlichen Gesellschaft. Die Art und Weise, wie offizielle Politik zum Beispiel auf ausländerfeindliche Übergriffe reagiert – es gilt das Asylrecht abzuschaffen, nicht die Ursachen für die Übergriffe zu beseitigen –, dokumentiert augenfällig, wie sehr psychische und strukturelle Gewalt eine – den Mehrheitskonsens unterstellende – Allianz eingegangen sind; Paul Schuster, ein in Siebenbürgen lebender, deutschsprachiger Schriftsteller, hat deshalb zum Beispiel die zwischen der Bundesregierung und Rumänien getroffene Vereinbarung über die massenweise Abschiebung um Asyl nachsuchender Cinti und Roma als »Vorstufe zu einem ungeheuerlichen Verbrechen« charakterisiert; in: *Freitag*, 41/92, S. 4.

techniken in bezug auf die Folgen von Gewalt. So sollen Schuldgefühle und Selbstvorwürfe abgestreift werden, muß doch sowohl in Gruppen oder auch als Einzelperson ständig Stärke demonstriert werden (gesellschaftliche Norm). Neutralisierung – *be cool, ganz Dr. Easyman* – greift Platz und damit eine Eigenschaft, die in Wirtschaft, Politik oder Sport einen sehr akzeptierten Stellenwert hat und insbesondere für männliche Jugendliche[32] von zentraler Bedeutung ist.

Dies wird um so leichter geschehen können, je mehr das individuelle gewaltförmige Handeln auf einer kollektiven Ebene vergemeinschaftet wird. Der Rest an Nicht-Legitimierbarkeit von Gewalt wird spätestens durch den Gruppenkontext aufgefangen; in der Gruppe ist die Dazugehörigkeit (auch und *gerade* im Gewalthandeln) ein wesentliches Begründungsmerkmal – sei es als Furcht vor dem Verlust des durch die und in der Gruppe erlangten Status', sei es durch Verweis auf die kollektive *Verantwortungsverortung* des eigenen Tuns. Oder lebensnäher: »Da gibt es eben *viele Kumpels*, die sehen das auch so. Diesem Asylantenpack braten *wir* eben eins auf die Mütze! Da wird 'reingegangen und aufgemischt, da bleibt kein Auge trocken. Da sind *wir* uns *alle* einig.«

6. Gewaltförmigkeit und Gruppenkontext

Seit den 50er Jahren haben sich Gleichaltrigengruppen und -szenen zunehmend als Ersatz in Auflösung begriffener sozialkultureller Milieus herauskristallisiert. Sie können (jedenfalls zeitweise) für den Einzelnen Sinn, Orientierung und Perspektive stiften, sie geben Zugehörigkeit, verleihen Status und vermitteln Bestätigung; sie verlangen im Gegenzug Konformität und Einordnung. Als Kollektiv vermögen sie sich durchzusetzen, Erfolg zu vermitteln, die gemeinschaftliche Leistung hervorzuheben. *Heitmeyer*, der dies einen *zeitbegrenzten, sozialen Verankerungsversuch* nennt, stellt dazu fest: »Jeder Mensch mit einem marginalen (oder instabilen) Status ist äußerst empfindlich gegen die Drohung, er wird sein bißchen Status verlieren, wenn er sich die Mißbilligung jener zuziehe, die ihm Status verleihen. Um die Angst vor der drohenden Mißbilligung zu verringern, verhält er sich stärker konform, als es objektiv nötig wäre«. Und: »Je mehr Menschen man von der jeweiligen Gruppe ausgeschlossen sieht, je mehr Individuen man als einem selbst unter-

---

[32] *Siller* (1991) und *Lohmeier* (1991) weisen im Übrigen darauf hin, daß rechtsextremistische Ansichten und gewaltförmiges Verhalten auch für Frauen und Mädchen nicht ohne Anziehungskraft bleiben müssen.

legen sieht, desto größer wird die eigene Selbstachtung und desto mehr Statuswert bekommt die Mitgliedschaft. Der Wert der eigenen Konformität steigt an – und immunisiert sich so gegen Außenurteile«.[33]

Zudem ist eine Außenwahrnehmung garantiert, die ihrerseits stabilisierende Wirkung entfaltet, wie *Uhrlau* feststellt: »Die Jugendlichen machen eine elementare Erfahrung: Wir können etwas erreichen, mit Gewalt machen wir der Politik Beine. Das gibt besonders den Jugendlichen im Osten neues Selbstbewußtsein – und das hat deshalb eine fatale Anziehungskraft.« Es seien rechte Gruppierungen, die derzeit ein Bezugssystem liefern und Zusammengehörigkeit vermitteln könnten.[34]

Soziale Bezugsgruppen – die Skin-Gruppe, die Neonazi-Kleinstpartei, die Gruppen rivalisierender deutscher Jugendlicher, die türkische Gang, die antiimperialistische Antifa-Gruppe – wenden deshalb als Reflex ihrer gravierenden Statusunsicherheit und Orientierungsängste sowohl die Tatsache des mit den objektiven Bedingungen verbundenen sozialen Abstiegs oder dessen bloßer Gefahr als auch das Gefühl, außerhalb des gesellschaftlichen Konsenses zu sein, aus Gründen der Selbststabilisierung und des Selbstwertgefühls ins Positive. Sie schaffen sich redundante, aggressiv-abgrenzende und emporhebende Welterklärungsmuster, die argumentativ nur schwer angreifbar sind. Damit zielt jeder Versuch, solche Weltbilder an ihrer Widersprüchlichkeit »auszuhebeln«, tatsächlich auf das Selbst und die so gewonnene Stabilität.[35]

Wer freilich läßt *sich* bereitwillig in Frage stellen, nachdem es schon schwer genug war, sich seiner selbst wieder sicher zu werden? Es wird folglich anderer Wege bedürfen [36].

---

[33] Unter Bezugnahme auf *Ausubel* (1979).

[34] *Uhrlau*, E., Anfang der Todesspur. Interview über Gewalt von Rechts; in: *Der Spiegel*, 38/92, S. 30/31; das skeptische Urteil des Hamburger Verfassungsschützers lautet: »Wir erleben derzeit, wie sich die innere Ausrichtung von großen Teilen der Gesellschaft umkehrt. Es gibt eine 68er Bewegung von rechts, allerdings mit anderem Charakter und nicht von den Universitäten ausgehend. Die Visionen, die in den vergangenen 20 Jahren unsere Gesellschaft geprägt haben – Integration von Minderheiten, mehr Partizipation, mehr Bürgerrechte, mehr Europa –, all das wird von einer rückwärtsgewandten, nach innen gerichteten Bewegung zur Disposition gestellt. Die Themen der neunziger Jahre werden Rechtsextremismus, Ausländerfeindlichkeit, Nationalismus und Rückkehr zur Innerlichkeit sein.«

[35] Vgl. *Schröder* (1992), S. 115.

[36] Vgl. dazu insb. auch die Aufsätze von *Krafeld u. a.*, *Mücke/Korn*, *Weihrauch* und *Mücke* in diesem Band; ferner *Schröder*, A. (1990), *Damm* (1991), *Arnold* (1992)/ *Strüwe*, *Heim* (1991), *Siller* (1992)/ *Kessmann* , *Heitmeyer* (1991), *Pilz* (1992), *Mücke* (1990), *Möller* (1991) und – als ein Beispiel unter vielen praktischen Ansätzen aus den neuen Bundesländern – *Krell*, D., Morgens autonom, abends national; in: *taz*, 13. Oktober 1992, S. 11.

Wolfgang Thierse

Von den Ursachen rechtsextremer Jugendgewalt in Ostdeutschland

Deutschland im November 1992: Am Samstag, dem 21. meldet die Süddeutsche Zeitung auf Seite 5, daß ein Baby bei einem Anschlag auf ein Asylheim verletzt wurde. Unbekannte hatten einen Hammer durch ein Fenster geworfen. In den Stiel waren ein Hakenkreuz und die Aufschrift »Ausländer 'raus« eingeritzt. Das Baby wurde von Glassplittern im Gesicht getroffen. Diese Schandtat war zum Zeitpunkt ihres Stattfindens kaum eine Nachricht wert. Gemeldet wurde sie eine Woche später.

Gleicher Tag, gleiche Zeitung, gleiche Seite: Zu sechs Monaten Bewährungsstrafe und DM 3.000, zahlbar an einen gemeinnützigen Verein, hat das Amtsgericht Rostock einen 23jährigen verurteilt, der Steine auf ein Asylbewerberheim geworfen hatte. Dem Richter zufolge hatte die Polizei den Fall mit einer »sehr laschen Einstellung« ein Jahr lang nicht bearbeitet.

23. November, 7.00 Uhr morgens: Die Nachrichtenagentur AP meldet, daß bei einem Brandanschlag gegen ein von Ausländern bewohntes Haus im schleswig-holsteinischen Mölln zwei türkische Frauen und ein zehnjähriges Mädchen getötet wurden. Ohne die journalistische Emotionslosigkeit müßte man anders formulieren: Diese drei Menschen wurden bestialisch, hinterhältig und mit einem Übermaß an Niedertracht ermordet. Sie wurden »abgefackelt«, wie der sich inzwischen einzubürgernde makaberzynische Ausdruck dafür lautet.

Deutschland im November 1992: Das sind die letzten Geschehnisse einer nicht mehr abreißenden Kette barbarischer Gewaltakte vor Abschluß dieses Textes. Hoyerswerda, Hünxe, Rostock, Quedlinburg – deutsche Städte, deren Namen zum Synonym für Happenings der Barbarei geworden sind.

Man kann inzwischen wirklich nicht anders, als die gewalttätigen Exzesse gegen Ausländer in Deutschland mit den Begriffen rassistisch und faschistisch zu belegen. Vorsicht ist aber trotzdem geboten, weil es sich bei den Tätern nicht immer um ideologisch ganz eindeutig schon festgelegte junge Leute handelt. Häufig sind es orientierungslose und verängstigte Kinder, die zu stigmatisieren einer Zugangssperre für Dialoge gleichkommt. Wenn ich die Verwendung der Kennzeichnungen »rassistisch« und »faschistisch« dennoch empfehle, so deshalb, weil aggressive, gewaltbereite und autoritäre Denk- und Handlungsweisen sich allmählich mit primitiven Versatzstücken einer faschistisch-rassistischen Ideologie durchmischen. Je mehr die rechtsextremistischen »Reisekader« auf die außer Rand und Band geratenen Kinder und Jugendlichen Einfluß gewinnen, desto größer ist die Gefahr, daß die bis dahin anarchische, angstgetriebene, ja letzten Endes hilflose Anwendung von Gewalt nach und nach einen zweifelhaften subjektiven »Sinngehalt« erfährt, der eine weitere Eskalation begründen könnte. Der erste pädagogisch geleitete Schritt zur Bekämpfung rechter Jugendgewalt ist deshalb die differenzierte Wahrnehmung, aus der ein differenzierter Umgang folgen muß.

Seit 1990 haben unter Schülern, Auszubildenden und jungen Arbeitslosen rechtsextremistische Orientierungen, nationalistische und die NS-Diktatur verherrlichende, zumindest aber verharmlosende Meinungen zugenommen. Aggressive, gewaltbereite und autoritäre Denk- und Handlungsweisen durchmischen sich mit primitiven Versatzstücken einer faschistisch-rassistischen Ideologie. Der puren Gewalt gesellt sich im Zuge der voranschreitenden Vernetzung und ideologischen Verfestigung der rechtsextremen Szene ein zweifelhafter, subjektiver »Sinngehalt«. Die bloße Gewalt ist dabei, die Phase der anarchischen, hilflosen Artikulation diffuser Ängste Schritt für Schritt zu überwinden.

Die gewalttätigen Jugendlichen sind nicht nur randständige Schmuddelkinder, die chancenlosen outlaws einer von nicht wenigen Ostdeutschen als gnadenlos empfundenen neuen gesellschaftlichen Ordnung, Kinder, die in ihrer Verzweiflung nach Aufmerksamkeit und Zuwendung schreien. Unbedachte, ausländerfeindliche Sonntagsgespräche in den guten Stuben der »braven Bürger« bilden einen Hintergrund; und schlimmer noch: Was die Väter (und Mütter) an wütender Resignation zu Hause artikulieren und zurückhalten, drücken deren Kinder öffentlich in der Sprache der Gewalt aus.

Die Ursachen scheinen auf der Hand zu liegen: Eine fest gefügte, weltabgeschiedene, ja eingemauerte und scheinbar auch weithin sozial autarke DDR-Gesellschaft verlor über Nacht ihren bis dato mit allerhand Zwang und Druck stabilisierten Zusammenhalt. Der Vereinigungsprozeß hat einen umfassenden Umbruch eingeübter Verhaltensweisen eingeleitet. Die im »real existierenden Sozialismus« ausgegebenen Leitideen von Staat, Gesellschaft und Individuum sind in sich zusammengebrochen und stellen bei jedem einzelnen die tradierten, ja konservierten Erfahrungen in Frage. Die hinterlassenen Werte und Normen erodieren, Verbindliches und Bindendes löst sich auf. Bisher Richtiges stellt sich als Falsches heraus oder wird dazu erklärt. Die Furcht vor ungebrochenem sozialen Abstieg, die Angst, dem Dasein im sozialen Schatten des geeinten Deutschland auf absehbare Zeit nicht entrinnen zu können, ist das tiefliegende Motiv, das die Gewalt gegen die Schwächsten der Schwachen erklärt, aber beileibe nicht zum Verständnis aufruft. Ein ursprünglich sozialer Konflikt wird auf dem Rücken von Ausländern ausgetragen, er ethnisiert sich.

Obwohl es spezifisch ostdeutsche Ursachen für die rassistischen Exzesse gibt, ist der Rechtsextremismus kein ausschließlich ostdeutsches Phänomen. Er greift in den westdeutschen Bundesländern ebenso wie außerhalb Deutschlands um sich. Die schleichende Ethnisierung sozialer Konflikte ist eine Herausforderung für ganz Europa. Die Vehemenz freilich, mit der sich die rechtsextreme Gewalt in den letzten Monaten gerade in Ostdeutschland Bahn brach, legt dennoch die Frage nahe nach den besonderen Voraussetzungen und Mechanismen, die das Eruptive, Direkte, »Spontane« der rechtsradikalen Gewalt in Ostdeutschland erklären (denn rechtsradikale, nationalistische Grundeinstellungen sind im Osten nicht verbreiteter als im Westen, im Gegenteil, wie alle Umfragen bisher belegen).

Mit dem Tempo und der Totalität des Wechsels der Gesellschaftssysteme können Denken und Fühlen nicht schritthalten. Die offene Konkurrenzgesellschaft abverlangt ein solch hohes Maß an Individualität, Selbstdarstellung und Durchsetzungsvermögen, das den just aus der staatlichen Vormundschaft entlassenen, durchschnittlichen DDR-Bürger überfordern muß. Weder Raum noch Zeit, um sich des Eigenen zu vergewissern, das so ungewiß geworden ist, sind geblieben: Was zählt noch von den angeeigneten Kenntnissen, den erworbenen Erfahrungen, den erzwungenen Verhaltenskodices? Ein Sinnvakuum ist entstanden, das der Rechtsextremismus mit seiner banal-brutalen Wirklichkeitsdeutung allmählich, schleichend zu füllen beginnt.

Die katastrophale wirtschaftliche und soziale Situation begründet, verschärft und verstetigt den Zustand der Orientierungslosigkeit. Das Verschwinden der Arbeitsplätze, der Rückgang der industriellen Produktion seit 1989 machen Ostdeutschland zu einer sterbenden Industrieregion. Existentielle Ängste und die Auszehrung all dessen, worauf man sich jahrelang hat verlassen können, nagen an der Identität und ruinieren schrittweise das Selbstwertgefühl der Menschen. Die wirtschaftlichen und sozialen Determinanten erfordern einen reichhaltigen Fundus individueller Kompetenzen zur Problemverarbeitung, Formen des Umgangs mit bisher völlig unbekannten Ängsten und aufkeimenden Aggressionen, Bewältigungsformen, die eine Wandlung in die Destruktion vermeiden helfen und verhindern, daß Menschen verführbar werden für die schlichten Antworten ideologischer Bauernfänger. Einen solchen Umgang zu erlernen, hatten die Deutschen in der DDR keine oder nur unzureichend Gelegenheit.

Mit nationalen, vaterländischen Appellen an die Bevölkerung (in seiner Frühzeit) und einem Militarismus im Erziehungswesen (in seiner Spätzeit) hat der SED-Staat versucht, eine einheitliche Gesellschaft zu erzeugen. Der Versuch, eine eigene staatliche Identität herzustellen, erfolgte u.a. mit Hilfe der Abgrenzung nach außen, durch eine Feindlichkeit gegen das Fremde, Andersartige. Ein simplifizierendes Weltbild, das die Komplexität ökonomischer, sozialer und kultureller Prozesse zweckgerichtet und demagogisch-formelhaft verkürzte, hat folgerichtig einfache, monokausale Erklärungen von »Welt« und »Ich«, gut und böse, richtig und falsch produziert. Die DDR-Bürger hatten keine Chance, die eigene Toleranzgrenze zu testen und interkulturelle, horizonterweiternde Erfahrungen zu machen. Der auf Entkrampfung gerichtete Umgang mit schwierigen Interessenauseinandersetzungen, eine friedliche Konfliktbewältigung gehörten nicht zum Repertoire »realsozialistischer« Curricula. Gesellschaftliche Krisen, erst recht solche, die mit Härten für die Bürger verbunden gewesen waren, hatten in der marxistisch-leninistischen Sicht von der eigenen, als harmonisch behaupteten Gesellschaft nichts zu suchen. Zum Verursacher grimmiger Umstände – so sie überhaupt zugegeben wurden – wurde das »kapitalistisch-imperialistische« Ausland auserkoren, eigene Verantwortung nach außen delegiert. Die Schuld lag stets bei den anderen.

In der gegenwärtigen, äußerst problematischen sozio-ökonomischen Situation erscheinen Fremde, Ausländer, Asylbewerber und Asylanten als eine Gefahr, gegen die man sich wehren muß. Die eigene Identität wird – beinahe wie früher – erzeugt oder stabilisiert durch Abgrenzung, durch Feindlichkeit gegen das Fremde und Andersartige. Der eigene Lebensentwurf (früher: Gesellschaftsentwurf) wird abgesichert und legitimiert durch eine rigorose Ablehnung der Lebensgewohnheiten (früher: Gesellschaftssysteme) anderer. Dieses Denkmuster ist ein weitverbreitetes – nicht nur in diesem Zusammenhang und weiß Gott nicht nur in Ostdeutschland. Jedem, der dieses Muster übernimmt, bleibt notgedrungen verborgen, daß auf diesem Wege alles andere, bloß keine positive, aus sich heraus stabile Sicherheit erwächst. Das Eigene wird nicht dadurch besser, daß man das Andere als noch schlechter, minderwertiger deklariert. Und vor allem: Die durch Abgrenzung erzeugte Identität bleibt äußerst fragil und wird auch deshalb besonders aggressiv verteidigt.

Um die Frage beantworten zu können, warum der offensichtliche Frustrationsstau und die verbreitete Orientierungslosigkeit sich im Osten Deutschlands ausgerechnet in rechtsextremen, hauptsächlich von Jugendlichen inszenierten Gewaltorgien manifestiert, muß wiederum die Vergangenheit der DDR bemüht und berücksichtigt werden. Antifaschismus und Internationalismus à la SED waren autoritär verabreichte Staatsdoktrinen. Die Nutzung faschistischer Symbole und die Übernahme eingängig-primitiver Elemente der faschistischen Ideologie erscheinen als die schärfste Form der Ablehnung sowohl der vergangenen als auch der entstehenden gesellschaftlichen Ordnung. Da auf die Belange der Jugendlichen weder vom »Sozialismus« noch vom »Kapitalismus« in erwünschter Weise eingegangen wurde bzw. wird, erscheinen faschistoide »Lösungen« plötzlich als plausible Alternativen. Nach einer durch erhebliche Verheißungen und Versprechungen geschürten Hoffnungsphase ist die Enttäuschung angesichts zunehmender wirtschaftlicher und sozialer Depression und Tag für Tag aufs Neue erlebter individueller Machtlosigkeit in der Demokratie um so größer. Jugendliche erleben sich selbst immer noch und schon wieder als Objekte eines intransparenten, aber wirkmächtigen Prozesses, in den sie als aktive Subjekte nicht eingreifen können.

Das allerorten anzutreffende Gefühl der Benachteiligung gegenüber dem Westen, die deutlich schlechteren Lebensverhältnisse und die drohende Bedeutungslosigkeit des eigenen Lebens suchen sich ein Forum, eine Plattform der Mitteilung. Stellt die Politik ein solches Forum, auf dem sich die Unzufriedenheit »nach oben« artikulieren kann und Folgen auslöst, nicht zur Verfügung, dann wendet sich die Unzufriedenheit »nach unten« gegen die Schwächeren und Schwächsten, gegen die Minderheiten in der Gesellschaft. Ausländer und Asylbewerber fungieren dabei als nur *ein* mögliches Objekt der Entladung, es könnte ebensogut andere soziale und kulturelle Randgruppen treffen. Anerkennt aber die Politik als Reaktion auf die Gewaltausbrüche, daß es tatsächlich ein vorrangig zu lösendes »Asylantenproblem« gibt, dann verschafft sie gewaltausübenden Jugendlichen indirekt eine politische Rechtfertigung. Gewalt zeigt Wirkung, die eigene »Stimme« wird gehört, die Politik reagiert auf erwünschte Weise, der erste Schritt vom ohnmächtigen Objekt zum mächtigen Subjekt scheint damit getan.

Der aufgeklärte Zeitgenosse indes weiß, daß das eigentliche Problem nichts mit Ausländern zu tun hat, eher mit uns selbst, mit der Art und Weise unserer gewohnt-gewöhnlichen Konfliktbearbeitung, unserer Gesellschafts- und Politikorganisation und unserer getrübten Wahrnehmung der Wirklichkeit. Dies aber so zu sehen, scheint uns – und nicht nur denjenigen, die Gewalt ausüben –, unendliche Mühe zu bereiten. Da aber Ausländer weder Ursache noch einzig denkbare Zielgruppe potentieller Haßausbrüche sind, darf seitens der Politik keine Fixierung auf die »Ausländerfrage« oder das »Asylantenproblem« stattfinden. Die Gewalt wird nicht verschwinden, wenn erst einmal die Ausländer verschwunden sind. *Das Ausländerproblem ist zuallererst ein Inländerproblem.*

Für die Toleranz im Denken und Handeln des Einzelnen ist es entscheidend, inwieweit die Ablösung von Vertrautem und die Hinwendung zu Fremdem gelingt. Inwieweit das Eigene so gefestigt ist, daß das Fremde nicht als bedrohlich für das Eigene definiert und deswegen abgewehrt werden muß, sondern als Bereicherung und Ergänzung erlebt werden kann. Gelingt dies nicht, wird das Andersartige, werden Ausländer, das andere Geschlecht, Juden, Homosexuelle als die eigene Identität bedrohende Abweichler diskriminiert. Intoleranz ist die unmittelbare Konsequenz einer negativ verfaßten Identität, die ständig nach außen schauen muß, um anderes herabzusetzen und sich so der Qualität des eigenen Lebensentwurfes zu vergewissern. Das Ende des Kalten Krieges und die Wiederherstellung eines einheitlichen deutschen Nationalstaates haben in Ost und West den äußeren Feind verschwinden lassen und gerade dadurch gebundene Ängste und relativ stabile Lebenslagen gelockert: Wer sein psychisches Gleichgewicht auf die Existenz von Außenfeinden und schwarz-weißen Bildern gründete, muß jetzt nach neuen Feindbildern suchen …

Der Rechtsextremismus wird immer mehr zum Spiegel und Abbild unseres sozialen Umgangs, unserer gesellschaftlichen Beziehungen und unseres Politikverständnisses als wir es im Moment wahrhaben wollen.

Er ist nicht nur abartig-bösartiges, der gesellschaftlichen Entwicklung zuwiderlaufendes Phänomen. Er spült die Ablagerungen und Zerfallsprodukte der Gesellschaft an die Oberfläche. Der Rechtsextremismus kennt keine Programme, er bietet griffige Botschaften, die den mühevollen Gebrauch der Vernunft, das kritisch-selbständige Denken nicht herausfordern, Botschaften, die man nachträllern kann. Er ist der gefährliche Gassenhauer des Politischen.

Politik und Gesellschaft müssen sich eingestehen, die ersten Anzeichen dieser fatalen Entwicklung nicht rechtzeitig erkannt zu haben. Selbst wenn es gelingen sollte, daß die rechtsextremistischen Potentiale allmählich abgeschmolzen werden könnten, wird es künftig darauf ankommen, Frühwarnsysteme zu entwickeln, die beizeiten Alarm schlagen. Politik und Gesellschaft müssen transparenter und zugänglicher, der Stellvertreterhabitus der politischen Demokratie muß aufgeweicht werden. Die Politik darf sich keinen Populismen hingeben. Das Empfinden der Bevölkerung und die Wahrnehmungsfähigkeit der Politik müssen aber in Einklang gebracht werden. Politische Kommunikation ist unmöglich, wenn zwischen Sender und Empfänger die Verbindung abgerissen ist. Politiker haben dem Volke aufs Maul zu schauen, ohne ihm nach dem Munde reden zu müssen!

Kurzfristig ist es richtig und selbstverständlich, daß der Rechtsstaat die ausländischen Mitbürger vor Gewaltakten schützen muß. Dazu gehören vor allem die Effektivierung der polizeilichen Apparate, um skandalöse Vorgänge wie in Rostock und anderswo zu vermeiden. Vor allem müssen Politik und gesellschaftliche Kräfte, vermittelt über einen noch zu stiftenden Konsens, deutlich erkennbare Grenzen ziehen. Es muß klar werden: Ein neuer Faschismus wird nicht nur nicht geduldet, er wird aktiv und konsequent bekämpft. Die Stigmatisierung von Gewalt und faschistischer Ideologie ist aber etwas anderes als die Kriminalisierung von Kindern und Jugendlichen. Denn langfristig lassen sich Gewaltexzesse, die aus tiefgreifenden Erfahrungen der Entsolidarisierung, der Desorientierung und der Ohnmacht herrühren, nicht mit dem Einsatz staatlicher Gewalt vermeiden. Eine tragfähige Befriedung gelingt nur, wenn stabile Sozialzusammenhänge aufgebaut werden. Damit ist der Staat allein ganz bestimmt überfordert, er kann und muß aber einen Rahmen vorgeben.

Erst auf einem gesicherten, sozialen Fundament wird sich moralische und zivilisatorische Festigkeit herstellen und behaupten können. Noch haben die Deutschen im Osten nur unausgebildete Chancen zur sozialen

Teilhabe. Berufliches Aus- und Fortkommen, stabile, auffangende soziale Beziehungen, aus denen heraus neue Identifikationen und solche, die sich nicht nur aus der Zugehörigkeit zum deutschen Volk ergeben, erwachsen könnten, bleiben solange außerhalb der persönlichen Reichweite, solange der gesellschaftliche Kontext als konturenloses, beängstigendes Chaos erscheint. Um dieser Alltagserfahrung zu begegnen, greifen auch noch so geschickt aufbereitete, aufklärerische Kampagnen zu kurz. Insbesondere Jugendliche benötigen eine greifbare Perspektive für ihre persönliche Zukunft. Obschon faschistisches Gedankengut unter Jugendlichen heute verbreiteter ist als jemals zuvor in der deutschen Nachkriegsgeschichte, sind nur die wenigsten Gewalttäter zugleich nazistische Überzeugungstäter. Staat und Gesellschaft müssen alle Energien darauf verwenden, die größer werdende Schar der überzeugten Nazis von den zumeist ideologisch unbeleckten Kindern und Jugendlichen zu trennen. Die Pädagogisierung des Problems ist sicherlich unverzichtbar – schon allein, um einer kontraproduktiven Kriminalisierung entgegenwirken zu können –, dringt aber bis zu den sozialen Ursachen nicht vor.

Damit sich der Rechtsextremismus nicht dauerhaft festsetzen kann, müssen die demokratischen, vernunftgeleiteten Kräfte dieser Gesellschaft im wahrsten Sinne des Wortes mobilisiert werden. Erst das Zusammenwirken von Kirchen, Parteien, Arbeitgeberverbänden, Gewerkschaften, Vereinen und Bildungseinrichtungen vermag den Rechtsextremismus wirkungsvoll zurückzudrängen. Es bedarf eines stabilen Geflechts des sozialen und politischen Engagements auch zwischen den Generationen.

Die Politik ist auf allen Ebenen gefordert. Ihre Verantwortung beginnt mit der demokratischen Eindeutigkeit im Sprechen und Verhalten. Sie ist die Voraussetzung für die glaubhafte Bewerkstelligung politischer Führung.

Klaus Ness

Alles nur «Einzeltäter und verwirrte Jugendliche»?
Rechte Jugendszene, organisierter Neonazismus in Ostdeutschland

August und September 1992: Die Auseinandersetzungen über die Asyl- und Flüchtlingspolitik in der Bundesrepublik verschärfen sich in den späten Sommermonaten – ein Phänomen, das nicht mehr ganz neu ist. Bereits seit Jahren gehört die Auseinandersetzung über die Zuwanderung zum festen Bestandteil des politischen Sommertheaters.[1] Seit 1991 streiten sich aber nicht mehr nur die Parteien verbal über mögliche Änderungen in der Asylpolitik, sondern die Debatte wird begleitet von massiven Angriffen gegen Flüchtlinge und andere in der Bundesrepublik lebende Ausländer.

Nach den pogromartige Züge tragenden Ausschreitungen gegen Asylbewerber im sächsischen Hoyerswerda ist dieses Mal eine nördlicher liegende Stadt in Ostdeutschland der Ausgangspunkt für eine massive Angriffswelle rechtsextremer Gewalt: Rostock.

Die neue Qualität dieser Angriffe, für die die Namen der Städte Hoyerswerda und Rostock stehen, sind die Reaktionen der Anwohner, der »normalen Bürger«. Die Überfälle waren keine Nacht- und Nebelaktionen einiger weniger Jugendlicher, sondern wurden im Scheinwerferlicht der Fernsehkameras und unter Anfeuerungsrufen und Beifallklatschen eines großen Teils der Bevölkerung verübt. In beiden Städten wurden Polizei und Bundesgrenzschutz nicht Herr der Situation und mußten vor den Angriffen kapitulieren: Die Asylbewerber werden vor dem aufgeputschten Mob in Sicherheit gebracht. Die rechten Randalierer hatten ihr Ziel erreicht: Hoyerswerda und Rostock-Lichtenhagen sind »ausländerfrei«!

---

[1] Siehe dazu: *Trittin*, J., Der Luxusliner ist noch lange nicht voll; in: *Ludwig*, R.; Ness, K.; Perik, M. (Hrsg.), Fluchtpunkt Deutschland, Schüren Presseverlag, Marburg 1992.

Hoyerswerda '91 und Rostock '92 wirkten als Auslöser für zahlreiche, brutale Angriffe auf Ausländer – mit eindeutigem Schwerpunkt in Ostdeutschland.

Unbestritten ist, daß ein großer Teil der an diesen Ausschreitungen beteiligten Jugendlichen sich selbst als rechtsorientiert begreifen und der Skin-Szene zurechnen. Umstritten ist aber immer noch, welchen Anteil an der Vorbereitung und dem Ablauf der Krawalle rechtsextreme und neonazistische Parteien und Organisationen haben. Erst langsam beginnt eine öffentliche Diskussion darüber, ob sich in der rechtsextremistischen Szene nicht schon ein terroristisches Netzwerk entwickelt hat, das gezielt Anschläge organisiert und durchführt und dabei die Einbeziehung von (noch) unorganisierten rechtsorientierten Jugendlichen betreibt.

Die These, daß rechtsorientierte Gewalttaten bis hin zu Morden die Taten von »verwirrten Jugendlichen und Einzeltätern« sind, die losgelöst von politischen Konzepten und Organisationen handeln, ist immer noch weitverbreitet. Hier soll nicht die These vertreten werden, daß jegliche Gewalttat gegen Ausländer, Homosexuelle und Linke in einer »Neonazizentrale« geplant und politisch genau »vorberechnet« ist, doch sollte unsere Gesellschaft auch nicht länger die Augen davor verschließen, daß es unter den Neonazis verstärkte Organisations- und Vernetzungsbemühungen gibt, diese Gruppen politische Gewalt offen propagieren, verstärkt Waffenlager angelegt werden und immer häufiger organsierte Rechtsextreme als treibende Kräfte bei Überfällen auf Asylbewerbereinrichtungen identifiziert werden können.

Zumindest für Rostock ist davon auszugehen, daß die Angriffe auf die dortige Zentrale Anlaufstelle für Asylbewerber (ZAST) in den ersten beiden Tagen hauptsächlich von Jugendlichen aus Rostock und der näheren Umgebung getragen wurden. Spätestens aber am dritten Tag waren auch rechtsextrem orientierte Jugendliche aus anderen Teilen der Bundesrepublik angereist. Dabei auch zahlreiche Mitglieder rechtsextremistischer Organisationen und Parteien.[2] Die Motivation war dabei sicherlich nicht nur die Lust am Krawall, sondern auch die Hoffnung, für ihre Organisationen neue

[2] Vgl. *dazu Konkret 10/92, S. 16f. Unter der Überschrift* »Die Drahtzieher« schreiben *K. Walden / H. Abel*, daß DVU-Vorsitzender Frey schon zwei Monate vor den Pogromen in Rostock »vor mehreren hundert Zuhörerinnen und Zuhörern gegen die 'Asylantenflut' hetzen konnte« und daß am Samstag, dem 22. August, lokale DVU-Mitglieder in Rostock-Lichtenhagen diejenigen waren, »die die Logistik für die Kundgebung bereitstellten«, von der dann die Pogrome ihren Ausgang nahmen.

Aktivisten zu werben. Rostock sollte für sie nach Hoyerswerda zu einem noch bedeutenderen »Fanal« werden. Die anschließenden Angriffe gegen Asylbewerbereinrichtungen in Cottbus, Eisenhüttenstadt, Quedlinburg, Wismar und zahlreichen anderen Orten zeigten, daß Rostock tatsächlich dieses »Fanal« wurde, das eine noch nicht absehbare Blutspur nach sich ziehen wird. Insbesondere die Aktivisten aus dem Umfeld des mittlerweile an Aids verstorbenen Neonazi-Führers *Michael Kühnen* sehen nun endlich ihre Chance, in Ostdeutschland stärker Fuß zu fassen, neue Anhänger zu gewinnen, Massen zu mobilisieren und endlich Symphatie für eine politische Bewegung zu gewinnen, die keinen Hehl daraus macht, daß sie sich in der Tradition der NSDAP sieht.

Aufbau von Kaderorganisationen in Ostdeutschland

Ostdeutschland ist für die militanten Neonazis schon seit langem ein interessantes Feld, um neue Anhänger zu gewinnen und ihre Organisationen zu stärken. Alle Umfragen und Studien über die Einstellungen ostdeutscher Jugendlicher beweisen, daß die Zustimmung zu rechtsextremistischen, rassistischen Positionen weit verbreitet ist – wenn nicht sogar schon zur Mehrheitsmeinung geworden ist. Es gibt kaum noch einen Ort oder einen Kreis in Ostdeutschland, in dem sich keine rechte Jugendclique mehr oder weniger lose zusammengeschlossen hat. Auffällig ist aber, daß sich bisher nur ein sehr geringer Teil der Anhänger dieser Jugendgruppen in rechtsextremen oder neonazistischen Parteien organisiert hat. Sowohl die rechtsextremen NPD, DVU oder Reps als auch neonazistische Organisationen und Parteien – auf die hier noch genauer eingegangen werden soll – haben immer noch weit geringere Mitgliedszahlen als im Westteil der Republik.

Dies sagt aber wenig über ihren Einfluß auf den Ablauf der Krawalle und unter den rechtsorientierten Jugendlichen aus. Schon jetzt gibt es zahlreiche Hinweise darauf, daß viele Proteste zumindest durch gezielte rechtsextreme Propaganda (Verteilen von ausländerfeindlichen Flugblättern in den Tagen vor dem Pogrom in Lichtenhagen durch die DVU!) geschürt worden sind.

Für die offen neonazistischen Organisationen scheint es aber gar nicht das vorrangige Ziel zu sein, möglichst schnell viele Mitglieder zu werben: Sie wollen schlagkräftige Kaderorganisationen aufbauen. Diese Parteigruppen arbeiten halbkonspirativ, sind aber offensichtlich jetzt schon in der Lage, durch ihre Kader als Ideologieträger auf rechtsextrem orientierte Skinheadgruppen Einfluß zu nehmen und sie für ihre Zwecke zu instrumentalisieren. So gab es etwa bei den Krawallen in Cottbus eindeutige Hinweise darauf, daß Mitglieder der *Deutschen Alternative* sowohl ideologisch als auch logistisch Einfluß auf den Ablauf der Angriffe auf die dortige Asyleinrichtung nahmen.[3] Die Polizei stellte fest, daß die Angreifer über Funkgeräte verfügten, darüber ihre Angriffe koordinierten und offensichtlich auch in der Lage waren, den Funkverkehr der Sicherheitskräfte abzuhören.

Die DA – ein Bindeglied zwischen Neonazis und rechter Jugendszene

In Cottbus hat sich schon seit der Wende in der DDR eine relativ große neonazistische Gruppierung herausgebildet, die unter dem Namen *Deutsche Alternative (DA)* bis zu ihrem Verbot am 10.12.1992 agierte. Bundesvorsitzender dieser Gruppe ist der Cottbuser *Frank Hübner*. Hübner war zu DDR-Zeiten inhaftiert und wurde von der Bundesrepublik freigekauft. Im Westen fand er schnell Kontakte zu Gesinnungsgenossen und engagierte sich in Hessen in der FAP. Nach der Wende machte sich Hübner wieder nach Cottbus auf, um dort einen Landesverband der im Westen gegründeten *DA* zu etablieren. Die Mitliederzahl der *DA* schnellte in der Cottbuser Region auf etwa 200 zumeist jugendliche Mitglieder hoch. Die DA plante, an den nächsten Kommunalwahlen teilzunehmen. Aufmerksamkeit erregte sie in Cottbus vor allem durch eine Veranstaltung, in der der sogenannte »Leuchter-Report« – eine wissenschaftlich verbrämte Version der Auschwitz-Lüge – propagiert wurde, und durch eine Straßenumfrage unter 1.500 Cottbusern, mit der der »Volkszorn« gegen eine angebliche »Überfremdung« dokumentiert werden sollte. Viele Mitglieder dieser Partei wirken aber auch in rechten Jugendcliquen mit und erfüllen dort ihren Kaderauftrag, als Ideologieträger unter Jugendlichen für die neonazistische Bewegung zu werben.

Wenn hier besonders auf die *DA* eingegangen wird, so vornehmlich, um zu zeigen, daß es in Ostdeutschland mittlerweile relativ starke und ideologisch einflußreiche neonazistische Organisationen gibt, die sich nach außen legal gebärden, intern aber kadermäßig organisiert sind. Die DA ist dabei nur eine von vielen Organisationen der Neonazis, die sich in Ostdeutschland etablierten: Sie firmieren unter den Namen *Nationale Alternative (NA)*, *Natio-*

---

[3] So wurden bei einigen der bei den Krawallen in Cottbus von der Polizei Festgenommenen Mitgliedsausweise der DA sichergestellt.

naler Block (NB), *Nationale Liste (NL)*, *Deutsche Nationale Partei (DNP)* oder – etwas mystischer – als *Wotans Volk/Deutsche Alternative*. Dem Betrachter bietet sich auf den ersten Blick ein Wirrwar von untereinander zerstrittenen Minigruppen, die nichts miteinander zu tun haben und sich gegenseitig bekämpfen. Doch das Netz zwischen diesen Gruppen ist sehr eng verwoben. Gemeinsame Aktionen sind keine Seltenheit. Ob beim Aufmarsch von 2.000 Neonazis im brandenburgischen Halbe oder beim »Rudolf-Hess-Gedenkmarsch« in Rudolstadt in Thüringen oder bei einer Demonstration in Weimar am 20. Juni 1992, der als »Gedenkmarsch für die Helden des Volksaufstandes am 17. Juni« firmierte: In trauter Gemeinsamkeit sprechen auf den Kundgebungen die gar nicht sonderlich »alten Kameraden« der *NO*, der *DA*, der *NL*, der *DNP* und natürlich ist auch *Wotans Volk* durch einen Redner präsent. Die neonazistische Einheitsfront wird in dem Aufruf für die Weimarer Demo durch ein abschließendes »Gemeinsam demonstrieren – zusammen kämpfen!« noch einmal zünftig bekräftigt.

Diese traute Einigkeit der Neonazis – bei allen durchaus vorhandenen persönlichen Animositäten und Eifersüchteleien – ist aber nicht auf Ostdeutschland beschränkt. Wie schon an der Person Hübners dargelegt, haben viele Führungskader der ostdeutschen Neonaziszene politische Erfahrungen bei Gesinnungsfreunden im Westen gesammelt oder werden direkt von dort angeleitet. Gleich nach der Wende sind in den Westen übergesiedelte Neonazis wieder an ihre alten Wirkungsstätten zurückgekehrt und haben dort begonnen, den Boden für ihre »Führer« zu bereiten. Kühnen, bis zu seinem Tod anerkannter »Führer« der größten Neonazigruppen in Westdeutschland, machte sich Anfang 1990 auf den Weg in die noch existierende DDR, um dort neue »Kameraden«, die dann und wann in den eigenen Publikationen auch noch etwas traditionsbewußter »Pg« (für: Parteigenosse) genannt werden, zu gewinnen. Generalstabsmäßig entwarf Kühnen einen »Arbeitsplan Ost«, wie die Bewegung in der DDR aufzubauen sei. Eine Schlüsselstellung schien dabei die *DA* zu spielen: Ursprünglich im Mai 1989 in Bremen begründet, sollte sie *die* legale Ostpartei der Neonazis werden. Im März 1990 kam es zur Gründung des »mitteldeutschen« Ablegers in Cottbus und am 7. Juli 1990 führte die *DA* ihren ersten Landesparteitag in Kiekebusch bei Cottbus durch – in Anwesenheit eines erlesenenen Kreises westdeutscher und österreichischer Neonazis.

Neben Kühnen trat damals *Christian Worch* aus Hamburg als besonders aktiver Gruppengründer in Erscheinung.[4] Er ist der Begründer der *Nationa-*

len Liste, die eine enge Zusammenarbeit mit der *Nationalen Alternative* in Berlin entwickelte. Die *Nationale Alternative* setzt sich zusammen aus ostdeutschen rechtsextremistischen Aktivisten, die sich schon aus den Gefängnissen der DDR kennen, und »Nachwuchs-Neonazis«, die ihr rechtes Coming Out erst nach der Wende hatten. Diese Gründungen erlangten eine gewisse öffentliche Aufmerksamkeit durch die Besetzung eines Hauses in der Weitlingstraße im Osten Berlins. Das Haus avancierte relativ schnell zu einer Zentrale der Neonaziszene, in der zeitweise die gesamte Prominenz der westlichen Neonazis ein und aus ging.

Das Netzwerk der Neonazis: die ***Gesinnungsgemeinschaft der Neuen Front***

Hinter den vielen unterschiedlichen Namen der in Ostdeutschland gegründeten neonazistischen Gruppen und Parteien steckt Kalkül: Die Öffentlichkeit soll im unklaren gelassen werden, welche engmaschigen Verbindungen die Neonazis mittlerweile zwischen den verschiedenen Aktionsgebieten sowohl in West- als auch in Ostdeutschland geschaffen haben. Ein weiterer Vorteil ist, daß bei einem Verbot einer Organisation oder Partei sofort eine »Alternativorganisation« zur Verfügung steht, die eine Fortsetzung der Aktivitäten erlaubt.

Zusammengehalten wird dieses Netz neonazistischer Organisationen von der *Gesinnungsgemeinschaft der Neuen Front (GdNF)*, die, wie sie in einer Selbstdarstellung schreibt, eine »Gemeinschaft von überzeugten und bekennenden Nationalsozialisten« ist, »die die Überwindung des NS-Verbotes und die Neugründung der NSDAP als legale Partei« anstrebt. Ihr Aufgabe sei erfüllt, »wenn diese Neugründung vollzogen ist«. Diese Zitate stammen alle aus der 77. Ausgabe ihrer Postille *Die Neue Front*, die mittlerweile aus den Niederlanden nach Deutschland vertrieben wird. Dies weist darauf hin, daß die deutschen Neonazis auch intensive Kontakte zu Gesinnungsfreunden in anderen Ländern unterhalten. Massive Zusammenarbeit besteht auch zu der in der Bundesrepublik illegalen NSDAP/AO (Auslandsorganisation) des *Gary Rex Lauck*, die ihren Sitz in Lincoln/ Nebraska hat.[5]

[4] Worch hat heute nach dem Tode von Kühnen eine Führungsfunktion in der Neonaziszene übernommen. Die These, daß die organisierten Neonazis auch bei dem Pogrom in Rostock eine Rolle gespielt haben, wird auch durch einen Bericht der *Berliner Zeitung* vom 25. August 1992 gestützt, nach dem Worch am 23. August in Rostock-Lichtenhagen gesehen wurde, wie er aus seinem Auto heraus per Funk und Funktelefon an seine, die ZASt stürmenden Gesinnungsgenossen Anweisungen gegeben hat.

[5] Einen umfassenden und aktuellen überblick über die Vernetzung der neonazistischen Szene und die

In Nr. 74 (»September 102 JDF«[6]) berichten die Neonazis über ihre Erfolge in »Mitteldeutschland«: »In Brandenburg konnte die erste funktionsfähige Gauführung unserer Gemeinschaft in Mitteldeutschland eingerichtet werden, die eine zunehmende Anzahl von Anhängern und Mitgliedern rekrutiert. Stärkste nationalpolitische Kraft in der Region Cottbus ist eindeutig die *Deutsche Alternative*. Am 13. 4. organisierte der Ortsverband Cottbus ein Treffen, an dem auch Kameraden aus Berlin und Parteigenossen der FAP aus Hessen teilnahmen... Zahlreiche Gespräche wurden geführt über die Wege und Zukunft unseres Ortsverbandes in Zusammenarbeit und im Einklang mit anderen Ortsverbänden im Reichsgebiet. Nach einem gemütlichem Umtrunk verliessen wir den Versammlungsort und marschierten in Dreierreihen in Richtung Stadt. Während dieses Aufmarsches erschallten unsere Rufe wie 'Deutschland den Deutschen – Ausländer raus!'; 'Deutsche Jugend für Deutsche Einheit '. Hochrufe auf den Führer und Kampflieder konnte man außerdem hören. Unsere nationalsozialistische Idylle wurde durch zwei schwarzhäutige Störer beeinträchtigt, welche aber sofort außer Gefecht gesetzt wurden.«

In Nr. 76 (Ende 1990) konnte dann schon von weiteren Fortschritten berichtet werden: »Am 28.10. fand im Beisein des Chefs[7] ein Arbeitsthing der Gauführung Brandenburg statt. Dieses brachte den Abschluß der ersten Phase des Kaderaufbaus im Gau mit sich und für die Führungskameraden den ersten vollständigen Überblick über Arbeitsweise und Taktik unserer Gesinnungsgemeinschaft der*Neuen Front* mit ihren Säulen Kader, Parteiaufbau und Bündnispolitik. Damit ist auch die erste Voraussetzung des Reichs-Arbeitsthings unserer Gemeinschaft für die Teilnahme mitteldeutscher Führungskameraden an den Sitzungen dieses Generalstabes der nationalsozialistischen Revolution erfüllt ... Im Gau gibt es eine Kameradschaft – Cottbus – und drei funktionsfähige Stützpunkte; weitere Stützpunkte, die mit uns Verbindung halten und Material verbreiten, gibt es im ganzen Gaugebiet. Der Gau hat bewiesen, daß die deutsch-alternative Opposition hier insgesamt mehr als hundert Aktivisten auf die Straße bringt!«

Daß es dabei auch punktuell eine Zusammenarbeit mit Gruppen und Parteien aus dem sich verfassungskonform gebenden Spektrum der Rechts-

---

Rolle der GdNF bietet »Drahtzieher im Braunen Netz – Der Wiederaufbau der NSDAP«, Edition ID-Archiv Amsterdam.

[6] Wer es nicht schon befürchtet hat, das meint: September im 102. Jahr des Führers, also 1990!

[7] Gemeint ist offensichtlich Kühnen.

extremisten gibt, beweist ein Rundschreiben der mittlerweile ebenfalls verbotenen NF, Stützpunkt Osthavel an die »Kameraden der Kameradschaft Eberswalde« vom 20. August 1992: »Wir planen für Mittwoch, den 26. 8. eine Gegenveranstaltung zur Kundgebung des Antirassismusvereins und sonstiger linker Zecken in Eurer Stadt. Das Ganze soll so gegen 19.00 Uhr stattfinden. Die Gegenveranstaltung wird zusammen mit Kameraden der 'Deutschen Liga für Volk und Heimat' durchgeführt.«

Die *Deutsche Liga* ist begründet worden von *Harald Neubauer*, der über die *Republikaner* 1989 ein Mandat im Europaparlament erhalten hat, sich aber mit *Schönhuber* überwarf und mit der *Deutschen Liga* eine alternative Wahlpartei zu *DVU*, *NPD* und *Republikanern* schaffen will. Unterstützt wird er dabei unter anderem von *Martin Mußgnug*, dem ehemaligen Vorsitzenden der *NPD*.

Insbesondere in Ostdeutschland wird deutlich, daß die sich verfassungstreu gerierenden Rechtsextremen als Durchlauferhitzer für die militanten Neonazis wirken. Als eines von vielen Beispielen sei hier *Thomas Dienel* genannt. Der ehemaliger FDJ-Sekretär bemühte sich nach der Wende um den Aufbau der *NPD* in Thüringen, gründete dann die *Deutsche Nationale Partei (DNP)*, die in enger Aktionseinheit mit den Neonazitruppen um Worch auftritt, rühmte sich in Spiegel-TV des Aufbaus militärischer Aktionsgruppen, die auf ehemaligen NVA-Gelände bei Erfurt den Sturm von Asylbewerbereinrichtungen übt. Dienel wurde eine gute Woche nach Sendung des Beitrages von *Spiegel-TV* wegen des Verdachts der Gründung einer kriminellen Verbindung festgenommen und ist mittlerweile vom Kreisgericht Rudolstadt wegen Volksverhetzung, Verunglimpfung des Andenkens Verstorbener und Beleidigung zu 2 Jahren und 8 Monaten Haft verurteilt worden.

Die jugendkulturelle Modernisierung der Neonazis

Daß den *Reps*, der *DVU* und der *NPD* in Ostdeutschland oftmals nur die Funktion des Durchlauferhitzers für die militanter und aggressiver auftretenden Gruppen der Neonaziszene übrig bleibt, hat sicherlich auch etwas mit ihrer bemüht legalistischen und – im Hinblick auf Wahlerfolge – auf eine wachsende, öffentliche Reputation bedachte unattraktive Außendarstellung für Jugendliche zu tun. Auch das Parteileben dieser Parteien orientiert sich weniger an den Bedürfnissen der Jugendlichen. Wer bei der *DVU* gelandet ist und nicht nur über die »verlorenen Ostgebiete und die wachsende Ausländerflut« lamentieren und sich als Konsument von Freys NS-Devotionalienhandel[8] betätigen will, sondern gemeinsam mit anderen etwas *aktiv* gegen Ausländer machen will, wird bei der *DA* und verwandten Gruppen fündiger: Hier gibt es action gegen Ausländer, Parteileben inclusive feuchtfröhlichen »Kameradschaftsabenden«, gemeinsame Besuche von »Oi-Konzerten« mit in dieser Szene so beliebten Neonazi-Musikgruppen wie *Landser*, *Störkraft* oder den *Böhsen Onkelz*.

Die organisierte Neonaziszene hat sich insbesondere in Ostdeutschland jugendkulturell modernisiert und aufgerüstet und dabei auch nicht auf Anleihen bei der linken Szene verzichtet: Neonazis besetzen Häuser und probieren alternative (völkische?) Wohnformen aus, bei Demonstrationen werden »Ermittlungsausschüsse« eingerichtet, um Übergriffe von Linken und der Polizei zu dokumentieren und mit der *Hilfsgemeinschaft Nationaler Gefangener (HNG)* haben sie ein braunes Gegenstück zur Roten Hilfe gegründet, um ihren im Gefängnis gelandeten Gesinnungsfreunden Unterstützung zukommen zu lassen.

Rechtsextreme als «Sozialarbeiter» für Neonazis?

Insbesondere in Ostdeutschland verlangen rechtsorientierte Jugendliche immer intensiver eigene Jugendtreffs für sich, wo sie sich – ungestört von Linken – treffen und ihre Musik hören können. Oftmals unausgesprochenes Ziel dieses Kampfes für eigene Treffpunkte ist es natürlich auch, sich eigene »befreite Räume« zu schaffen, die dazu dienen sollen, die eigene Gruppenstruktur zu festigen. Kommunalpolitiker und Sozialpädagogen reagieren sehr widersprüchlich auf dieses Ansinnen: Auf der einen Seite steht offene Ablehnung, da die Befürchtung besteht, daß den rechtsorientierten Jugendlichen damit eine Möglichkeit gegeben wird, weiterhin an ihren Orientierungen festzuhalten, neue Anhänger zu gewinnen und sie damit quasi »staatlich anzuerkennen«. Auf der anderen Seite hat dieses Ansinnen für viele Kommunalpolitiker auch eine gewisse Attraktivität: Jugendgruppen, die bisher »auf der Straße sitzen«, an Bushaltestellen und

---

[8] Dem Münchner Zeitungsverleger und DVU-Vorsitzenden Frey gehört unter anderem die *Deutsche Nationalzeitung*, die mit etwa 100.000 verkauften Exemplaren die zweitgrößte Wochenzeitung in der Bundesrepublik ist. Über diese Zeitung betreibt Frey einen florierenden Versandhandel – von rechtsextremistischen Büchern, Videos, die die Nazizeit und die »Heldentaten« der deutschen Soldaten glorifizieren, bis zu »Rudolf-Hess-Gedenkmedaillen« ist dort alles zu bekommen, was das braune Herz erfreut. »Nebenbei« verdient Frey das Geld für die aufwendigen DVU-Wahlkampagnen durch einen umfangreichen Besitz an Immobilien. Kenner schätzen sein Vermögen auf mehrere hundert Millionen Mark.

anderen informellen Treffpunkten herumhängen und dadurch ständig in der Öffentlichkeit Anstoß erregen, bieten an, sich aus dem Blickfeld zurückzuziehen und sich in geschlossenen Räumen zu treffen.

Günstig wirkt sich für die Forderung der rechten Jugendgruppen auch aus, daß in der Sozialarbeit unter dem Stichwort *Akzeptierende Jugendarbeit* [9] seit einiger Zeit ein neuer Ansatz für die pädagogische Arbeit mit rechten Jugendcliquen diskutiert wird. Dieser Ansatz geht davon aus, daß die bisherige Reaktion der Sozialarbeit der Ausgrenzung und des moralisierenden Zeigefingers gegenüber rechtsorientierten Jugendlichen nur ein »hilfloser Antifaschismus« gewesen sei, der die Attraktivität rechter Ideologien unter Jugendlichen eher erhöht als verringert hat. Akzeptierende Jugendarbeit fordert, Skins und andere Jugendliche nicht aus Jugendzentren auszugrenzen und einer ständigen moralisierenden antifaschistischen Agitation zu unterziehen, sondern sie als Jugendliche anzunehmen, die Probleme haben und sie ernstzunehmen. An die Stelle der Bestrafung und Ausgrenzung dieser Jugendlichen, bei denen in der Mehrzahl kein verfestigtes rechtsextremes Weltbild unterstellt wird, soll die Annahme des Einzelnen stehen. Praktiker der akzeptierenden Jugendarbeit berichten übereinstimmend von Erfolgen ihrer Konzeption: Rechtsorientierte Jugendliche gewinnen Vertrauen zu den Sozialarbeitern, sind bereit, sich auf angebotene Lösungsansätze für ihre individuellen Probleme einzulassen und lösen sich nach und nach aus den scheinbar festgefügten Gruppenstrukturen. Akzeptierende Jugendarbeit geht davon aus, daß die Sozialarbeiter den Jugendlichen gegenüber zwar verdeutlichen, daß sie ihre Einstellungen nicht teilen, aber auch darauf verzichten, das Abschwören von der rechten Einstellung von den Jugendlichen als Vorbedingung für die individuelle Hilfe zu verlangen.

In Ostdeutschland ist diese Konzeption von Jugendarbeit mit rechten Jugendcliquen auf großes Interesse gestoßen. Vielerorts gibt es Projekte, die diesen Ansatz in Praxis zu übersetzen versuchen, oftmals finanziert aus Mitteln eines 20-Millionen-Mark Programm des Bundesjugendministeriums gegen »Aggression und Gewalt« in Ostdeutschland. Dabei hat sich ein Wildwuchs von unterschiedlichen Konzeptionen entwickelt, deren wesentlicher Unterschied sich an den eingesetzten Sozialarbeitern festmacht: Es gibt unter der Bezeichnung *Akzeptierende Jugendarbeit* Projekte, die sich an den

---

[9] Zu Konzept und Praxis der »Akzeptierenden Jugendarbeit« vergleiche *Krafeld*, F.-J.; Lutzebäck, E.; Schaar, G.; Storm, C.; Welp, W., »Akzeptierende Jugendarbeit mit rechtsextremen Jugendlichen?« in: »Jugend und Rechtsextremismus«, hrsg. vom Juso-Bundesverband, Ollenhauerstr. 1, W-5300 Bonn 1.

Ansätzen von Krafeld orientieren, die aber auch nur den Begriff benutzen, um ihren darüber hinausgehenden Ansätzen einen in der derzeitigen pädagogischen Diskussion positiv besetzten Anstrich zu geben. So berichtet *Leif* im Berliner *Tagesspiegel* unter der Überschrift »Rechte Helfer zur unpolitischen Frustbearbeitung« unter anderem über zwei Projekte in Cottbus und Hoyerswerda: »Mitten in den seelenlosen Betonburgen von Hoyerswerda haben sich unter Führung der rechtsextremen Partei 'Deutsche Alternative' (DA) die Neonazis ihren Treffpunkt eingerichtet. Mit Genehmigung der Stadt können sie die Räume im *Club WK 10* unkontrolliert für ihre politische Arbeit nutzen. Doch damit nicht genug. Auch die Sozialarbeiter stehen auf der Seite der Neonazis. Der Sozialarbeiter hinter der Theke hat früher selbst gegen Ausländer randaliert und steht zu seiner Vergangenheit. Der andere – ein amerikanischer Lehrer – wurde von den Neonazis als Vertrauensperson gewählt. Nicht nur wegen seines pädagogischen Fingerspitzengefühls wird er akzeptiert. Er unterstützt auch nach Kräften einen Teil der rechtsextremen Forderungen seiner braunen Jugendlichen. (...) Kein Einzelfall: Auch im *Jugendclub Sandow* in Cottbus werden die Neonazis von zwei Sozialarbeitern betreut, die aus der Skinheadszene kommen.«

Nun könnte man denken, daß es sich hier um zwei bedauerliche Einzelfälle handelt, weil der einstellenden Kommune nicht bekannt war, welcher Geisteshaltung die Sozialarbeiter anhängen. Weit gefehlt! Wie Leif weiter berichtet, verbirgt sich dahinter aber Absicht: »Die professionellen Berater etwa vom Institut für Sozialarbeit und Sozialpädagogik (ISS) meinen, daß linke Sozialarbeiter von den rechtsorientierten Jugendlichen abgelehnt würden.« Leif zitiert in diesem Zusammenhang*Gehrmann* vom *ISS*, der davon spricht, daß die Beschäftigung von Neonazis als Sozialarbeiter sinnvoll sein kann, weil es nämlich darum gehen müsse, die »Jugendgruppen stabil zu halten, sie nicht zu destabilisieren«. Ehrlicherweise sollten die Vertreter dieser Konzeption dann aber nicht mehr von Akzeptierender Jugendarbeit, sondern von *unterstützender* oder bestenfalls *betreuender Jugendarbeit* sprechen.

Krafeld und seine Mitarbeiter distanzierten sich daher auch eindeutig vom ISS und sehen ihren eigenen Ansatz durch die Begriffsübernahme diskreditiert. *Krafeld*verweist in einem Leserbrief an den *Tagesspiegel* darauf, es sei der »Grundgedanke der Akzeptierenden Jugendarbeit«, »daß sich in den Personen von Sozialarbeiterinnen und Sozialarbeitern sehr unterschiedliche, ja gegensätzliche Wertorientierungen, Deutung- und Handlungsmuster begegnen«. Es gehe dabei »um das Akzeptieren des Andersseins, um einander Zuhören, Verstehen und Ernstnehmen«. Erst aus solchen »Beziehungsprozessen können und sollen Veränderungen erwachsen, die mit Aufklärung, Belehrung oder mit Bestrafung nicht zu erreichen wären«.

Das Ziel der pädagogischen Arbeit der ISS-Konzeption ist es aber nicht mehr, den einzelnen diesen Beziehungsprozessen auszusetzen, ihn dadurch als Individuum zu stabilisieren und damit zu einem Selbstbewußstein zu verhelfen, das es ihm ermöglicht, Alternativen zu gewalttätigem Verhalten in einer Gruppe zu erkennen, sondern die gleichgesinnte Bezugsgruppe zu stabilisieren. Unter diesem Gesichtspunkt ist es dann auch nur konsequent, einen Sozialarbeiter zu beschäftigen, der die Gruppe ideologisch unterstützt. Dieser aus Mitteln der Kommune oder des Bundes finanzierte Sozialarbeiter wird damit quasi Organisator der Gruppe – im Extremfall zum »staatlich finanzierten Parteisekretär der Neonazis«. Sollte sich diese Konzeption von »Akzeptierender Jugendarbeit« weiter in Ostdeutschland verbreiten, wird sie von der *DA* sicherlich bereitwillig unterstützt werden: Viele ihrer Kader sind bestimmt bereit, als »Sozialarbeiter« an der »Stabilisierung« rechtsextremer Jugendgruppen mitzuarbeiten. Vielleicht werden sie dann auch die Schaffung einer neuen, treffenden Begrifflichkeit für ihre berufliche Tätigkeit durchsetzen: Nationalsozialarbeiter!

Was tun?

Angesichts eines massiven Rechtstrends unter den Jugendlichen – nicht nur in Ostdeutschland – steht die gesamte Gesellschaft vor einer gewaltigen Herausforderung. Nicht nur die Politik und die Pädagogik waren auf sie offensichtlich nicht vorbereitet, obwohl es in den vergangenen Jahren genügend warnende Stimmen gegeben hat, die insbesondere nach der Wende in Ostdeutschland eine neue Jugendbewegung, ein »68 von Rechts« vorausgesagt haben. Die Wucht der Gewalt führt jetzt zu zahllosen Vorschlägen, die – wie am Beispiel der eigentümlichen *ISS*-Konzeption von Akzeptierender Jugendarbeit gezeigt – nicht nur abwegig, sondern auch gefährlich sind. Klar ist aber, daß der traditionelle »Nazis-'raus«-Antifaschismus ebenfalls in eine Sackgasse geführt hat. Für viele Politiker und Pädagogen ist es eine neue Erfahrung, daß der Verweis auf die deutsche Nazi-Vergangenheit nicht mehr fruchtet. Die rechtsorientierten, ausländerfeindlichen Jugendlichen nehmen für sich selbst eine »Gnade der späten Geburt« in Anspruch, die sie keinerlei Zusammenhänge mehr zwischen ihrem Denken und Auschwitz erkennen läßt. Mit moralischen Appellen ist dagegen nicht mehr anzukommen.Auf der anderen Seite macht es aber auch keinen Sinn mehr, einer Verharmlosung rechtsextremistischer Gewalt das Wort zu reden. Es gibt ein sich verdichtendes Netz neonazistischer Gruppen, die nicht nur zu Gewalttaten bereit sind, sondern terroristische Aktionen planen und auch durchgeführt haben.

Ideologieträger der Neonazis sind nicht mit pädagogischen Mitteln zu bekehren, sondern hier muß der Staat bereit sein, auch die Mittel einzusetzen, die einer Demokratie zur Verfügung stehen. Die Frage eines Verbots und der polizeilichen Verfolgung neonazistischer Organisationen ist insbesondere innerhalb der Linken immer sehr kontrovers diskutiert worden. Richtig ist sicherlich immer noch, daß das Verbot einer Organisation oder Partei nicht das rechtsextreme Gedankengut aus den Köpfen der Anhänger vertreibt, doch kann in einer Demokratie auch nicht zugeschaut werden, wie unter dem Deckmantel einer Partei der Aufbau einer kriminellen Organisation betrieben wird.

Konkret: Organsationen und Parteien wie die *DA*, die *DNP*, die *NF*, die *FAP* und andere müssen verboten werden. Wer dagegen argumentiert, daß diese Organisationen dann nur in den Untergrund abgedrängt würden, verkennt, daß diese Neonaziorganisationen im Rahmen einer »Doppelstrategie« längst auch diese Variante der Politik betreiben: Sie forcieren legal die Wiedergründung der NSDAP und nutzen den legalistischen Deckmantel der existierenden Organisationen für Untergrundarbeit. Sie legen schon heute Waffenlager und Todeslisten an, sie überfallen gezielt politische Gegner und organisieren Überfälle auf Asyleinrichtungen.

Ein Verbot und eine konsequente juristische Verfolgung der Kader dieser Organisationen ist auch dringend geboten, um ihre Agitation unter den rechtsorientierten Jugendlichen, die noch nicht über ein geschlossenes Neonazi-Weltbild verfügen, zu behindern.

Die Verhinderung der ideologischen Aufrüstung der rechtsorientierten Jugendlichen ist eine notwendige Voraussetzung, um überhaupt noch Anknüpfungspunkte für eine pädagogische Arbeit mit ihnen zu finden. Diese pädagogische Arbeit, die sicherlich auf ihren Überlegenheit demonstrierenden moralischen Zeigefinger verzichten muß, wird diese Jugendlichen als Individuen mit ihren Ängsten und Sorgen ernstnehmen und ihnen konkrete Unterstützung für ihre Probleme und Alltagssorgen anbieten müssen.

Doch machen wir uns nichts vor: Jegliche pädagogische Arbeit kann nur so gut sein wie es die gesellschaftlichen Rahmenbedingungen zulassen. Die gegenwärtig stattfindenden dramatischen Änderungen in fast allen Lebensbereichen führen bei vielen Jugendlichen in Ostdeutschland zu einer wachsenden Orientierungslosigkeit, die sich in bewußten und unbewußten Ängsten äußert. Wenn einem Jugendlichen die Aussicht auf einen Ausbildungs- oder Arbeitsplatz versperrt und die Hoffnung auf eine eigene Wohnung genommen wird, ihm also der Zugang zur Gesellschaft versperrt wird, darf man sich nicht wundern, wenn Jugendliche nach etwas suchen, was ihnen niemand nehmen kann: Der übertriebene Stolz auf die eigene Nation und die eigene »Rasse« ist dann die letzte verbliebene Möglichkeit, dem gestärkten Selbstbewußtsein eine Möglichkeit zu geben, sich über andere zu erheben.[10] Wenn Jugendlichen in unserer Gesellschaft- und das gilt insbesondere für Ostdeutschland – keine materielle und geistige Perspektive angeboten werden kann, wie sie ihr Leben selbstverantwortlich gestalten können, werden Neonazis mit ihren konkreten Feindbildern und identitätstiftenden Handlungsmustern in Zukunft leichtes Spiel haben.

[10] Vgl. dazu *Heitmeyer*, W., »Die Widerspiegelung von Modernisierungsrückständen im Rechtsextremismus«; in: *Butterwegge*, Ch.; Isola, H. (Hrsg.), »Rechtsextremismus im vereinten Deutschland«, Ch. Links-Verlag.

Malte Ristau

Die Wähler der extremen Rechten

Bei den Landtagswahlen am 5. April 1992 erzielten die rechts-außen Parteien ihre bisher größten Erfolge in der Geschichte der Bundesrepublik. REP und die Deutsche Volksunion (DVU) schafften erstmals seit den sechziger Jahren (NPD) in einem Flächenland den Einzug ins Parlament. Die REP haben sich mit ihren 10,9 % in Baden-Württemberg zur mit Abstand größten und erfolgreichsten Partei am rechten Rand entwickelt. Die DVU erreichte in Schleswig-Holstein auf Anhieb mit 6,3 % den Sprung in den Landtag und ist dort drittstärkste politische Kraft. Die Kommunalwahlen in Berlin im Mai bestätigten mit 8,3 % für die REP die Ergebnisse.

Die Stadtratswahl im bayerischen Passau brachte Ende September noch einmal die wahlpolitische Seite des Problems auf den Punkt: Die CSU schrumpfte mit einem Minus von 7,3 % deutlich, ebenfalls die SPD mit einem Minus von 3,7 %. Die Republikaner (REP) überholten die FDP und wurden mit mehr als einer Verdoppelung ihrer Stimmen drittstärkste Stadtratsfraktion. Es war nicht einfach ein Passauer Lokalderby, eine niederbayerische Besonderheit, sondern ein erneuter Beleg für einen bundespolitischen Trend.

Alle repräsentativen gesamtdeutschen Umfragen bekräftigten, daß die Wahlerfolge keine regionalen Ausreißer waren. Die »harte« Wahlabsichtsfrage ergibt Werte von 5 % bis 8 %, die »weichere« Sympathiefrage im Bundesschnitt Werte um 15 %. Die Zustimmungen für die Rechtsextremen liegen im westlichen Landesteil noch wesentlich höher als im östlichen. Die Zu- und Abnahmen erfolgen auf unterschiedlichen Niveaus, aber mit vergleichbarer Intensität und Relationen. Ein »Angstkartell« zwar schockierter, aber weiter als borniert wahrgenommener Volksparteien, wäre die absolut falsche Reaktion. Nötig ist erst einmal eine nüchterne Bestandsaufnahme.

Entwicklung der Wählerpotentiale seit 1989

Im April 1989 gaben bei der sogenannten *ZDF-Sonntagsfrage (Politbarometer)* mehr als 10% der Befragten an, sie würden bei einer Bundestagswahl die REP wählen. Dies war der Höhepunkt der bundesweiten Stimmung. Die Wahlabsichtsfragen der großen Meinungsforschungsinstitute ergaben im weiteren Verlauf des Jahres 1989 bundesweit für die REP Wähleranteile zwischen 3% und 7%. Die REP-Themen wurden in der Folge durch den deutschen Einigungsprozeß überdeckt, die internen Parteiquerelen beeinträchtigten das äußere Erscheinungsbild erheblich. Das rapide Absinken der REP in der Wählergunst korrespondierte in der Zeitreihe auffällig mit der in diesem Zeitabschnitt positiv veränderten Leistungsbeurteilung der Bonner Koalition, insbesondere der CDU. Bis zum Sommer 1990 befanden sich die REP in den Untersuchungen aller Institute am Rande der Meßbarkeit. Ihren Tiefpunkt hatten sie im Juni 1990 mit 0,5% *(Politbarometer)* erreicht. Schon im Herbst 1990 allerdings lagen sie, auf die alte Bundesrepublik bezogen *(Emnid, Forschungsgruppe Wahlen)*, mit 2% bis 2,5% wieder deutlich höher.

Bei den Wahlen 1990 repräsentierten die Rechtsaußen nur noch den harten Kern stark rechtslastiger Stammwähler von knapp 2% der Gesamtwähler. Lediglich in Bayern wurde die Sperrklausel mit 4,9% nur knapp verfehlt. Bei der Bundestagswahl am 2. Dezember 1990 erreichten die REP 2,1%.

Diesem Stimmenanteil entsprach das Niveau, das die REP auch bei den Landtagswahlen in der ersten Hälfte 1991 erreichten. Bei einer Differenzierung nach Bundesländern zeigten sich in der Folge starke regionale Unterschiede in den regelmäßig abgefragten repräsentativen Stimmbürger-Äußerungen. Ihren vergleichsweise stärksten Rückhalt haben und hatten die REP im Süden der Bundesrepublik. Das erhebliche Nord-Süd-Gefälle überformt signifikant alle sozialstrukturellen Merkmale.

Die Wahlforschungsinstitute haben nach der Bundestagswahl 1990 auch anhand von Zeitreihen immer wieder darauf hingewiesen, daß der harte Sockel der REP-Wähler in Baden-Württemberg kontinuierlich bei ca. 3% sowie in Bayern bei knapp 5% lag. Erfolge am rechten Rand sind umso wahrscheinlicher, je gefestigter das stark kommunikative Umfeld ist, das Grenzen zwischen der demokratischen und der extremen Rechten verschwimmen läßt.

Wahlergebnisse rechtsextremer Parteien

in der Bundesrepublik Deutschland sowie in ausgewählten Ländern und Gemeinden seit 1986 in Prozent

	NPD	DVU	REP
Landtagswahl Bayern 1986	0,5	—	3,0
Bundestagswahl 1987	0,6	—	—
Landtagswahl Bremen 1987	—	3,4	1,2
Landtagswahl Baden-Württemberg 1988	2,1	—	1,0
Gemeindewahl Frankfurt 1989	6,6	—	—
Europawahl 1989	—	1,6	7,1
Bundestagswahl 1990	0,3		2,1
Landtagswahl Hessen 1991	—	—	1,7
Landtagswahl Rheinland- Pfalz 1991	—	—	2,0
Landtagswahl Hamburg 1991	—	—	1,2
Landtagswahl Bremen 1991	—	6,2	1,5
Landtagswahl Schleswig-Holstein 1992	—	6,3	1,2
Landtagswahl Baden-Württemberg 1992	0,9	—	10,9
Kommunalwahl Berlin 1992			8,3

In den ostdeutschen Bundesländern erreichten die Rechtsextremen bei den Landtagswahlen 1990 im Schnitt ca. 1 %. Bei den Bundestagswahlen am Dezember erzielten sie durchweg unterdurchschnittliche Ergebnisse in allen ostdeutschen Ländern. Angesichts der unterschiedlichen Voraussetzungen sagen diese Zahlen nicht viel aus. Es gibt nur Vermutungen, wie die REP und andere Rechtsextreme künftig in der dort politisch und sozial aufgewühlten sowie parteipolitisch sehr schwach gebundenen Bevölkerung abschneiden werden. Untersuchungsbefunde u. a. des *Sinus-Instituts* weisen darauf hin, daß eine in Westdeutschland in dieser Größenordnung noch unbekannte Parteiendistanz immer mehr an Boden gewinnt (insbesondere unter Jugendlichen). Wir sollten zudem in Rechnung stellen, daß die Zufriedenheit mit der Demokratie in den ostdeutschen Ländern ebenso wie das Vertrauen in Institutionen wesentlich niedriger ausfällt.

Eine Ende Juni 1992 in Dresden vorgestellte Studie der *Forschungsstelle für Sozialanalyse*, Leipzig, die auf einer repräsentativen Umfrage unter 4.300 Schülern und Lehrlingen (14 bis 25 Jahre) in Sachsen und Sachsen-Anhalt basiert, kommt zu dem Schluß, daß in den letzten 18 Monaten das ausländerfeindliche Potential deutlich angewachsen ist und auch die Verbindung zwischen den politischen Grundüberzeugungen und dieser Einstellung enger geworden ist. Zu ähnlichen Ergebnissen kommt zeitgleich eine von der Universität Potsdam im Auftrag der brandenburgischen Jugendministerin durchgeführte Untersuchung. Bei den Ostdeutschen sind die Jungen noch anfälliger als in Westdeutschland, die Älteren dafür verhaltener.

Baden-Württemberg: Erfolgreiche Ansprache der «Unentschlossenen»

Zu den Landtagswahlen in Baden-Württemberg waren im April 1992 vier miteinander konkurrierende rechte Parteien angetreten: Neben den im Land auf kommunaler Ebene schon relativ etablierten REP, die als ziemlich altbacken eingestufte NPD, die im Oktober 1991 neu gegründete Deutsche Liga (Sammelbecken von Abspaltungen der REP und der DVU) sowie die Splittergruppe Nationale Offensive (als Ausdruck der militanten Rechten).

Chancen aufgrund der Meinungsumfragen konnten sich von vornherein nur die REP ausrechnen, die auch als einzige flächendeckend in allen Wahlkreisen angetreten waren. Innerhalb des rechten Lagers ging es nicht einfach nur um Stimmen und Mandate, sondern auch um Vorherrschaft im Lager, um Wahlkampfkostenerstattung sowie um Medienpräsenz. Die DVU hatte sich im Vorfeld mit der NPD auf eine Arbeitsteilung geeinigt: Die NPD kandidierte in Baden-Württemberg, die DVU in Schleswig-Holstein. Die Wähler in Baden-Württemberg manövrierten sowohl die Deutsche Liga (0,4%) wie auch die NPD (0,9%) ins Abseits. Einzige relevante

Konkurrenz der REP bleibt auf der Bundesebene die DVU mit Sitz in München und Hochburgen in Schleswig-Holstein und in Bremen.

Aus den Vorwahl-Untersuchungen von *Allensbach* ergibt sich, daß sich in Baden-Württemberg Sympathien für die REP im Frühjahr 1992 verfestigten und daß das Bekennen zu ihnen freimütiger wurde. Insbesondere in der jungen Generation nahm die Zahl derer zu, die in ihrem Bekanntenkreis Personen mit REP-Sympathien verzeichneten. Die längere Zeit erfolgreich stigmatisierten REP sind zumindest im privaten Kreis weithin gesellschaftsfähig geworden. Die stimmstarken Wahlkreise der REP haben sich stabilisiert: Die Ergebnisse der Europawahl 1989 stimmen mit denen der Landtagswahl 1992 auffällig überein.

Wichtigste REP-Zielgruppe waren in Baden-Württemberg die Nichtwähler, insbesondere in Arbeitervierteln sowie bei den Jungwählern. Die Wahlkampfstrategie (»Jetzt Republikaner!«) war voll auf diesen auf 25 % geschätzten Marktanteil ausgerichtet. Die stark ideologisch gebundenen Rechtswähler wurden als »zu kleines Marktsegment« eingestuft, ein letztlich folgenloser Binnenwettstreit im rechten Lager wurde bewußt vermieden. Der Wahlkampf wurde hochprofessionell von einem ehemaligen Verkaufsmanager von Unilever organisiert, der auch den Bundestagswahlkampf 1994 organisieren soll.

Alle Rechtsparteien machten Zuwanderung und Asylrecht zu ihrem zentralen Wahlkampfthema und schlugen von da aus den Bogen vor allem zur organisierten Kriminalität und zur Wohnungsnot. Dabei legten die REP eine vergleichsweise dezentere Diktion als ihre Konkurrenten vor. Die Rechtsparteien haben dazugelernt: Sie treten moderater auf und liefern auf ihr Personalangebot bezogen erheblich weniger negative Schlagzeilen. Die REP versuchen sich zunehmend als salonfähige konservative Kraft zu profilieren, als konsequentere Union gewissermaßen, die in den Parlamenten als »Korsettstange« der Union fungieren will. In der Union wächst die Zahl derer, die diese Interpretation öffentlich stützen. So galten in Baden-Württemberg am Wahltag die REP nicht nur als die »Arrivierten« der Szene, sondern auch als wählbar – für Protestwähler aus allen Milieus.

Die niedrige Wahlbeteiligung, die emotionalisierenden Asyldebatten sowie die Unzufriedenheit mit den *etablierten* großen Parteien machten das Ergebnis letztlich in dieser Höhe möglich. Die Chancen der extremen Rechten wurden insbesondere in den letzten Wochen zu einem zentralen Thema des Wahlkampfes. Es konnte zum Schluß mit gutem

Grund unterstellt werden, daß REP-Wähler ihre »Stimme nicht verschenken« würden. Zwei Drittel der Wähler der Rechten haben sich nach Angaben der Forschungsgruppe Wahlen erst kurz vor dem Wahltag entschieden. REP und DVU (in Schleswig-Holstein) ist es im Endspurt gelungen, das Potential der lange Unentschlossenen weitgehend auszuschöpfen *(last minute swing)* .

Die Stärke der Parteien

Wenn schon am nächsten Sonntag Bundestagswahlen wären, welche Partei würden Sie wählen? (Zweitstimmen-Ergebnisse)

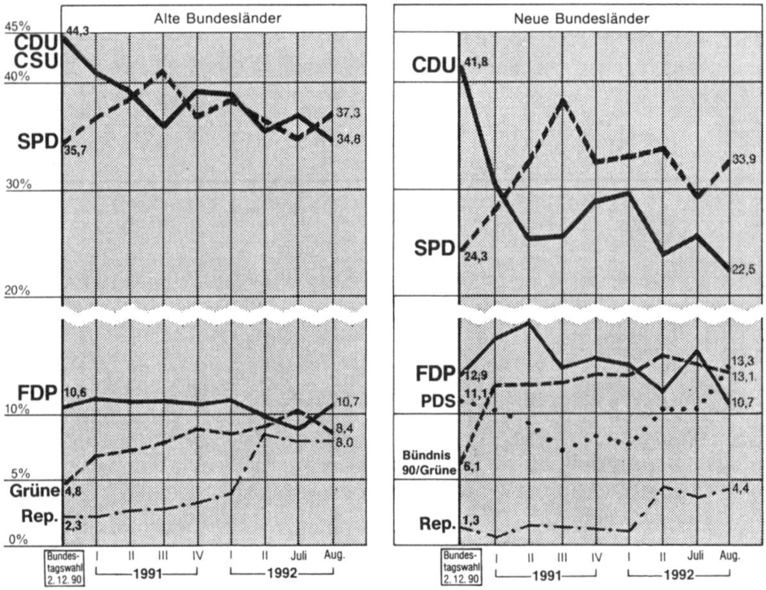

Quelle: Institut für Demoskopie Allensbach

FAZ-Grafik Sturm

Herkunft der Wähler: Wechselwähler, junge Männer

Aus dem Sympathisantenpotential der REP hat in der Vergangenheit nach Forschungsergebnissen der *Adenauer-Stiftung*[1] etwa jeder zweite mehrere Parteien gewählt. Dies zeigt, wie groß die Bindungslosigkeit der REP-Sympathisanten ist. Ein parteipolitisch weitgehend heimatloses Potential, das in der Vergangenheit auch häufig zu den Nichtwählern gehörte, wird zunehmend erfolgreich von den REP angesprochen. Diese Entscheidung ist noch nicht dauerhaft: Nur ein Fünftel fühlt sich laut *Forschungsgruppe Wahlen* bislang längerfristig mit ihnen verbunden.[2]

Alle Untersuchungen stellten seit 1989 heraus, daß eine relative Mehrheit der REP-Anhänger bei der Bundestagswahl 1987 oder vorangegangenen Landtagswahlen die Union gewählt hatte. Dabei handelte es sich nicht unbedingt um Stammwähler der Union. Nach übereinstimmenden Zahlen sowohl der *Adenauer-Stiftung* , der *Naumann-Stiftung* sowie von *Infratest Sozialforschung*[3] hatten 43 % des REP-Sympathiepotentials bei der Bundestagswahl 1987 die Union gewählt; 21 % kamen von der SPD und ein etwa gleich großer Anteil aus dem Nichtwähler-Lager. Der Rest verteilte sich auf die übrigen Parteien. Je nach Region setzten sich die Wählerströme allerdings sehr unterschiedlich zusammen.

Nach der Wahltagsbefragung der *Forschungsgruppe Wahlen* verteilte sich am 5. April die Herkunft der Wähler der REP in Baden-Württemberg folgendermaßen: 42 % von der CDU, 23 % von der SPD, 4 % von den Grünen, 2 % von der FDP, 15 % von Rechtsparteien und 14 % von Nicht- bzw. Erstwählern.

Aus Umfragen in Schleswig-Holstein, die in der Vorwahlwoche stattgefunden haben sowie aus der nicht unumstrittenen Wanderungsbilanz von *Infas* wird deutlich, daß die DVU dort vor allem von der Regierungspartei SPD Stimmen abgezogen hat. Eine Bremer Wahlbezirksfeinanalyse[4] zeigt, daß die Rechtsparteien 1991 bei der Wahl zur Bürgerschaft den größten Wählerzuspruch in jenen Stimmbezirken fanden, die früher satte SPD-Vorsprünge gegenüber anderen Parteien erbracht hatten. Die *Forschungsgruppe*

---

1 Vgl. *Veen* , H. J., u. a., Die Republikaner-Partei zu Beginn der 70er Jahre, St. Augustin 1991 (Forschungsinstitut der Konrad-Adenauer-Stiftung; interne Studien; 14/1991).

2 Vgl. *Roth* , D., Ventil für Unzufriedene und Politikverdrossene; in: *Handelsblatt* , 14. August 1992.

3 Vgl. *Klär* , K. u. a. (Hg.), Die Wähler der extremen Rechten, Band III: Sozialstruktur und Einstellungen von Wählern rechtsextremer Parteien, Bonn 1989.

4 Vgl. *Dinse* , J., Zum Rechtsextremismus in Bremen, Bremen 1992; die Studie basiert auf der repräsentativen Wahlstatistik.

Wahlen hat schon 1991 darauf hingewiesen, daß der relative Anteil ehemaliger CDU-Wähler bei den Anhängern der Rechtsextremen im Zeitvergleich seit 1989 zurückgegangen ist, während der relative Anteil ehemaliger SPD-Wähler konstant blieb.

Eine kumulierte Auswertung mehrerer Repräsentativbefragungen von *Infratest* hatte in der ersten Jahreshälfte 1989 auf breiter Datenbasis ein repräsentatives Datenmaterial zu sozio-demographischen Merkmalen von REP-Anhängern geliefert. Dabei hatte sich als erste Auffälligkeit herausgestellt, daß der Anteil der Anhänger mit Volksschul- oder Hauptschulabschluß mit Lehre wesentlich über dem Bevölkerungsschnitt einerseits, der Anteil mit Abitur bzw. Studium andererseits wesentlich unter dem Bevölkerungsschnitt lag. Bei den Berufen lag ein Schwergewicht bei einfachen (und angelernten) Arbeitern/Facharbeitern einerseits, bei den Selbständigen andererseits. Bei dem relativ hohen Anteil unter den Selbständigen unter den REP-Anhängern war zu beachten, daß hierunter auch die in diesem Segment starke Gruppe der Landwirte fiel. Auffällig war auch der Anteil von Beamten aus dem nicht-höheren Dienst. Aus den drei genannten Gruppen rekrutierte sich 1989 der harte Kern der Anhänger, die auf jeden Fall die REP wählen wollten.

Betrachten wir die REP-Wähler bzw. -Anhänger nach Berufsgruppen, so zeigen sich im Zeitvergleich zwischen Anfang 1989 und heute wichtige Veränderungen in der Sozialstruktur.[5] Der Anteil der leitenden Angestellten, höheren Beamten, Selbständigen und Landwirte ging zurück, während der Anteil insbesondere der Facharbeiter sowie der un- und angelernten Arbeiter laut Erkenntnissen unter anderem der *Forschungsgruppe Wahlen* relativ und absolut anstieg. Auffällig ist der wachsende Anteil der Arbeiter-Wähler: Von ihnen wählten in Baden-Württemberg 17% die REP. Weitere Ergebnisse: 9% der Selbständigen, 8% der Angestellten sowie 6% der Beamten. Zunehmend Wähler mobilisieren insbesondere die REP – aber mittlerweile auch die DVU – aus den Gruppen der bisherigen Nicht- sowie der Erstwähler. Das formale Bildungsniveau ist überall vergleichsweise niedrig. Gewerkschaftliche Bindung ist kein Hindernis, rechts zu wählen. Wer arbeitslos ist, neigt stärker zu rechtsextremen Parteien, im Westen noch mehr als im Osten.[6] Dies ist keine neue Erkenntnis, doch sie ist wichtig in

[5] Vgl. *Klär* , a. a. O.
[6] *Infas* , 28. August 1992.

der gegenwärtigen Situation. Von 1989 bis heute gilt der auffällige Befund einer doppelt so hohen prozentualen Präferenz bei Männern wie bei Frauen: durchgängig in allen Regionen, bei allen Wahltypen sowie in allen Altersgruppen. Diese Erkenntnisse sollten freilich nicht als *Entwarnung* mißverstanden werden. Schließlich handelt es sich lediglich um eine geringere Anfälligkeit, nicht aber um eine generelle Resistenz.

Der Anteil der Männer bei den REP-Wählern war auch in Baden-Württemberg signifikant hoch (12 % zu 7 % Frauen). Bei der Bürgerschaftswahl in Bremen waren etwa zwei Drittel aller Wähler rechtsextremer Parteien männlichen Geschlechts, 1991 allerdings mit spürbaren Zuwachsen des Frauenanteils. Am wenigsten Rückhalt fand in Schleswig-Holstein die DVU bei den Frauen über 60 Jahren (ca. 2,5 %). Aus dem vorhandenen Datenmaterial läßt sich schließen, daß Hinwendungen nach rechts eher bei jenen Frauen vorkommen, die traditionellen Rollen anhängen, Berufstätigkeit nicht so wichtig nehmen und eher einen geringeren Bildungsstand aufweisen.

Die Wahlforschung begnügt sich bislang damit, die Wahlerfolge der Rechten oder allgemein rechtsextreme Stimmungen als Männerphänomene zu rubrizieren. Untersuchungsergebnisse zu Fremdenfeindlichkeit, Nationalismus und Rechtsextremismus bei Frauen sind sehr unterschiedlich und widersprüchlich. Es kann wohl vorsichtig formuliert werden, daß Frauen trotz ähnlicher Grundeinstellung bisher nicht im selben Maße auf rechtsextreme Politikangebote reagieren. Offen ist noch, ob Frauen sich nicht lediglich »zögerlicher« als Männer verhalten und sich in den nächsten Jahren dem »Trend« anpassen. Aus der Frauenforschung kommt die Interpretation, daß Frauen widerständiger sind »aufgrund der immer noch wirksamen agressionshemmenden Weiblichkeitsbilder, die primär Empathie und soziales Verständnis verlangen«.[7] Größere Chancen würden sich dann den Rechtsextremen bieten, wenn sie moderatere Töne anschlagen und sich um sozial akzeptierte Haltungen bemühen.[8]

Nach der Bürgerschaftswahl in Berlin im Jahr 1989 und den hessischen Kommunalwahlen im März 1989 war klar, daß die REP bei den Jungwählern überdurchschnittliche Ergebnisse erzielt hatten.[9] Dieser Trend setzte sich allerdings bei den Europawahlen im Juni 1989 kaum fort. Dennoch war schon zu diesem Zeitpunkt das relativ gute Abschneiden der REP bei den

---

[7] Vgl. *Siller* (1992b); ferner *Möller* (1990).

[8] Vgl. hierzu auch den Aufsatz von *Hartwig* in diesem Band.

[9] Vgl. *Hofmann-Göttig* , J., Die neue Rechte – Wählerbasis nach Alter und Geschlecht, Bonn 1989.

Jungwählern ein neues Phänomen, da bislang die Rechtsextremen in der Gruppe der Jungwähler nur unterdurchschnittlichen Anklang gefunden hatten. Sie konnten lange Zeit als Parteien unverbesserlicher Altnazis eingestuft werden – ein Problem also, das sich quasi *biologisch* erübrigen würde. Bei allen Umfragedaten der siebziger und achtziger Jahre war das rechte bzw. autoritäre Einstellungspotential bei Jugendlichen deutlich geringer als bei Erwachsenen.[10]

Tendenziell war schon 1991 aus den zur Verfügung stehenden Indikatoren eine strukturell zunehmende Resonanz der Rechtsparteien bei jüngeren Wahlberechtigten ablesbar. Die Auszählungen im Lande Bremen, am 29. September 1991, bestätigten diese Tendenz nachdrücklich. Danach votierte jeder sechste der männlichen und jede zehnte der weiblichen JungwählerInnen für eine der rechts-außen Parteien. In *Unterschichtsquartieren* votierte gar etwa jeder fünfte männliche Jungwähler für eine rechtsextreme Partei; bei den 25- bis unter 35jährigen war es insgesamt noch fast jeder zehnte und in der darüber liegenden Altersgruppe gaben jeweils zwischen 7 % und 8 % der Wahlbürger der Partei am rechten Rand ihre Stimme.

Am 5. April 1992 profitierten in beiden Bundesländern die Rechten von der »Formschwäche der Etablierten« *(Infas)* bei den Jüngeren. In Baden-Württemberg erreichten die Rechtsparteien zusammen über 20 % der unter 25jährigen, in Schleswig-Holstein immerhin fast 15 %. 13 % der Wähler unter 30, 10 % der 30- bis 60jährigen sowie 6 % der über 60jährigen haben laut *Forschungsgruppe Wahlen* in Baden-Württemberg REP gewählt. Den geringsten Rückhalt fanden die REP bei älteren Frauen. Auch die DVU in Schleswig-Holstein hat vor allem von den jungen Männern unter 25 Jahren Zulauf gefunden (10 %).

Das Ansehen der Politik und der Politiker in der gesamten Bundesrepublik ist bei den Jugendlichen überdurchschnittlich schlecht. Wie die erste gesamtdeutsche *Shell*-Jugendstudie [11] aufzeigt ist das Gefühl sehr stark ausgeprägt, daß Parteipolitik am Interesse der Menschen vorbeigeht und daß Politiker nicht wirklich als Repräsentanten der Bevölkerung anzusehen sind. So sind über 80 % der Jugendlichen sowohl in den alten wie in den neuen Bun-

---

[10] Empirische Belege für demokratisch-tolerante Wertorientierungen einerseits, autoritäre und fremdenfeindliche Einstellungen andererseits bei *Hoffmann-Lange* (1990)/*Eilders* .

[11] Eine Kurzfassung der neuen *Shell* -Jugendstudie wurde im November 1991 vorgestellt; die Buchveröffentlichung erfolgte im November 1992.

desländern der Meinung, daß »die Bevölkerung sehr von den Politikern betrogen wird.« Immerhin zwei Drittel der Befragten sind sich sicher, daß sich die Politiker kaum für die Probleme ihrer Wähler interessieren. Auch eine repräsentative Schülerstudie der *Universität Bielefeld* (vorgestellt im Dezember 1991) kommt zu dem Schluß, daß bei Jugendlichen vermehrt die Einschätzung vorherrscht, eine Mitarbeit in Parteien – aber auch in Bürgerinitiativen – sei »wirkungslos«. Das Interesse an Politik ist je nach Schulart verschieden ausgeprägt. Die gesellschaftlichen Probleme erscheinen allen Jugendlichen komplex, wenig greifbar und werden als psychisch belastende, ständige Bedrohung empfunden. Eine deutliche Mehrheit hält es nach Befunden des *Deutschen Jugendinstituts (DJI)* für eher unwahrscheinlich, daß die Parteien die zukunftsbedrohenden Herausforderungen konsequent angehen werden.[12]

Die Studien beschreiben den Hintergrund, vor dem die Bereitschaft unter jungen Menschen zunimmt, auch Rechtsextremen ihre Stimme zu geben. Den Jugendlichen wird nicht das Etikett »unpolitisch« aufgeklebt, aber sie werden als überwiegend individualistisch, distanziert und ängstlich beschrieben. Die formale Integration in dem Arbeitsbereich reicht keineswegs aus, um rechtsextreme Anfälligkeiten zu verhindern oder abzubauen. Gleiches gilt für die formale Intaktheit von Familien. Als entscheidend stellen sich stabile und verläßliche Beziehungen heraus, die Geborgenheit und Verständnis vermitteln. Die Kritik der Jugendlichen macht sich auch an Fragen des Stils und Methoden der Politik fest. Es wäre allerdings kurzschlüssig, daraus zu folgern, daß bloßer Pragmatismus gefragt wäre. Bei der Bewertung der einzelnen Parteien schneiden die Bonner Regierungsparteien noch schlechter ab als die Oppositionsparteien.

Die Jugendstudien belegen, daß aus den langfristigen Veränderungen der zentralen Strukturelemente unserer Gesellschaft wie des Erwerbslebens, der Mittel für den Lebensunterhalt sowie des Zusammenlebens in Haushalten und Familien, Momente der Verunsicherung und Gefährdung gerade für die Heranwachsenden ausgehen, die rechtsextremes Wahlverhalten als Suche nach Gemeinschaft, Stärke, Halt und Sicherheit zur Folge haben können.

---

12 Vgl. auch: Die Republikaner-Partei zu Beginn der 90er Jahre, Interne Studien der Konrad-Adenauer-Stiftung, Nr. 14, akt. Fassung Mai 1992.

Auch harte Rechtsorientierungen – aber weitaus mehr Proteststimmungen

Jeder dritte Wähler in Baden-Württemberg wie in Schleswig-Holstein würde ein gutes Abschneiden der Rechtsextremen als *Denkzettel* begrüßen, hatte eine repräsentative Befragung von *Allensbach* Anfang April 1992 ergeben. Der Wunsch, sowohl der jeweiligen Regierungspartei wie der größten Oppositionspartei eine *Lektion* zu erteilen, hat weitaus mehr Wählersympathien mobilisiert als die Identifikation mit einem rechtsextremen Weltbild. Es fehlen Verklärung der NS-Vergangenheit, Verehrung des Führerstaates, militante Gesinnung und großdeutscher Chauvinismus. Von einer Renaissance des Rechtsradikalismus ist so nur eingeschränkt zu sprechen.[13] Einzelne ihrer Ziele (Asylrecht, Kriminalität) werden jedoch von einer breiten Mehrheit der Bevölkerung geteilt. Die Rechtsparteien unterlaufen ihre politische Isolation, indem sie in den Augen der Öffentlichkeit »vernachlässigte« Themen zugespitzt aufgreifen.

Was die grünen Wähler entgegen anderslautenden Deutungen in ihrer großen Mehrheit nie waren, sind die REP bis heute in hohem Maße: Ein Sammelbecken unterschiedlich motivierten Protests. Sie sind alles andere als eine politisch-ideologisch oder sozio-demographisch einigermaßen klar konturierte Gruppe.[14] Sie sind vielmehr eine außerordentlich heterogene und instabile Größe. Gemeinsam ist ihnen insbesondere eine wesentlich pessimistischere Beurteilung der volkswirtschaftlichen Situation.

Das Wählerpotential aus dem sowohl die REP als auch die DVU schöpfen, setzt sich stark vereinfacht aus zwei sehr unterschiedlich motivierten Gruppen zusammen. Es ist zum einen ein weltanschaulich geprägter, deutlich kleinerer Teil mit rechtskonservativen bis rechtsextremen Gesinnungen. Der zweite größere Teil – den rechten Parteien weit weniger verbunden – ist primär von Zukunfts- und Verdrängungsängsten geprägt. In diesem sehr beweglichen Potential spielen ein spezifischer westdeutscher Wohlstandschauvinismus, Ängste vor Deklassierung und Statusverlusten, Sozialneid und kleinbürgerliche Unduldsamkeit schwer entwirrbare und schwer meßbare Rollen. Diese qualifizierende Aussagen beziehen sich selbstverständlich auf die Wähler, nicht auf die Mitglieder oder gar den harten Kern der Funktionäre.

---

[13] Vgl. *Roth* , a. a. O.

[14] Vgl. *Veen* , a. a. O., und *Klär* , a. a. O.

Zunehmende Zukunftsängste und Verdrängungsfurcht verstärken die Akzeptanz für fremdenfeindliche Parolen. Hinter der ausgeprägten Ablehnung von Fremden steht generell die Vorstellung, daß diese das Wirtschafts- und Sozialsystem zu Lasten der deutschen Bevölkerung ausnutzen. Dabei wird allerdings unterschieden: Am stärksten ist die Antipathie gegenüber Asylbewerbern, dann auch gegenüber Aussiedlern, weniger gegenüber etablierten ausländischen Arbeitnehmern.

Die Klassifizierung als *Protest* darf nicht als Entwarnung oder Verharmlosung mißverstanden werden. Es gärt in der Mitte der Gesellschaft, die Übergänge zwischen rechtsextremer bzw. rechtspopulistischer Kultur und der demokratischen Mehrheitskultur sind fließend.

Motivmuster der Wahlentscheidungen

Mißtrauen gegenüber »denen da oben« und allgemeine Unzufriedenheit konkretisieren sich häufig in dem Gefühl, persönlich benachteiligt zu werden. Derartige Benachteiligungsgefühle verbinden sich unter REP-Sympathisanten häufig mit wirtschaftlichen und sozialen Zukunftsängsten. Dies gilt besonders für solche Anhänger der Rechtsparteien, die aus dem Umfeld der SPD stammen. Dabei ist ihre objektive Lebenslage nicht schlechter als die anderer Wähler. Sie befürchten freilich, daß sich ihr Status verschlechtern wird.

Im Auftrag des SPD-Parteivorstandes hatte das *Sinus-Institut* im Sommer 1989 eine Untersuchung durchgeführt über die Motivmuster, die Wähler bei der Europawahl am 18. Juni 1989 bewogen hatten, (erstmals) eine rechtsextreme Partei zu wählen.[15] Das Erkenntnisinteresse galt vorwiegend ehemaligen Wählern der SPD und deren Beweggründen. Der regionale Schwerpunkt der Intensiv-Befragungen lag in Süddeutschland. Das wichtigste Ergebnis war, daß von den Befragten kaum einer eine geschlossene rechtsextreme Weltanschauung hatte. Bei den Befragten fand sich jedoch eine – die politischen Deutungsmuster beherrschende – kulturell motivierte Fremdenfeindlichkeit. *Sinus* bezeichnete dieses ideologische Grundmuster als *Wohlstandschauvinismus.* Ansprüche auf die Früchte des Wohlstands (Sicherung) sollten ausschließlich – oder in erster Linie – die Deutschen in der Bundesrepublik haben. Vermeintliche oder tatsächliche Handlungsdefizite der Politik hatten schon zu diesem Zeitpunkt das Vertrauen in das etablierte Parteiensystem erschüttert. Aus der Sicht dieser

---

[15] Vgl. *Klär* , a. a. O.

Wähler wurde die Entscheidung für rechtsextreme Parteien somit auch als politisches *Warnsignal* verstanden.

Der Politikstil der REP als angebliche Partei der kleinen Leute erleichterte vielen den Wechsel. Neue Formen des Rechtsextremismus, die auf den bewußten Bezug zum Nationalsozialismus (und dessen politischer Symbolik) verzichten, üben auf eher politikferne Wählerschichten eine nicht zu unterschätzende Sogwirkung aus – darin liegt ihre Gefährlichkeit. *Sinus* faßte die verschiedenen Motivationslagen, die die Befragten zur Sympathie für die REP bewegten, in sechs Wählertypen zusammen:

1. *Angepaßte Neonazis* , für die die REP ein annehmbarer Kompromiß zwischen erfolglosen rechtsextremen Szeneparteien und den Unionsparteien als kleinerem Übel sind.
2. *Enttäuschte Wendewähler* , die sich durch den außenpolitisch und auch gesellschaftspolitisch relativ integrativen Kurs der Unionsparteien zunehmend von diesen entfremdet haben.
3. *Statusbedrohte Mittelständler* , vor allem selbständige Landwirte, die ihr Lebenswerk durch die EG-Landwirtschaftspolitik gefährdet sehen.
4. *Entfremdete Kleinbürger* , die ihre soziale Lebenswelt durch den Zuzug von Fremden bedroht sehen und ihr Vertrauen in die großen Parteien verloren haben.
5. *Autoritäre junge Arbeiter* mit lustorientierter Lebensphilosophie (»man lebt, um zu genießen«), ohne gewerkschaftliche Einbindung, mit klarer Konkurrenzhaltung zu Zuwanderern.
6. *Opfer der Zwei-Drittel-Gesellschaft* , randständig, am untersten Ende der Lohnskala, Sozialhilfeempfänger oder Langzeitarbeitslose, die sich von Zuwanderern wirtschaftlich überrundet sehen und dafür Politiker und Behörden verantwortlich machen.

Diese auf der Grundlage einer vergleichsweise kleinen Stichprobe gewonnene Typologie – mit ausdrücklich hypothetischem Charakter – ließ schon 1989 erkennen, wie facettenreich die REP-Wählerschaft tatsächlich ist. Ehemalige Wähler der SPD fanden sich 1989 vor allem in den letzten drei Kategorien.

In der oben genannten Studie aus dem *Bremer Landesamt für Statistik* wird herausgearbeitet, daß bei den Bürgerschaftswahlen 1991 weniger die Opfer eines ökonomischen Abstiegs Signale setzen wollten, als vielmehr die von sozio-kulturellen bzw. Stadtveränderungsprozessen Bedrohten. Kleinteilige Untersuchungen belegen, daß die Ängste reale Hintergründe haben, die offensichtlich von dafür zuständigen gesellschaftlichen und politischen Institutionen selten oder gar nicht mit den Betroffenen aufgearbeitet wurden.

Besonders Bewohner in jenen Stadtteilen sind geneigt, ihre Stimme den Rechtsaußen zu geben, in denen durch den Wegzug von Statushöheren und der anschließenden unvorbereiteten Konfrontation mit *Fremden* das Gefühl aufkommt, *mit den Problemen allein* zurückzubleiben. Somit kommt bei der Suche nach Ursachen für rechtsextremes Wahlverhalten dem Sachverhalt der *sozialen Isolation* eine wichtige Bedeutung zu.

Ein großer Teil der Wählerstimmen für die REP wie für die DVU kommt von Protestwählern. Im Mittelpunkt steht die Unzufriedenheit mit Leistungsfähigkeit und Stilistik der etablierten Parteien. Hinsichtlich der zentralen politischen Einstellung und Themenorientierung unterscheiden sie sich nicht grundsätzlich von den Wählern insbesondere der beiden großen Parteien. Als sehr belastend empfinden die REP-Sympathisanten die Mitgliedschaft der Bundesrepublik in der EG. Sie äußern sich sehr besorgt darüber, daß Deutschland durch die EG »ausgenutzt« wird. Nicht zuletzt diese Anti-EG-Haltung bildet den Hintergrund für den Wahlerfolg der REP bei den letzten Europawahlen.

Alle Trenddaten belegen eine rapide abnehmende Zufriedenheit mit den aktuellen politischen Bedingungen und den eingeführten politischen Akteuren. Das Vertrauen in alle politischen Institutionen hat 1991 Rekordtiefwerte erreicht. Den Parteien vertraut nach Untersuchungen der *Adenauer-Stiftung* gerade noch jeder vierte Westdeutsche (1980: 40%).[16] Der im ersten Halbjahr 1992 radikalisierte populistische Medien- und Stammtischdiskurs über die *Krise der Parteien* zahlt in der politischen Konsequenz überwiegend bei den Rechtsparteien aus.

Die Rechtsextremen konnten in Baden-Württemberg, Schleswig-Holstein und in Berlin erneut erfolgreich ein Wählerpotential ansprechen, das im Zuge komplexer sozialer und wirtschaftlicher Wandlungsprozesse wächst: Wähler ohne gewachsene Parteibindungen, zunehmend konjunkturelle Nichtwähler oder Wechselwähler. Die deutsche Entwicklung fügt sich in einen europäischen Rahmen. Die neuen Rechtsparteien sind allesamt fremdenfeindlich, wirtschaftschauvinistisch und antistaatlich. Sie stützen sich nur selten auf ideologisch geschlossene Weltbilder der klassischen Tra-

---

[16] *Veen* , H.-J., u.a., Wahlen ohne Wähler?, St. Augustin 1991 (Forschungsinstitut der Konrad-Adenauer-Stiftung, interne Studien, 26/91); *Emnid* kommt im Juli 1992 auf noch negativere Werte.

ditionen, sie treten primär *populistisch* auf. Ihre Wähler und Anhänger werden getrieben von einem *Anti-Parteien-Effekt (Feist)* . Vor diesem wahlsoziologischen Hintergrund ist jede Zukunftsprognose schwierig.[17]

Entwicklung der Volksparteien 1980 - 1992: Wähleranteile, Mitglieder, Vertrauen

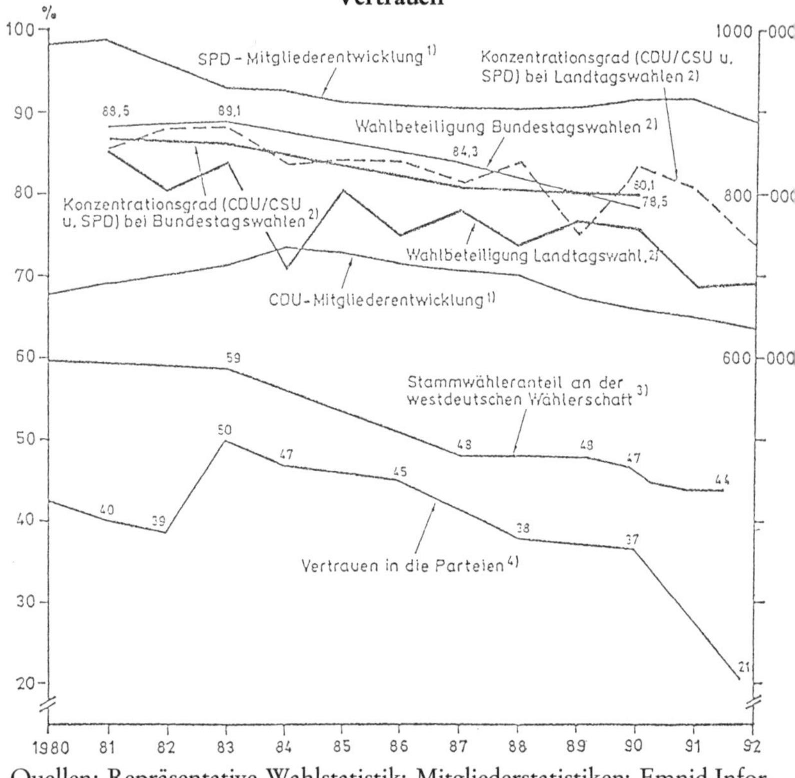

Quellen: Repräsentative Wahlstatistik; Mitgliederstatistiken; Emnid-Informationen 1990; Berechnungen der Konrad-Adenauer-Stiftung

Die Anzahl derjenigen, die nicht auf eine Partei festgelegt sind aufgrund weltanschaulicher und/oder sozial-kultureller Bindungen wird weiter zunehmen, damit auch die Beweglichkeit der Wähler. Die Fluktuation zwi-

[17] Vgl. *Ristau* , M., Bewegliche Wähler – Dezimierte Volksparteien; in: *Ristau* , M., und *Scholing* , M. (Hrsg.), Tanker im Nebel, Marburg 1992, S. 58 - 70; auch *Starzacher*, K., u. a., Protestwähler und Wahlverweigerer, Köln 1992.

schen den Rechtswählern, Wechselwählern und konjunkturellen Nicht-Wählern ist hoch und steigt weiter. Auffällig ist, daß in allen drei Gruppen die jüngeren Jahrgänge überwiegen sowie die Unzufriedenheitsmuster deutlich höher sind als beim Durchschnitt der Bevölkerung.

Viel wird für die Entwicklung in den nächsten Jahren davon abhängen, wie *leistungsfähig* die etablierten politischen Akteure sind,[18] wie die Parlamentsparteien auf die wichtigsten Probleme reagieren und wie das Wechselspiel zwischen Regierungs- und Oppositionsparteien in Bund, Ländern und auf kommunaler Ebene funktioniert. Das pluralistische Parteiensystem und die parlamentarische Demokratie sind in der Bevölkerung nach allen Ergebnissen der qualitativen Sozialforschung wie der Meinungsforschung mehrheitlich verankert. Deshalb ist nicht die grundlegende Gefährdung dieses Systems die eigentliche Frage, sondern, ob es den Rechtsparteien gelingt, sich dauerhaft zu etablieren. Wir sollten jedenfalls nicht von einem konjunkturellen Phänomen ausgehen.

Die hohe Stabilität des westdeutschen Parteien- und Regierungssystems gründete sich in der Vergangenheit insbesondere auf die Konzentration der Wählerstimmen auf die beiden großen Volksparteien. Seit 1972 ist ein gegenläufiger Trend zu verzeichnen, der Anteil der Großen nimmt stetig ab. Die Konturen einer neu zugeschnittenen Parteienlandschaft werden auch auf Bundesebene erkennbar: Mit zwei größeren Volksparteien (SPD und Union) mit Wähleranteilen von 30 % bis maximal 40 %, mit drei Korrektivparteien (Grüne/Bündnis 90, FDP, REP) mit je 5 % bis 10 %, sowie einem bunten Flickenteppich von noch einmal über 5 % unter Einschluß von PDS und DVU. Das überwiegend bipolar definierte Vier-Parteien-System der 80er Jahre scheint der Vergangenheit anzugehören. Bewegung kommt damit auch in die zwischenparteilichen Beziehungen, neue Koalitionsmuster erweitern die politische Farbenlehre. Die Handlungsfähigkeit der demokratischen Parteien bleibt so unter Bedingungen von Dekonzentration und Protest erhalten.

---

[18] Als Einstieg vgl. *Ristau* , M., und *Scherer* , K.-J., »Modernisierung der Volksparteien?« Bedarf und Möglichkeiten am Beispiel der SPD; in: *perspektiven ds* , 2/91, S. 92 -101.

Tanja Hartwig

Emanzipation in Braun?

Die »Attraktivität« neofaschistischer Gruppierungen für Mädchen und Frauen

In den letzten Jahren ist eine Vielzahl von Untersuchungen über die Attraktivität neofaschistischer Gruppen für Jugendliche erschienen. In den meisten dieser Untersuchungen wurde festgestellt, daß der Neofaschismus eher bei männlichen Jugendlichen als bei weiblichen Zuspruch findet. Kaum einer der Autoren, es handelt sich überwiegend um Männer, macht sich die Mühe dieses Phänomen weitergehend zu untersuchen. Mit Jugendlichen sind gleichzeitig Jungen wie Mädchen gemeint, aber die Ergebnisse beziehen sich hauptsächlich auf Jungen.

Meines Erachtens ist es nicht möglich, Mädchen hier einfach zu subsumieren und damit außer acht zu lassen, ob und welches Interesse sie an neofaschistischen Gruppierungen haben. Es ist nicht zu übersehen, daß es eine geringe Zahl von Mädchen und Frauen gibt, die in diesen Gruppen mitarbeiten und eine etwas größere Anzahl, die als Zuschauerinnen und Mitläuferinnen bei Demos oder Überfällen zu sehen sind.

Im Rahmen von Studium, Beruf und langjähriger politischer Arbeit habe ich neofaschistische Tendenzen und von Mädchen vertretene neofaschistische Positionen festgestellt, ohne daß ich diese Mädchen als Neofaschistinnen bezeichnen möchte und sie selbst auch nicht einer neofaschistischen Gruppe beitreten würden.[1]

Die besondere Situation von Mädchen wurde bisher kaum berücksichtigt. Dadurch ist es mir erschwert worden, Literatur zu dieser Thematik zu finden, und ich habe in meiner Arbeit erste Diskussionsstandpunkte entwickelt. Im folgenden ist die Rede von NeofaschistInnen und neofa-

[1] In meiner Diplomarbeit (vgl. *Hartwig* (1990), T.) habe ich diese Thematik ausführlich behandelt. Hier stelle ich Auszüge daraus vor.

schistischen Gruppierungen. Ich beziehe mich dabei auf die Begriffsdefinition von *Opitz*.[2]

Folgende Fragen habe ich untersucht:

- Finden Mädchen/Frauen neofaschistische Gruppierungen attraktiv?
- Welche Motivation haben Mädchen/Frauen, um die neofaschistische Ideologie mitzutragen?
- Welche Vorteile hat es für sie?

Um diese Fragen untersuchen zu können, stelle ich kurz die neofaschistische Frauenorganisation, die »Deutsche Frauenfront (DFF)«, und Aussagen verschiedener neofaschistischer Parteien und Personen vor. Es folgen einige Kernaussagen über das neofaschistische Frauenbild. Aufgrund dieser Informationen ist es möglich, die o.g. Fragen zu beantworten. Zum Schluß beschreibe ich kurz die Situation von Mädchen im Hinblick auf ihre neofaschistische Orientierungen.

Die DFF, eine neofaschistische Frauenorganisation

Die *Deutsche Frauenfront*, ehemals *Bund Deutscher Mädchen (BDM)* bis zum 22. Januar 1984, ging als Untergliederung der am 7. Dezember 1983 verbotenen *Aktionsfront Nationaler Aktivisten/Nationaler Sozialisten (ANS/NA)* hervor. Sie gilt als eigenständige neofaschistische Frauenorganisation und soll bundesweit zur Zeit ca. 100 Mitglieder haben. *DFF*-Führerin ist *Ursel Müller*, langjährige Aktivistin in der rechten Szene.[3] *Die Kampfgefährtin* ist die Publikation der *DFF*, erscheint monatlich und wird verschickt. Nachweislich sind die bekannten Frauen der *DFF* fast alle »Frauen von bekannten Neofaschisten«. Die *DFF* tritt auch bei Veranstaltungen von anderen neofaschistischen Gruppierungen auf.[4] Insgesamt tritt die *DFF* viel häufiger mit eigenen Aktionen in der Öffentlichkeit auf als ihre VorgängerInnenorganisationen.

Programm der Deutschen Frauenfront

Die *Deutsche Frauenfront* stellt sich als »autonome« Frauengruppe dar, in der »Frauen und Mädels jeglichen Alters innerhalb des deutschen Sprachraums, aller deutschen Siedlungsgebiete – ganz gleich, wo sich diese befinden« – aktiv werden können. Mitarbeiten kann jede Frau, »soweit sie sich

[2] Vgl. *Opitz* (1988).
[3] Vgl. *Brigitte*, Nr. 14/92, S. 80.
[4] Vgl. *Hartwig* (1990), T., S. 19f.

aufgrund ihrer deutschen Herkunft zuallererst unserem Volkstum, seiner Art, seinem Wesen und dem Lebensrecht des Deutschen Volkes verpflichtet fühlt«. So ist eine *DFF*-Forderung die Herstellung eines »Gesamtdeutschlands«, ihr Ziel »ist die Schaffung eines völkischen Staates, die Vereinigung aller Deutschen in einem gesamtdeutschen Staat...«

Die Rolle der Frau

Die Erhaltung der Volksgemeinschaft ist nach Meinung der *DFF* eine primäre Aufgabe und hierbei findet die Frau die ihr zugewiesene Rolle. »Die Familie ist die Keimzelle des Volkes. Die Frau, die Mutter, ist die Bewahrerin dieser Keimzelle, sie vermittelt Geborgenheit und bietet Schutz«.[5] Die Rolle der Frau ist begrenzt auf Ehefrau und Mutter, also auf die Reproduktion des Mannes und seiner Arbeitskraft, des »Kämpfers«. »Die Frau hat auch ihr Schlachtfeld, mit jedem Kind, daß sie der Nation zur Welt bringt, kämpft sie ihren Kampf für die Nation«.[6] Das Frauenbild der *DFF* ist auf biologische Erklärungen aufgebaut, so sagte *Michael Kühnen*: »Im Gefühlsleben der Frau sei mehr Naturwesen als in dem des Mannes. Die Frau leite ihren Sinn und Wert als Seele der Familie aus dem Kinde her, aus ihrem Brutpflegeinstinkte ab. Der Mann dagegen sei stärker Kulturwesen, denn seine biologische Funktion der Zeugung fülle ihn weniger aus als die Funktion des Gebärens und der Kinderaufzucht«.[7] Die *DFF* fordert für die deutsche Frau »die Förderung deutscher Familien, Erhöhung des Kinder- und Erziehungsgeldes und staatlich finanzierte Haushaltshilfen für Familien mit mindestens vier Kindern und für die Dauer von fünf Jahren für Mütter von Mehrlingen«.[8] Auch zur Frage der Abtreibung äußert sich die *DFF*. Auf der einen Seite ist Abtreibung ein Verbrechen am deutschen Volk, auf der anderen Seite entscheidet die Mutter, was lebenswert ist.[9] Da es, laut *Ursula Worch (DFF*-Aktivistin), wichtig ist, einen frauenspezifischen Standpunkt zu entwickeln und in der neofaschistischen Ideologie der Platz der Frau im Heim und am Herd ist, beinhaltet das Programm der DFF natürlich hauptsächlich die Punkte, die dem Wesen der Frau angeblich entsprechen. Ihr im März 1986 aufgestellter Forderungskatalog bewegt sich ausschließlich in

---

[5] Vgl. Programm der *Deutschen Frauenfront*.
[6] Adolf Hitler, zit. nach *VVN* (1988), S. 14.
[7] Kühnen, zit. nach *VVN* (1988).
[8] Vgl. Programm der *Deutschen Frauenfront*.
[9] *Spiegel-TV*, 11. Dezember 1988.

dem »spezifisch weiblichen« Rahmen der Ehegesetzgebung und der Neuregelung des 218. »... beseelt von dem unbeugsamen Willen, die deutsche Nation für alle Zukunft zu sichern, fordern wir: 1. Ein Ehegesetz, das besagt, daß nur Menschen verwandter Völker untereinander heiraten dürfen... 3. Ein Sterbehilfegesetz, welches aktive und passive Sterbehilfe im Fall von geistiger oder körperlicher Behinderung zuläßt ...«.[10] Ihre Forderungen sind nichts anderes als eine Wiedereinführung der Nürnberger Rassengesetze und ein zweites Euthanasieprogramm.

Neofaschistisches Frauenbild

Grundlage aller neofaschistischen Gedankengebäude ist das biologistische Menschenbild und damit die Begründung für die Wesensunterschiede von Mann und Frau. Nicht nur körperliche Merkmale und das Verhältnis zwischen den Geschlechtern, sondern auch Verhaltensweisen und Rollenzuschreibungen sind biologisch und genetisch begründet. Frauen werden auf ihre Gebärfunktion reduziert und dienen damit dem »Volk«. Ihre Aufgabe ist es, »deutsche« Kinder aufzuziehen, damit »unser Volk« nicht ausstirbt. Die *Republikaner* sagen in ihrem Programm, daß Frauen und Männer zwar gleichwertig sind, aber aufgrund ihrer Wesensunterschiede für verschiedene Aufgaben prädestiniert sind. »Es ist jedoch insbesondere der Frau gegeben, durch Wärme und Hingabe ein Klima der Geborgenheit zu schaffen, in welchem Familie und Kinder gedeihen können. Hier liegt die besondere und von keinem »Hausmann« oder Kollektiv erfüllbare Berufung der Frau«.[11] Die »wahre« Gleichberechtigung von Mann und Frau ist dann zu verwirklichen, wenn Frauen sich an ihre fraulichen Werte und Fähigkeiten erinnern und dadurch die Akzeptanz in der Gesellschaft anstreben.[12]

Eysenck versucht in der *National-Zeitung* die Verschiedenheit von Mann und Frau mit scheinwissenschaftlichen Untersuchungen zu belegen. Er behauptet, daß die allgemeine Intelligenz bei Frauen und Männern sehr ähnlich angelegt ist, aber bei Frauen überwiegt die Wortgewandheit und bei Männern das visuell-räumliche Vermögen. Weiterhin behauptet er, daß wenn einem weiblichen Fötus zwei Monate vor der Geburt männliche Hormone in den Blutkreislauf gegeben werden, dann werden diese Mädchen später »maskulinisierte Mädchen«, das heißt sie machen Ballspiele wie Fuß-

---

[10] FAP-Flugblatt in: Simone Erpel, 1987.
[11] Programm der *Republikaner*.
[12] Vgl. Programm des Landesarbeitskreis »Frauenpolitik« der *Republikaner* , Düsseldorf 1988.

ball und Baseball, sie behaupten sich mit Dominanz und dem Anstreben einer Rangstellung in der »Kindheitshierarchie«, die Mädchen tragen lieber praktische und funktionelle Kleidung, und sie haben kein Interesse an Puppen. Der Umgang mit Säuglingen behagt ihnen nicht und später ziehen sie den beruflichen Erfolg der Ehe vor. Insgesamt bedeutet das, daß sie an alldem kein Interesse haben, was sie auf ihre zukünftige Tätigkeit als Hausfrau und Mutter vorbereiten könnte. *Eysenck* belegt seine Aussagen nicht mit Quellen, es ist nicht ersichtlich, ob es darüber wissenschaftliche Untersuchungen gibt.[13]

Die *Freiheitliche Deutsche Arbeiterpartei FAP* behauptet, daß es nicht nur zwischen den Rassen und Völkern körperliche, geistige und biologische Unterschiede gibt, sondern auch zwischen den Geschlechtern. Es gibt ein männliches und weibliches Verständnis der neofaschistischen Weltanschauung, entsprechend der biologischen Eigenart und natürlichen Bestimmung der Geschlechter. Die Frau ist ein Naturwesen, der Mann ein Kulturwesen. Der *ANS-Mädelbund* sagt über die Frau, sie soll das Sinnbild der Weiblichkeit sein, sie wird jedoch durch den sogenannten Fortschritt entwürdigt; Emanzipation, so wie sie heute betrieben wird, »vergewaltigt« die Natur jeder Frau und macht sie zum Symbol der materialistischen Prostitution. Die Mädel der Bewegung pflegen die »deutsche« Tradition und Kultur, und »sie beherrschen alles das, was die Frau einst in ihrer Entwicklung auszeichnete: handwerkliche Kreativität, Pflichtbewußtsein und Gemeinschaftssinn, natürliche Lebenskraft, Geist – und eine durch nichts getrübte, natürliche Schönheit«.[14]

Krebs, Ideologievorreiter der *Neuen Rechten* und Leiter des *Thule-Seminars*(Ideologiezentrum der *Neuen Rechten* in Kassel), sagt zu dem biologischen Unterschied von Mann und Frau, daß der sich »an einer 'größeren Variabilitätsbreite bei Männer'« zeige (»Den 'Durchschnittsmann' gibt es seltener als die 'Durchschnittsfrau'. Bei Männern begegnen uns Genies und Schwachsinnige, Giganten und Zwerge«), an Unterschieden in der Hirnanatomie ... und an unterschiedlichen Fähigkeiten«.[15] *Krebs* beschreibt in seinem Artikel »Die Frau ist die Zukunft des Mannes« die Frau als »Zauberin des Lebens« und »heilige Bewahrerin der Identität, der Herkunft und des Erbes«. Sein Fazit: Durch den »Egalitarismus« in unse-

---

13 *Eysenck*, H. J., in: *Deutsche National-Zeitung*, 21/89.

14 Werbeschrift des ANS-Mädelbundes, zit. in: Hellfeld (1987), S. 69 -74).

15 *Krebs*, P., zit. in: *Döhmann* (1988), S. 51.

rer Gesellschaft werden die »ethnischen«, »kulturellen« und »sexuellen« Unterschiede – Krebs bezeichnet das als »Neofeminismus« – zwischen Mann und Frau »kriminalisiert«. Frauen und Männer müssen sich wieder auf ihre natürliche Identität besinnen, die Frau besitzt dabei den »Schlüssel unseres Schicksals« und soll »das leuchtende Kleid der Mutterschaft wieder anlegen«.[16]

Mit diesen Punkten wird deutlich, daß die unterschiedlichen Strömungen innerhalb der NeofaschistInnen jeweils andere Argumentationslinien haben mit Formulierungen in allen Varianten. Sie alle aber gehen davon aus, daß Männer und Frauen aufgrund ihrer biologischen Unterschiede gleichwertig, aber nicht gleichartig sind.

Zusammenfassung

Drei Punkte spielen in der neofaschistischen Ideologie in bezug auf Frauen eine wesentliche Rolle:

1. Die Propagierung des »Rechts auf Ungleichheit«;
2. die »Emanzipation« von der Emanzipation und
3. die Ignoranz unterschiedlicher Lebensentwürfe von Frauen.

1.: Ein wesentliches Merkmal der neofaschistischen Ideologie ist der Kampf gegen die Gleichheit, dem sog. »Egalitarismus«, der Menschen und damit auch der Geschlechter. Es wird das »Prinzip des Andersseins« propagiert, um damit die Rollen- und Aufgabenverteilung von Mann und Frau festzuschreiben und ihre Position in der gesellschaftlichen Hierarchie zu bestimmen. Hinter dem »Recht auf Ungleichheit« steht die biologisch verankerte Verschiedenheit der Menschen und somit auch der »Völker«. Jede Person/jedes Volk hat ihre/seine Eigenarten, zu denen es sich bekennen und danach leben soll. Daraus folgt, daß einige Menschen für bestimmte Aufgaben prädestiniert sind, andere sich für andere Aufgaben eignen. Gleiches gilt ebenso für die Aufteilung der Aufgaben von Mann und Frau. So hat jeder Mensch seinen/ihren Platz in der Hierarchie des Lebens.

2.: Die Frau soll sich von der Emanzipation »emanzipieren«, um sich wieder auf ihre »natürliche« Rolle zurückzubesinnen. Frauen sollen nicht versuchen, den Männern nachzueifern, sie »entfremden« sich dadurch nur von sich selbst. Das weibliche Prinzip soll eine Aufwertung erfahren und

[16] *Krebs*, P., in: *Elemente*, Heft 3.

dem männlichen Prinzip entgegengesetzt werden. »Sie soll sich im Hause emanzipieren von der Männerwelt der Berufstätigkeit und Politik, in der Erfüllung ihrer »gleichwertigen Andersartigkeit« die Welt vor der Gefahr der Einseitigkeit »männlicher« Prinzipien bewahren«.[17] Es geht um die Aufspaltung der Menschen in einen weiblichen und männlichen »Pol« und damit die Abschiebung der Frau in die Familie.

3.: Frauen wird nur zugestanden, Hausfrau und Mutter zu sein. Eine Berufstätigkeit darf sie ausüben, wenn sie noch keine Kinder hat oder wenn die Kinder alt genug sind. Andere Lebensentwürfe für Frauen gibt es nicht. Einer Frau, die erwerbstätig sein will, wird unterstellt, daß sie damit überfordert ist und psychisch krank wird. Alleinlebende sowie alleinerziehende Frauen werden in den Programmen der NeofaschistInnen nicht berücksichtigt, ebensowenig Frauen, die nicht in Form der Kleinfamilie leben möchten. Frauen werden auf ihre Gebärfunktion reduziert und zur Mutter der »Nation« hochstilisiert. Generell gehen NeofaschistInnen davon aus, daß jede Frau heterosexuell ist und ihre »natürliche« Bestimmung ist, Mutter zu werden.

Meiner Meinung nach ist die Ideologie der NeofaschistInnen anti-emanzipatorisch und antifeministisch. Ich möchte hier mit einem Zitat von Anette Kuhn schließen: »Antifeminismus ist hier mehr als eine Politik, die die Frau an das Heim, an die Familie und an die Kinder bindet, eine Politik, die ihre Verwurzelung in der bürgerlichen Gesellschaft, insbesondere aber in den autoritären Strukturen der deutschen Gesellschaft hat und durch die traditionelle Rückständigkeit der deutschen Frauen im europäischen Maßstab relativ widerstandslos angenommen wurde. Der Antifeminismus ist darüber hinaus im Sinne von *Schoenbaum*[18]als rassisch, richtiger noch »sozialrassistisch« zu bezeichnen.[19] Denn er geht über die bisher bekannten Formen des konservativen und kleinbürgerlichen Antifeminismus oder des repressiven Patriachalismus weit hinaus. Antifeminismus ist in dieser Sicht ein notwendiges Instrument des Faschismus, um seine gewaltsame Ideologie einer sozialimperialistischen Politik der planmäßigen Rassenerhaltung, Rassenzüchtung und Rassenvernichtung durchzuführen«.[20]

---

[17] *Döhmann* (1988), S. 21.
[18] Vgl. *Schoenbaum*, zit. in: *Kuhn* (1980), S. 2).
[19] Vgl. *Bock*, zit. in: *Kuhn/Schneider* (1979) S. 113 ff.
[20] *Kuhn* (1980), S. 2.

Motivationen von Mädchen/Frauen in neofaschistische Gruppierungen mitzuarbeiten: Warum handeln Frauen entgegen ihren Interessen?

Um die Frage zu beantworten, welche Motivationen hinter dem Handeln der Frauen stehen, die in neofaschistischen Gruppierungen mitarbeiten, habe ich mich in meiner Diplomarbeit auf Elemente aus der Kritischen Psychologie bezogen. Die Kritische Psychologie geht davon aus, daß die Menschen ihre Lebensbedingungen produzieren, unter denen sich der/die Einzelne als Subjekt erst erhalten kann. Es ist eine Doppelbeziehung: »Die Menschen schaffen einmal Lebensverhältnisse und gleichzeitig existieren sie unter diesen Lebensverhältnissen«.[21] Nach *Holzkamp* sind die Menschen, die psychologisch erfasst werden sollen, immer in der Lage, sich an der gesellschaftlichen Reproduktion zu beteiligen. Der zentrale Begriff der Handlungsfähigkeit in der Kritischen Psychologie beschreibt das Verhältnis der individuellen Reproduktion über die Beteiligung an der Verfügung über die gesellschaftliche Reproduktion.[22] Grundsätzlich wird davon ausgegangen, daß sich das Individuum als Subjekt bewußt verhalten kann zur gesellschaftlichen Realität und sich somit an der gesellschaftlichen Reproduktion beteiligen kann. Da es bis jetzt kaum Untersuchungen über die Motivationen von Frauen über ihre Mitarbeit und ihr Interesse an neofaschistischen Gruppierungen gibt, basieren meine Ausführungen auf Thesen, die ich nicht bis in ihre Ursprünge innerhalb meiner Diplomarbeit zurückverfolgen konnte. Die Leserin/der Leser nehme also die Thesen als erste Diskussionsstandpunkte auf. Ich beziehe mich hauptsächlich auf Aufsätze von *Osterkamp*, die sich mit der Situation der Menschen im Faschismus beschäftigt hat.[23]

Auf die heutige Situation und insbesondere auf Frauen übertragen, bedeutet, daß es für eine Frau in der jeweiligen Situation aus ihrer subjektiven Sichtweise richtig erscheinen kann, sich einer neofaschistischen Gruppe anzuschließen. Aber in letzter Konsequenz wird sich dieses Verhalten gegen sie richten. Indem Frauen die neofaschistische Ideologie mittragen, weil es für sie einen kurzfristigen Vorteil bedeutet, sind auch sie verantwortlich zum Beispiel für das frauenfeindliche neofaschistische Frauenbild. Dieses Frauenbild wird sich langfristig gegen die Interessen der Frau rich-

[21] *Holzkamp* (1984), S. 126.
[22] Vgl. ebenda, S. 142.
[23] Vgl. *Osterkamp*.

ten, die als eigentlich »Aktive« in die neofaschistische Gruppe eingetreten ist. Durch das neofaschistische Frauenbild werden die Frauen auf das Äußerste diskriminiert, und es weist ihnen einen Platz unten in der Hierarchie zu (siehe Frauenbild). Dies ist sicherlich nicht die Ambition der Frau, aber Folge ihres Verhaltens und ihrer Entscheidung. Ich werde versuchen, die kurzfristigen Vorteile, die Frauen für sich erwarten, wenn sie einer neofaschistischen Gruppe beitreten, zu skizzieren. Kurzfristige Vorteile für eine Frau könnten sein:

a) eine Festigung ihrer Beziehungstruktur zu ihrem Partner. Die Frauen, die in neofaschistischen Gruppierungen vertreten sind, sind fast immer Frauen von ..., Freundinnen von ..., Schwestern von ... Neofaschisten. Da Frauen sich in unserer Gesellschaft sehr oft noch über den Mann (Partner) definieren (und definiert werden) und sich nach ihm orientieren, übernehmen sie häufig zum Beispiel die politische Meinung des Mannes. Es geht darum, Konflikte mit dem Mann zu vermeiden, ihm möglichst nahe zu sein (auch räumlich), von ihm anerkannt zu werden und die eigene Identität durch ihn bestimmt zu haben. Außerdem: Wenn zwei Menschen für die gleiche Sachen »kämpfen«, gibt es mehr Gemeinsamkeit in deren Leben, und es festigt die Beziehung.

b) Der Kampf gegen Männergewalt. Neofaschistische Gruppen propagieren in ihren Programmen und Flugblättern den Kampf für Recht und Ordnung, gegen den moralischen und sittlichen Verfall unserer Gesellschaft. Sie greifen die für Frauen realexistierende Gewalt in unserer Gesellschaft auf und spielen sich als Beschützer der Frau auf. Frauen erleben tatsächlich ständig sie bedrohende Männergewalt, viele werden vergewaltigt (auch in der Ehe), viele fühlen sich als Sexualobjekt und werden als Sexualobjekt mißbraucht, »Anmache« gegenüber Frauen passiert ständig und überall. NeofaschistInnen versprechen Frauen, daß sie gegen diese Art von Gewalt kämpfen und sie beschützen werden. Allerdings vergessen sie dabei, daß Gewalt in den eigenen Reihen, auch gegen Frauen, an der Tagesordnung ist.

c) Reduzierung der Doppel- oder Mehrfachbelastung für Frauen. Für die meisten Frauen ist die Doppel- oder Mehrfachbelastung Mittelpunkt ihres Lebens. Sie sind erwerbstätig, gleichzeitig für die Kindererziehung und die Reproduktion des Mannes zuständig. Das neofaschistische Frauenbild verspricht den Frauen auf den ersten Blick eine scheinbare Erleichterung ihres Lebens, sie brauchen »nur« noch für die Familie verantwortlich zu sein, sind aber damit aus dem ökonomischen Arbeitsprozeß ausgeschlossen.

d) Sinngebung ihres Lebens oder Überwindung ihrer Existenzängste. Auch für Frauen sind unsere gesellschaftlichen Verhältnisse oft undurchschaubar, es existieren deprimierende Zukunftsaussichten für Mädchen und Frauen. Für sie ist das Erlernen eines Berufes und die Ausübung ein wesentlicher Punkt in ihrer Identitätsfindung. Sie erleben, daß Arbeitsplätze abgebaut werden und Frauen als erste davon betroffen sind. NeofaschistInnen greifen hier die bestehenden Probleme auf und haben einen »Sündenbock« für diese Zustände parat: AusländerInnen und AussiedlerInnen. Für unterschiedliche Mißstände gibt es immer eine einfache Erklärung in der neofaschistischen Ideologie, also eine einfache Orientierung für Frauen. »Der positiv erlebte Gruppenzusammenhalt befreit zunächst einmal von den eigenen Problemen, und die Ideologie hat für diese auch die Schuldigen parat; ist die Feindseligkeit gegen ihn erst stimuliert, wirkt sie sich gleichzeitig verstärkend auf die Identifikation mit der Gruppe aus, die ihrerseits den Glauben an die Ideologie erhöht«.[24] Nach *Osterkamp* verspricht der Faschismus die Welt scheinbar subjektiv funktional zu machen, an der die Menschen bis dahin mehr oder weniger gescheitert sind. Die Isolation und die Komplexität sozialer Beziehungen bewirkt die Attraktivität der Idee der »Volksgemeinschaft«, und die bedingungslose Übernahme faschistischer Wertorientierung ist ein Mittel der Überwindung der individuellen Ohnmacht.[25]

e) Verhaftung in der traditionellen Rolle. Frauen, die keine Erweiterung ihrer traditionellen Rolle und kaum rollenuntypische Erfahrungen erlebt haben, spricht die Propagierung des neofaschistischen Frauenbildes an. Ihr Lebenskonzept ist einfach und eingeschränkt. Sie haben ihren Platz im Leben und brauchen ihn nicht zu verlassen. Ein Element, daß charakteristisch für alle o.g. Punkte ist, ist die einfache Strukturierung des Lebens und all seiner Probleme im neofaschistischen Weltbild. Es gibt für alles eine Lösung, Frauen wie Männer brauchen nicht darüber nachzudenken. Nachdenken könnte bedeuten, Erklärungen nicht mehr hinzunehmen, sondern sie zu hinterfragen und vielleicht das eigene

[24] *Koppernagel*, M., zit. in: *Erpel* (1987) S. 33f.
[25] Vgl. *Osterkamp* (1981), S. 159f.

Leben zu ändern. KritikerInnen sind unter NeofaschistInnen nicht erwünscht.

Meines Erachtens sind die oben genannten Vorteile jeweils nur kurzfristige Vorteile für die Frau. Aus ihrer subjektiven Sichtweise in ihrer jeweiligen Situation mag es für sie positiv sein, sich für eine neofaschistische Gruppe zu entscheiden, einer oder mehrere der eben genannten Punkte können ausschlaggebend sein. Es ist in der Situation die bewußte Entscheidung der Frau für die neofaschistische Ideologie, sie ist keinesfalls »Opfer« von »mysteriösen« Umständen. Langfristig hat sie sich gegen ihre Interessen entschieden. Indem die Frau sich mit ihrer Entscheidung für die neofaschistische Ideologie festgelegt hat, festigt sie diese Ideologie und bestärkt die frauenfeindlichen und allgemein menschenverachtenden Absichten der NeofaschistInnen. In letzter Konsequenz ist auch sie davon betroffen und die neofaschistische Ideologie wird sich gegen die Interessen der Frau richten. Die Frau ist also nicht »Opfer« der Verhältnisse, sondern sie ist »Mittäterin« an den Verhältnissen.

An diesem Punkt möchte ich auf die Frauen der *DFF* zurückkommen und ihr ambivalentes Verhalten untersuchen. Auf der einen Seite schließen sie sich dem neofaschistischen Frauenbild an, das heißt sie fordern und unterstützen es. Auf der anderen Seite entsprechen sie diesem Bild zur Zeit selbst nicht. Sie treten in der Öffentlichkeit auf, zum Teil auch mit militanten Aktionen. Ihr Platz ist eben nicht Heim und Herd, sondern die Straße, »die vorderste Front«. Das traditionelle Frauenbild ist für sie nicht attraktiv, sie wollen kämpfen. Die Frauen in der *DFF* wirken auf keinen Fall wie »brave« Frauen, sie sehen nicht bieder und angepaßt aus. Im Gegenteil, manche Frau der *DFF* wäre äußerlich von einer Frau aus dem linken Spektrum nicht zu unterscheiden.[26] *Michael Kühnen* sagte dazu: »Die ANS/NA ist eine männliche Bewegung. Frauen haben lediglich eine unterstützende und begleitende Funktion. Sie bleiben immer Schwestern und Freundinnen unserer aktiven Kameraden«.[27]

Worch, Aktivistin der DFF, ist da anderer Meinung: »Selbst wenn der Nationalsozialismus nicht auf so grausame Art zerstört worden wäre und er hätte sich frei entwickeln können ..., dann wär es auch heute so ganz üblich, daß Frauen sich durchgesetzt hätten und auch gesagt hätten: Selbst-

[26] *Spiegel-TV*, 11. Dezember 1988.

[27] NF, Nr. 26 S. 3f.

verständlich, wir sind ein Bestandteil der Politik, und wir können auch mit in die Parlamente«.[28] Sind die Frauen der DFF bereit ihre jetzige Position, auch wenn sie Anhängsel der Männer sind, gegen einen Platz an Heim und Herd zu tauschen? *Kühnen* bezeichnete sie als »autonome« Gruppe, sie selber sagen über sich, daß sie die Gleichberechtigung längst erreicht haben. Emanzipation in Braun?

Abschließend läßt sich folgendes feststellen:

1. Die Strukturen der neofaschistischen Gruppierungen schrecken die meisten Mädchen/Frauen davon ab, dort mitzuarbeiten. Diese Strukturen lassen sich als autoritär, undemokratisch und gewalttätig beschreiben. Jungen/Männer dominieren in diesen Gruppierungen und weisen den Mädchen/Frauen einen unteren Platz in der Hierarchie zu. Es ist offensichtlich, daß Mädchen/Frauen nichts »zu sagen« haben. In diesen Gruppen sind Machtrangeleien an der Tagesordnung und da Mädchen noch nicht einmal Teil an der Macht in unserer Gesellschaft haben, interessieren sie solche »Machtkämpfe« nicht. Es ist für sie eine männliche Eigenschaft, sie halten sich aus den »Rangeleien« heraus. Weiterhin stößt Mädchen das gewalttätige und aggressive Auftreten der NeofaschistInnen ab. Junge Frauen erfahren im Laufe ihrer Erziehung bzw. Sozialisation häufig die Wirkungen von Gewalt »am eigenen Leib« und identifizieren sich eher mit der Rolle des »Opfers«. Aus dieser Haltung resultiert ein Zurückweichen vor (physischer) Gewalt, das den gewaltfördernden und -fordernden Strukturen der neofaschistischen Organisationen zuwiderläuft.[29]
2. Ein Großteil der Mädchen/Frauen distanziert sich von den programmatischen Aussagen der NeofaschistInnen. Das Stilisieren der Frau als Mutter, Ehefrau und »Hüterin der Familie« verträgt sich in dieser Ausschließlichkeit nicht mehr mit der Zukunftsplanung der Mädchen/Frauen. Sie wollen nicht auf diese Rolle festgelegt werden, sondern sich frei entscheiden können. Auch wenn sich die meisten Mädchen/Frauen in letzter Konsequenz für die Heirat und Familie entscheiden, zum Beispiel weil ihre beruflichen Zukunftsaussichten deprimierend sind, wollen sie sich die Wahl eines anderen Lebensweges offenhalten. Die Aussagen der NeofaschistInnen werden von vielen als diskriminierend und sexistisch

---

[28] *Spiegel-TV*, 11. Dezember 1988.
[29] Vgl. *Bast* (1988), S. 52.

erkannt. Den Mädchen/Frauen ist klar, daß wenn sie sich einer neofaschistischen Gruppe anschließen, sie dort eine untergeordnete Rolle spielen und sie selbst von der Frauenfeindlichkeit der Gruppe betroffen sind. Da Mädchen/Frauen eher zu sozialem Verhalten erzogen werden, entsprechen ihnen auch die extrem menschenfeindlichen Positionen, wie »AusländerInnen raus« nicht. Sie fühlen sich eher sozial verantwortlich für andere Menschen als Jungen und gehen vom Gleichheitsprinzip der Menschen aus.

3. Da Mädchen/Frauen zur Anpassung an das männliche Geschlecht erzogen werden und ihre Autonomie in frühen Jahren eingeschränkt wird, neigen sie nicht dazu, ihren Widerstand gegen diese Rollenkonformität in extremen Äußerungen wie Aktionen zu formulieren. Ihr Widerstand richtet sich m. E. in erster Linie gegen sich selbst (zum Beispiel Magersucht). Nach außen und gegen andere gerichtete Aktionen, wie sie u. a. in neofaschistischen Gruppen an der Tagesordnung sind, entsprechen kaum dem Konfliktverhalten der meisten Mädchen/Frauen. Die Mädchen und Frauen, die in neofaschistischen Gruppen mitarbeiten, müssen sich den Männern dort unterordnen. Sie werden nur als Frauen von ..., Freundinnen von ... usw. akzeptiert. Ihr Platz ist auf der untersten Stufe der Hierarchie, und sie sind gezwungen, sich den Männern vollständig anzupassen, ihre Meinung zählt nicht. Exemplarisch ist für mich die »Deutsche Frauenfront«, die extra für Frauen von einem Neonazi-Führer gegründet wurde, da diese in der damaligen Organisation nicht Mitglied werden konnten.

Mädchen/Frauen, die in diesen Gruppen mitarbeiten, unterstützen und festigen die neofaschistische Ideologie. In letzter Konsequenz wird sich das auch gegen sie richten. Sie tragen diese Ideologie mit und festigen damit das neofaschistische Frauenbild. Für die meisten Mädchen sind solche Organisationen allerdings kein ernstzunehmendes Betätigungsfeld.

Fazit: Wie ich oben dargelegt habe, können neofaschistische Positionen und Gruppierungen für Mädchen/Frauen erst einmal subjektive Vorteile haben und ihre Unterstützerinnenrolle ist dabei nicht zu unterschätzen. Meines Erachtens übernehmen Mädchen/Frauen sehr wohl neofaschistische Positionen und stärken damit diese menschenverachtende Ideologie. Ereignisse in den letzen Monaten zeigen uns deutlich, daß die Akteure in den ersten Reihen hauptsächlich Jungen/Männer sind, in der zweiten Reihe aber beifallklatschende Mädchen/Frauen stehen.

Quellen:

ANS-Mädelbund, Werbeschrift; zit. in: Hellfeld 1987

Brigitte (Frauenzeitschrift), »Häkeln für das vierte Reich«, Nr.14/92, S. 72 - 80

Deutsche Frauenfront, »Was ist sie – Was will sie«, Flugblatt, o. J.

Deutsche Frauenfront, Programm, o. J.

Eyseneck, H.-J., Wie verschieden sind Mann und Frau? In: *Deutsche Nationalzeitung*, 21/89

Krebs, P., Die Frau ist die Zukunft des Mannes; in: *Elemente*, Heft 3, o. J.

Kühnen, M. (Hrsg.): Neue Front (NF), Informationsbriefe zur Lage der Bewegung

Landesarbeitskreis Frauenpolitik der Republikaner NRW, Programm, Düsseldorf 1988

Die Republikaner, Programm 1987

Die Republikaner, Programm 1989/90

Spiegel-TV, Deutsche Frauenfront: »Emanzipation in Braun«, Fernseh-Bericht vom 11. Dezember 1988

VVN (1986) (Hrsg.), Die Nazi-FAP verbieten! O. O. 1986

VVN (1988) *Hannover* (Hrsg.): Neofaschisten – Ausländerfeinde – Provokateure. Die FAP in Hannover, Hannover 1988

Siegfried Jäger

Rassismus in Deutschland
9 Thesen zu Erscheinungsformen, Ausmaß und Ursachen

Die Attacken gegen Flüchtlingsunterkünfte und einzelne Menschen werden immer brutaler und offensichtlich auch immer professioneller vorbereitet. Es werden Bomben gebaut und gelegt, es werden ausgeklügelte Strategien entwickelt, wie man die Einwanderer und Flüchtlinge mit Gewalt aus Deutschland vertreiben bzw. von deutschem Boden fernhalten kann.

Zur gleichen Zeit wird auf der politischen Bühne die Diskussion um die Aushöhlung des Asylrechts weiter zugespitzt. Der Art. 16 Grundgesetz (GG) steht bereits seit Jahren zur Disposition; mit der Infragestellung des Art. 16 GG wird ein grundlegendes demokratisches Recht tangiert. Dabei geht es überhaupt nicht um den Art. 16 GG. Das weiß jeder Politiker. Die unsinnige Diskussion über diesen Artikel hat ausschließlich symbolische Funktion und verdeckt die soziale Misere, in der sich die Flüchtlinge befinden. Sie wird geführt mit der Absicht, in der Bevölkerung eine Stimmung gegen Ausländer zu erzeugen, die die Politik legitimiert, die Grenzen Deutschlands und Europas gegen den Rest der Welt abzuschotten. Sämtliche Medien tragen mehr oder minder stark dazu bei, diese Kampagne zu unterstützen und Ausländerfeindlichkeit und Rassismus in der Bevölkerung zu verbreiten und zu verfestigen. Gewalt gegen Flüchtlinge und Einwanderer – das ist die eine Seite der Medaille. Die Politiker und Pressekampagnen gegen diese Menschen – das ist die andere.

Weshalb geschieht das? Wie hängen diese beiden Seiten zusammen? Wieso werden – aus scheinbar heiterem Himmel – nun bereits seit etwa zwei Jahren zunehmend Überfälle und Anschläge gegen Menschen verübt, die bei uns Arbeit, Zuflucht, Überleben suchen?

Auf der Grundlage unserer Untersuchungen[1] zum alltäglichen Rassismus und zum Auftreten rassistischer Diskurse in den Medien möchte ich zu diesen Fragen einige Thesen vortragen, die zur Klärung beitragen sollen.

Zunächst aber möchte ich knapp erläutern, was ich unter Rassismus verstehe. Rassismus liegt dann vor, wenn Menschen, die anders aussehen als die einheimische Mehrheit oder andere Sitten und Gebräuche pflegen, eine andere als die einheimische Sprache sprechen, eine andere als die im Lande üblichen Religionen praktizieren etc., deshalb negativ bewertet und aus der Position der Macht der Einheimischen heraus diskriminiert, benachteiligt und angegriffen werden. Rassismus kann von Einzelpersonen, Institutionen, Parteien und Verbänden, durch Gesetze und Verordnungen ausgeübt werden. Nun aber zu den Thesen:

1. Der Rassismus hat eine lange Geschichte und erreicht heute nur einen weiteren Höhepunkt. Rassismus und rassistisch motivierte Gewalttaten werden heute meist mit Ortsnamen wie Hoyerswerda, Hünxe, Saarlouis und Rostock in Verbindung gebracht. Doch Rassismus und Antsemitismus gibt es in Deutschland seit Jahrhunderten. Und dies führte immer wieder zu Verfolgungen Pogromen mit dem Höhepunkt der Massenvernichtungen von Juden, Sinti und Roma, Kriegsgefangener, Behinderter, Schwuler im Faschismus. Auch nach dem Krieg lebten Rassismus und andere Formen massiver Diskriminierung von Menschen, die nicht der deutschen Norm entsprachen, weiter fort. Doch meist eher unter der Decke wie ein Schwelbrand, der hier und da schon einmal aufflackerte, z. B wenn Wahlen ins Haus standen, aber bisher in keinem Fall die massenhaft gewalttätige Verlaufsform fand wie in den letzten Jahren.

Rassismus in der Bevölkerung war eher einem Klavier zu vergleichen, auf dem man gelegentlich klimperte, womit man aber auch jederzeit wieder aufhören konnte.

Das ist inzwischen anders geworden. Der Rassismus der Bevölkerung hat sich verselbständigt. Man fühlt sich an die Zauberlehrlinge erinnert, die die Geister, die sie gerufen hatten, nicht mehr loswurden. In der nüchternen Sprache der Wissensthaft formuliert, heißt dies: Heute sind nahezu alle Menschen in Deutschland mehr oder minder massiv in rassistische Diskurse verstrickt. Rassismus ist im heutigen Deutschland zu einer nahezu flächendeckenden Gemütsbewegung geworden.

[1] Untersuchungen des Duisburger Institutes für Sprach- und Sozialforschung (DISS).

2. Rassismus ist kein Jugendproblem. Die Verstricktheit nahezu aller Menschen in unserem Land in den rassistischen Diskurs geht einher mit der Bereitschaft, das sog. Ausländerproblem mit Gewalt zu lösen. Das gilt für alle Menschen, die rassistisch eingestellt sind, nicht nur für Jugendliche. Als aktivste Gruppe in der Bevölkerung sind es aber vor allem Jugendliche, die bereit sind, das verbreitete rassistische Denken auch in Taten und Tätlichkeiten umzusetzen. Sie empfinden sich aber nur als die Vollstrecker des allgemeinen Volkswillens.

3. Rassismus ist kein ostdeutsches Problem. Ebensowenig wie Rassismus ein Jugendproblem ist, ist er ein Problem insbesondere der ostdeutschen Bevölkerung. Die Verstricktheit der Menschen in Rassismus ist in den alten Bundesländern mindestens ebenso stark wie in den fünf neuen Ländern. Wenn in den letzten Monaten die Anzahl der Anschläge gegen Flüchtlinge und Einwanderer im Osten größer geworden ist als im Westen, dann liegt das daran, daß die praktizierte Ansiedlungspolitik hier zunehmend infamer und skrupelloser durchgeführt wird als im Westen. Rostock ist nach unseren Erkenntnissen ein auf lange Hand vorbereitetes Schurkenstück gewesen, in das Politik und Polizei zutiefst verstrickt sind. Das inszenierte Pogrom sollte dazu dienen, die angebliche Notwendigkeit einer höchst restriktiven Ausländerpolitik im Vorfeld der Vereinigung des Europäischen Marktes mit einem Knall in die Köpfe der Menschen in diesem unseren Lande hineinzukatapultieren. Der Schauplatz für diese Inszenierung war allerdings gut gewählt: Rostock, Plattenbausiedlung, Arbeiterschließfächer, hohe Arbeitslosigkeit, verbaute Zukunftsperspektive, gedemütigte Menschen – ein Pulverfaß, an das man nur noch die Lunte zu legen brauchte.

4. Rassismus ist kein Problem der sozial Schwächeren. Rassismus ist auch nicht vorwiegend ein Problem der sozial Schwächeren. Unsere eigenen qualitativen Untersuchungen und auch andere, stärker quantitativ verfahrende Untersuchungen zeigen, daß Rassismus in allen gesellschaftlichen Schichten grassiert, ja, es zeigen sich bei sozial schwächeren Jugendlichen sogar stärkere Solidarsierungseffekte mit Einwanderen und Flüchtlingen als bei sozial stärkeren Jugendlichen.

5. Rassismus und Rechtsextremismus: Rassismus ist ein Kernideologem des Rechtsextremismus. Die rechtsextreme Ideologie zentriert sich um die Auffassung, daß alles Soziale Natur sei und damit schicksalhaft und unveränderlich. In der Natur aber herrscht das Recht des Stärkeren. Dieser sozialdarwinistische Ansatz prägt das Menschenbild des Rechtsextremismus, sein Bild der Frau als Reproduzentin des Volkes, sein Bild der Gesellschaft als völkisch und auf biologischer Abstammung basierend etc. etc. Menschen anderen Aussehens und anderer Lebensgewohnheiten werden unter dem Gesichtspunkt der anderen Natur wahrgenommen; sie werden als andere »Rassen« konstruiert, denen gegenüber die nordischen Rassen überlegen seien.

Bei der Durchsetzung dieser Ideologie kommt rechtsextremen Ideologen die Tatsache entgegen, daß Ausländerfeindlichkeit und Rassismus in der Bevölkerung tief verwurzelt sind. Besonders in den Wahlkämpfen argumentieren alle rechtsextremen Ideologen und Parteien rassistisch und naturalisierend. Sie gehen davon aus, daß die im Rassismus enthaltene Idee, alles Soziale sei bloße Natur, den Anknüpfungspunkt für andere rechtsextreme Ideologeme darstellt, die man nur noch nachzuschieben habe, um im Bewußtsein der Menschen geschlossene rechtsextreme Weltbilder zu installieren.

Rechtsextreme Parteien und Propagandisten erzeugen aber den in der Bevölkerung herrschenden Rassismus nicht, sie versuchen ihn, für sich zu nutzen. Wie es aussieht mit zunehmendem Erfolg. Sie profitieren von der Asyldebatte, von den Anschlägen gegen Flüchtlingsheime, insgesamt: vom in der Bevölkerung durch die anderen Parteien und Politiker sowie die Medien durchgestzten Rassismus. Sie versuchen zwar, den Volkszorn mit anzuheizen, um desto lauter nach dem starken Mann rufen zu können; sie unterstützen aller Wahrscheinlichkeit auch die Bommbenwerfer und versuchen sie zu organisieren, militärisch auszubilden etc. Aber sie sind in erster Linie Nutznießer und Profiteure einer Entwicklung, die sie allein nicht hätten zustandebringen können.

6. Rassismus ohne Rassen, Rassismus ohne Ausländer? Rassismus liegt die Vorstellung zu Grunde, es gäbe menschliche »Rassen« – und Kulturen, die unveränderlich, auf jeden Fall aber im Grunde unverträglich sind.

Die Vorstellung, daß es Menschenrassen gibt, ist wissenschaftlich widerlegt. Die Unterschiede innerhalb von Menschengruppen, die man als »Rassen« zu definieren versuchte, sind größer als solche zwischen den Gruppen, die man als »Rassen« zu definieren versuchte. Historisch hat sich gezeigt, daß sich Kulturen, die zudem selbst nie homogen sind, ständig verändern und entwickeln, besonders wenn sie mit anderen Kulturen in Berührung kommen.[2]

Rassismus und Ethnozentrismus haben keinerlei wissenschaftlich vertretbare Basis. Wir können auch sagen: Wie es einen Antisemitismus ohne Juden geben kann, gibt es Rassismus insgesamt ohne Rassen. Es handelt sich um Konstruktionen, um reine Ideologien. Er wird aber projiziert auf Menschen, die in Aussehen und Verhalten von deutschen Menschen abweichen oder als abweichend konstruiert werden.

7. Der in der Bevölkerung latent vorhandene Rassismus wird durch Politiker mit Hilfe der Medien, unter denen sich besonders, aber nicht nur, die »Bild-Zeitung« hervortut, geschürt und verfestigt. Weshalb kann das greifen? Und weshalb geschieht das? Welche Funktion hat der Rassismus für den Einzelnen und die Gesellschaft insgesamt?

In aller Kürze lautet meine Antwort: Der Einzelne lehnt im Fremden diejenigen Eigenarten ab, die er sich selbst mühselig abtrainieren mußte, wie etwa (meist bloß imaginierte) Faulheit, sexuelle Freizügigkeit, Lust, Sich-Austoben etc. Sein mühsam aufgebautes Normenkorsett muß mit allen Mitteln verteidigt werden. Deshalb wird die deutsche Norm zur Meßlatte der Ablehnung alles Fremden. Neben dieser mehr psychoanalytisch argumentierenden Begründung ist anzuführen: Der Andere wird als Konkurrent um einen Platz an der Sonne angesehen. Da er in der schwächeren Position ist, glaubt man, leicht mit ihm fertig werden zu können. Für den einzelnen hat Rassismus so Entlastungsfunktion.

Die Propagierung und Durchsetzung von Rassismus aus politischer Perspektive findet statt, weil die betreffenden Politiker ein Gesellschaftsbild favorisieren, das man als völkischnationalistisch bezeichnen kann. Hier steht die Staatslehre von *Carl Schmitt* Pate, der auch für die Staatsauffassung des Nationalsozialismus eine wichtige Rolle gespielt hat. Die Eckpfeiler dieser Staats- und Gesellschaftsauffassung sind: Homogenität der Bevölkerung auf der Grundlage von Abstammung und gemeinsamer Geschichte, Sprache, Kultur etc. Von dieser Staats- und Gesellschaftsauffassung haben sich auch unsere Ausländergesetze leiten lassen.

Dieses hier nur kurz angerissene Konzept steht im diametralen Gegensatz zur Vorstellung einer demokratischen Gesellschaft.

---

[2] Das Buch von Bernd Engelmann »Du Deutsch« legt davon beredtes Zeugnis ab.

Ein zweiter politischer Grundsatz für die Stärkung rassistischer Haltungen besteht darin, daß man die Konkurrenzbedingungen und den Lebensstandard der westlichen Industrienationen halten möchte, um sich in der Konkurrenz in Europa gegen die USA und Japan durchsetzen zu können.

8. Häufig wird die – wie es heißt – massenhafte Anwesenheit von Einwanderern und Flüchtlingen in Deutschland als Ursache des steigenden Rassismus in der Bevölkerung angeführt. Da dieser Rassismus, so wird weiter argumentiert, die Demokratie gefährde, Rechtsextremismus schüre etc., müsse man dafür sorgen, daß die Ausländer draußen bleiben. Diese Begründung ist wenig überzeugend: Wenn der Eindruck entsteht, Einwanderung finde bereits massenhaft statt, so ist dieser Eindruck darauf zurückzuführen, daß Flüchtlinge in Sammellager gepfercht werden, daß sie in der Presse, wo man zugleich (wie beim *Spiegel*) nicht vor Fälschungen zurückschreckt, immmer als Masse ins Bild gesetzt werden, wo sie als drohende Fluten, die die Dämme brechen lassen und als Leute, die unser Boot zum Kentern bringen und immer wieder als riesige Gefahr für Deutschland beschworen werden.

Wie kann man solchen Darstellungen glauben, wenn sog. »deutschstämmige« Aussiedler zu Hunderttausenden aufgenommen werden, die offenbar problemlos integriert werden können? Gleichwohl wird dieses Argument der »massenhaften« Einwanderung dazu benutzt, die Abschaffung des Art. 16 GG zu fordern und zu betreiben.

9. Scheinheilig wird oft gefordert, man müsse die Fluchtursachen beseitigen. Der bisherige Zuzug von Einwanderern ist noch relativ klein. Es ist aber damit zu rechnen, daß die Einwanderung auch nach Deutschland in den nächsten Jahren zunehmen wird. Daran wird keine Paragraphenänderung und kein Grenzzschutz, keine versuchte Abschreckung und keine Anhebung der Entwicklungshilfe etwas ändern können. Die Notleidenden der Dritten Welt haben keine andere Wahl, als die, ihr Land zu verlassen und bei uns und in anderen Ländern Zuflucht zu suchen. Ich habe den Eindruck, daß die derzeitige Debatte in unseren Parteien die Bevölkerung auf eine solche Situation vorzubereiten versucht, und zwar mit der Absicht, ihre Zustimmung zu immer drastischeren Abschreckungsmaßnahmen zu organisieren.

Das heute häufig zu hörende, human klingende, politische Rezept gegen die zunehmende Anzahl von Einwanderern und Flüchtlingen lautet: Fluchtursachen beseitigen!

Ja, wie denn? Läßt sich das so einfach machen angesichts von hunderten von Jahren währender Ausbeutung und Ausblutung der Herkunftsländer? Angesichts der Tatsache, daß unser Wirtschaftssystem diesen Prozeß von Ausbeutung und Ausblutung weiterhin nutzen will und, im Rahmen weltweiter Konkurrenz, auch nutzen muß? So sehr es nötig wäre, die Fluchtursachen zu bekämpfen, ebensowenig wird dies gelingen. Die Notleidenden, die fliehen müssen, um zu überleben, werden kommen. Der Versuch, dagegen eine »Festung Europa« zu errichten, wird scheitern. Deutschland hat die Wahl: Entweder wird es gelingen, die vor Ort jeweils nötige Hilfe zu improvisieren – was es auch kosten mag. Und das wird auf jeden Fall teuer werden und erhebliche Einbußen an Lebensstandard für uns alle bedeuten. Die Alternative dazu wäre, wie Karl Bartels drastisch formuliert, Massenmord und zwar durch Krepierenlassen oder militärisch organisierten Genozid.[3]

Die Massenwanderung, die aus der von den Industrienationen verschuldeten Not resultiert, wird nicht aufzuhalten sein. Das muß uns allen klar werden. Und klar werden muß uns auch, daß wir von unserem Wohlstand werden abgeben müssen. Insbesondere wir hier im Westen Deutschlands. Und insbesondere und vor allem diejenigen, die bei uns in Deutschland im Überfluß leben.

Diese Einsicht, so ergaben unsere Untersuchungen, ist bisher aber in Deutschland bei kaum jemandem vorhanden.

---

[3] Leserbrief an die *Frankfurter Rundschau* vom 23. September 1992.

Franz Josef Krafeld, Elke Lutzebäck, Gisela Schaar, Carola Storm, Wolfgang Welp

Akzeptierende Jugendarbeit mit rechtsextremen Jugendlichen?

Konzeptionelle Grundlinien praktischer Erfahrungen

Das, was wir hier[1] als konzeptionellen Ansatz zur Diskussion um Jugendarbeit mit rechtsextremistischen Jugendlichen vorstellen wollen, ist nicht am grünen Tisch, sondern in einer – sicherlich oft schwierigen – praktischen Arbeit entstanden. Und wir haben uns dieses Praxisfeld auch nicht ausgesucht, sondern sind da seinerzeit mehr oder weniger zufällig hineingeschlittert: In einem studienbegleitenden Praxisprojekt zur stadtteilbezogenen Vernetzung sozialer Arbeit wurden wir 1988 unter anderem mit einer Jugendclique konfrontiert, die als rechtsextremistisch und neonazistisch galt. Schließlich fanden sich zwei Studentinnen bereit, mit dieser Clique von bis zu 50 Jugendlichen einen eigenen Jugendclub aufzubauen. In einem, später in zwei ehemaligen Schulräumen richteten sie sich zusammen mit den Jugendlichen ein. Wenige Zeit später trafen zwei weitere Studentinnen dieses Projektes bei ihrem Praktikum in einem Bürgerhaus auf eine ganz ähnliche Clique und fanden sich ebenfalls bereit, mit dieser langfristig zu arbeiten. Kurz danach wurde eine von ihnen angeworben, zusammen mit einem weiteren Studenten mit einer dritten rechten Clique zu arbeiten, die seit Jahren in einem Jugendfreizeitheim für große Konflikte sorgte. Schließlich begannen zwei der bereits Genannten in einem vierten Bremer Stadtteil, Straßensozialarbeit mit Jugendcliquen zu leisten, die ebenfalls dem rechten Spektrum, der Skinhead- und der Hooligan-Szene zugerechnet werden. – Wichtig zu erwähnen ist, daß diese Arbeit bis heute auf der Basis von Honorarverträgen mit maximal 10 Stunden pro Woche oder im Rahmen des Anerkennungsjahres als Sozialarbeiterin/Sozialpädagogin geleistet wird.

---

[1] Bei dem Text handelt es sich um das leicht gekürzte Manuskript eines Vortrages auf der Tagung »Jugend und Rechtsextremismus« am 7. März 1992 in Potsdam.

Aus der Aufarbeitung und Analyse der in den drei, inzwischen vier Projekten gemachten Erfahrungen haben wir inzwischen einen konzeptionellen Ansatz entwickelt, den wir begrifflich als *akzeptierende Jugendarbeit mit rechten Jugendcliquen* bezeichnen. Dessen Grundverständnisse möchten wir im folgenden kurz skizzieren, um anschließend drei zentrale Handlungsgrundlagen unserer Arbeit zu erläutern:

I. Grundverständnisse akzeptierender Jugendarbeit

Wenn wir von *akzeptierender Jugendarbeit mit rechten Jugendcliquen* sprechen, dann hat das sicher für viele etwas Provokantes. Aber dieser Begriff des Akzeptierens, der ursprünglich aus der Drogenarbeit kommt, streicht genau das heraus, was uns als das Zentrale, das Entscheidende erscheint: Wir sind zu der Überzeugung gelangt, daß Aufklärung und Belehrung oder daß Ausgrenzung und Bestrafung zwar vielleicht das eigene Gewissen beruhigen können. Aber bewirken tun sie nichts – jedenfalls nicht bei denen, die ausgeprägte rechtsextremistische Orientierungen und eine hohe Gewaltbereitschaft entwickelt haben. Dieser pädagogische Antifaschismus hat seine Hilflosigkeit längst erwiesen. Das gilt – bei aller Unterschiedlichkeit – in Ost- wie in Westdeutschland. Jugendarbeit mit sogenannten rechtsextremistischen Jugendlichen hat nur dann eine Erfolgschance – was auch immer als *Erfolg* gelten mag –, wenn es zentral um die Probleme geht, die diese Jugendlichen haben, nicht um die Probleme, die sie machen. Auch wenn die Öffentlichkeit vor allem auf den Zusammenhang von Jugend und Rechtsextremismus blickt oder auf den Zusammenhang von Jugend und Gewalt, so stehen letztlich nicht diese Auffälligkeiten im Mittelpunkt. In pädagogischer Arbeit kann es – allen entsprechenden politischen und pädagogischen Aufrufen zum Trotz – nicht darum gehen, problematische Selbstbehauptungs- und Überlebensversuche Jugendlicher abzubauen und abzuwehren (seien es Wahlergebnisse für rechte Parteien oder seien es zum Beispiel wachsende Gewalttätigkeiten gegen andere gesellschaftlich marginalisierte Gruppen). Uns muß es darum gehen, sie dabei zu unterstützen, daß sie sich erfolgreichere, befriedigendere und gleichzeitig sozial verträglichere Selbstbehauptungs- und Überlebensstrategien entwickeln. Denn Jugendarbeit kann nur Erfolg haben, wenn es in ihr zuerst einmal und vor allem um die Jugendlichen geht, um ihre Interessen und Bedürfnisse, um ihre erfahrensgeleiteten Suchprozesse nach eigenen Überlebensstrategien und eigenen Möglichkeiten der Lebensbewältigung. Ihre auffälligen Erscheinungsbilder sind dann zunächst nichts als »Kommentierungen ihrer Lebenssituation«.[2] Das hier formulierte Verständnis gilt insgesamt für Jugendarbeit. Und es muß auch für Jugendarbeit mit diesen Jugendlichen selbstverständlich werden. Allerdings ist dieses Verständnis von zwei zentralen Hypothesen getragen:

1. Daß mit wachsenden Integrations- und Selbstentfaltungschancen durchweg auch Bereitschaften und Fähigkeiten zu sozialverträglichen Verhaltensweisen zunehmen, und daß
2. mit wachsenden Kompetenzen und Möglichkeiten zu entfaltetener Lebensbewältigung auch die Bedeutung rechtsextremistischer Deutungsmuster abnehmen. Wir sprechen deshalb übrigens auch längst nicht mehr von rechtsextremistischen Jugendlichen. Denn der Begriff *rechtsextremistisch* entstammt dem Verfassungsrecht und brandmarkt Feinde. Feinderklärungen blockieren aber jedes pädagogische Handeln. Und »unsere« Jugendlichen empfinden solch gängige Begriffe wie *rechtsextrem* oder *Neonazis* auch immer wieder als demonstrative Mißachtung. Sie verstehen sich als Skinheads, als Hooligans, als Bad Boys, als Heavy Metals usw., kreieren auch eigene Namen oder sind es überhaupt leid, in derartige Schubladen gesteckt zu werden. Wir gehen also insgesamt in unserer Arbeit von dem Grundverständnis aus: Nur, wenn wir die Jugendlichen darin unterstützen, mit ihrem Alltag, mit ihrem Leben, mit ihrer Lebensbewältigung besser zurechtzukommen, dann gibt es Chancen für Änderungen, ja, dann finden wir überhaupt erst Zugang zu ihnen. Und nur, wenn die Jugendlichen selbst für sich das Gefühl haben, daß ihnen sozial verträglichere Verhaltensweisen und Deutungsmuster nützlicher und hilfreicher sind, mit ihrer Alltagsbewältigung und Lebensbewältigung zurecht zu kommen und zufriedener zu sein, werden sie sich umorientieren. Denn für fast alle Jugendlichen, die als rechtsextremistisch gelten (abgesehen vielleicht von einigen ganz wenigen der in Gruppierungen wie der *Nationalen Front* u. ä. organisierten), geht es letztlich darum, unter oft großen Schwierigkeiten und Unsicherheiten Wege und Möglichkeiten zu finden, mit dem eigenen Leben zurechtzukommen. Jugendarbeit mit diesen Jugendlichen hat denn auch von folgenden jugendsoziologischen und -pädagogischen Grundeinsichten auszugehen:

1. Die Orientierungsmuster der Jugendlichen sind als politische Umformungen von ökonomisch-sozialen Alltagserfahrungen zu begreifen.

[2] *Mücke* (1990a), S. 43.

2. In rechtsextremistischen Äußerungen werden fast durchweg real empfundene Ängste und Unsicherheiten zum Ausdruck gebracht.
3. Jugendszenen sind als heute wichtige, vielfach sogar einzig verbliebene und nutzbare Orte jugendlicher Identitätsbildung ernstzunehmen.
4. Die Organisationsmuster Jugendlicher, ihre Gruppenbildungen und Zusammenschlüsse sind als Prozesse von Selbstorganisierung zu sehen, die es nicht zu bekämpfen, sondern allenfalls mit ihnen gemeinsam zu entfalten gilt.
5. Die Selbstbehauptungs- und Durchsetzungsstrategien Jugendlicher sind als deren Kompetenzen zu sehen, die sie aus ihren Lebenserfahrungen entwickelt und abgeleitet haben. Auf die können sie ohne Selbstwertverlust nicht verzichten, solange und soweit sie nicht effektivere und risikoärmere Strategien entwickelt haben.
6. Sozialverträgliche Auseinandersetzungsbereitschaft und Auseinandersetzungsfähigkeit kann nicht Voraussetzung, sondern bestenfalls Produkt von gegenseitiger Vertrautheit, Offenheit und Akzeptanz sein.

Für unseren Alltag in der Jugendarbeit bedeutet das, nicht aufklären, belehren oder beurteilen, sondern zunächst einmal verstehen zu wollen, was den Jugendlichen selbst ihre eigenen Orientierungs- und Handlungsmuster bedeuten und warum. Jugendarbeit hat sich also einzulassen auf die Lebensrealitäten und Alltagsprobleme der Jugendlichen, aus denen ihre rechtsextremistischen Orientierungsmuster, ihre immensen Aggressionspotentiale und gewaltförmigen Verhaltensweisen erwachsen sind. Sie hat sich ebenso einzulassen darauf, wie die Jugendlichen ihre Erfahrungen subjektiv verarbeitet haben – so verquer und widersprüchlich diese Verarbeitungen auch sein mögen. Aber es sind nun einmal deren Deutungs- und Erklärungsmuster, deren Vorstellungen von Handlungsmöglichkeiten und Bewältigungsstrategien. Die Jugendlichen wollen und müssen ernstgenommen werden mit ihren Versuchen der Selbstbehauptung in Lebenslagen, die sie oft als immens bedrückend und beängstigend, teils durchaus als existenzbedrohend empfinden.

Wir zielen mit unserem Ansatz einer akzeptierenden Jugendarbeit letztlich darauf, Jugendliche – und gerade auch gemeinhin gesellschaftlich sonst nicht akzeptierte Jugendliche – bei ihrer Überlebenssuche, bei ihrer Suche nach Wegen und Möglichkeiten gelingender Lebensbewältigung und befriedigender Lebensgestaltung zu begleiten und zu unterstützen. Und das ist ungemein wichtig in einer Zeit, in der Erwachsene zwar nach wie vor sagen können, *wo's langgehen soll*, aber immer weniger, *wo's tatsächlich auch langgehen kann*. Dafür gibt es eine Vielzahl gesellschaftlicher Gründe, auf die ich hier nicht eingehen will. Stichworte sind *Individualisierung* und *Auflösung sozialer Milieus*, *Strukturwandel von Jugend*, *Risikogesellschaft*, *Krise der Arbeitsgesellschaft* – und natürlich auch der völlige gesellschaftliche Umbruch im Osten.

II. Zentrale Handlungsgrundlagen

Wie eine *akzeptierende Jugendarbeit mit rechten Jugendcliquen* angegangen und aufgebaut werden kann, dafür wollen wir nun drei zentrale Grundlagen skizzieren:

1. Anbieten und Absichern sozialer Räume

Immer wieder wird darüber berichtet, wie immens schwierig es sei, Jugendarbeit bzw. Sozialarbeit mit Skinheads oder anderen rechten Jugendszenen aufzubauen, ja, überhaupt Zugang zu solchen Jugendlichen zu finden[3]. Derartige Schwierigkeiten haben wir bislang überhaupt nicht erlebt, erfahren sie erst jetzt teilweise in unserem neuen Projekt, das als einziges als Straßensozialarbeit angelegt ist. Warum das so ist, scheint uns inzwischen ganz eindeutig zu sein: Zumeist werden solche Projekte begonnen, um gegen etwas aktiv zu werden, um Störungen und Auffälligkeiten abzuwenden, um Einstellungs- und Verhaltensänderungen zu bewirken, um Cliquen und Szenen aufzulösen oder zumindest einzelne Jugendliche herauszubrechen oder ähnliches. Das alles sind aber Zielsetzungen, die für solche Jugendlichen natürlich überhaupt nicht attraktiv sind. Sie vermitteln den Jugendlichen vielmehr, daß sie wieder einmal nicht ernstgenommen, sondern letztlich bekämpft werden sollen. Ihnen – die für so etwas ja durchweg sehr sensibel sind – wird dann signalisiert, daß sie hier (wieder einmal, wie eigentlich schon so oft, vielleicht fast immer in ihrem Leben) mit ihren Alltagserfahrungen und den daraus erwachsenen Orientierungs- und Handlungsmustern, mit ihren Alltagsbildern nicht ernstgenommen werden. Wieder einmal scheint es um etwas zu gehen, was andere wollen, aber überhaupt nicht um ihre Probleme, um ihre Interessen und Bedürfnisse.

Wir dagegen konnten schon bei der ersten Kontaktaufnahme mit einem positiven Angebot auf sie zugehen, ihnen etwas bieten, wonach sie teils

[3] Vgl. zum Beispiel *projekt offside* (1988).

schon sehr lange und vehement strebten: einen Raum, an dem sie sich ungehindert treffen und aufhalten können, den sie nicht permanent verteidigen müssen. Was das bedeutet, können Erwachsene oft kaum bemessen. Wir trafen durchweg auf Jugendliche, die in ihrem durchfunktionalisierten städtischen Alltagsumfeld aufgewachsen waren mit der Erfahrung, sich eigentlich nie und nirgendwo mit mehreren Gleichaltrigen treffen und aufhalten, ihre freie Zeit verbringen zu können, weil sie sofort überall als störend gelten. Egal, ob in der zu kleinen und zu hellhörigen elterlichen Wohnung, ob vor dem Wohnblock, bei den Müllcontainern oder zwischen den Garagen, in dem sogenannten Abstandsgrün zwischen den Wohnblöcken, auf der Straße, vor dem Einkaufszentrum, auf dem Kinderspielplatz, auf dem Schulhof, den Gewerbeflächen oder sonstwo – überall wird versucht, Jugendliche sehr schnell wieder zu vertreiben, weil sie stören. Die Umgangsformen der Jugendlichen untereinander und mit ihrer Umwelt werden davon durch und durch geprägt: Denn wer sich durch all das nicht vertreiben und vereinzeln lassen will, der braucht zum Beispiel ein ganz gehöriges System rigider Selbstbehauptungsstrategien. Und wer sich kaum je auch nur zehn Minuten irgendwo ungestört mit anderen aufhalten darf ohne in jedem Moment auf die Abwehr von Vertreibungs- und Sanktionierungsversuchen eingerichtet zu sein, der muß sehr differenzierungsarme, sehr pauschalierende Kommunikations- und soziale Umgangsmuster entwickeln. Muster, die diesen kurzen und unkalkulierbaren Zeitrhythmen entsprechen.

Vielleicht macht diese kurze Beschreibung schon deutlich, was es für solche Jugendliche bedeutet, über ein eigenes Territorium, eigenen Raum zu verfügen. Endlich einmal sich ungehindert und ungestört irgendwo treffen zu können, das ist in solchen Lebenswelten eine ungemein wichtige Errungenschaft – um die ja gerade auffällig werdende Jugendliche auch immer wieder vehement kämpfen. Gerade für Jugendliche, die sich in schwierigen Prozessen bewegen, zu sich selbst und zu einem tragfähigen Verhältnis zu ihrer Umwelt zu finden, ist es ungemein wichtig, für solche Such- und Entwicklungsprozesse auch Luft, auch Raum zu haben. Und das setzt voraus, daß sie Zugang zu Territorien, zu Räumen haben, die sie nutzen können, ohne dann auch etwas konsumieren zu müssen, etwas lernen zu müssen, irgendwo mitmachen zu müssen – oder sich *überhaupt und sowieso* erst einmal ändern und anpassen zu müssen.

Freilich hatten auch »unsere« Jugendlichen sich bei der Raumnutzung jeweils bestimmten Auflagen zu unterwerfen. Die wichtigste dieser Auflagen war wohl, die Beteiligung von zwei JugendarbeiterInnen als *Raumwärterlnnen*[4] und Betreuerlnnen zu akzeptieren. Das aber fiel den Jugendlichen relativ leicht und ergab auch sofort gemeinsame Handlungsgrundlagen. Denn typischerweise mußten die Raumnutzungen gerade in der Anfangsphase weit mehr nach außen als nach innen hin durchgesetzt und abgesichert werden.

Die gemeinsame Handlungsbasis von Jugendlichen und JugendarbeiterInnen beschränkte sich allerdings anfangs von den Jugendlichen aus – teils sogar sehr demonstrativ – auf die organisatorische Absicherung der Cliquentreffs. Ansonsten wollten die Cliquen erst einmal unter sich sein, ohne von aufklärenden, von belehrenden, verhaltensregulierenden oder sonstwelchen pädagogischen Einflußversuchen behelligt zu werden.

2. Akzeptanz der Cliquen als wichtige soziale Gruppen

Eine zweite wichtige Voraussezung dafür, überhaupt Zugang zu den Jugendlichen zu finden, ist die Akzeptanz ihrer Cliquen. Denn Cliquen sind für Jugendliche gerade heute ganz wichtige soziale Organisationsformen für die Gestaltung und die Bewältigung des Alltags, wie für die Entwicklung von Lebensorientierungen und Lebensbewältigungsstrategien[5]. Und in einer Zeit, da alle sozialen Zusammenhänge immer instabiler und gleichzeitig Lebensorientierungen und Lebenskonzepte immer ungewisser und brüchiger werden, kommt diesen selbstgeschaffenen sozialen Organisationsformen eine kaum zu überschätzende Bedeutung zu. Wie die aktuelle Jugendforschung ausweist, sind Cliquen heute häufig eine, ja, *die* zentrale Sozialisationsinstanz für Jugendliche geworden[6]. Entsprechend vehement wehren sich Jugendliche auch gegen pädagogische Versuche, ihre Cliquen bekämpfen, umkrempeln, auflösen oder einzelne dort herausbrechen zu wollen. Und die Annahme eines betreuten Raumes macht für sie dieses Risiko durchaus konkret, bietet ihnen gleichzeitig aber die Chance, ihre Cliquen ganz anders als bislang auszuleben, zu entfalten und zu entwickeln.

Erst diese beiden Grundvoraussetzungen zusammen – das Angebot eines offenen sozialen Raumes und die Akzeptanz der Cliquen mit ihrem Cliquenleben, ihren Aktivitätsmustern, Einstellungen und Verhaltenswei-

---

[4] Vgl. *Becker* (1984) u. a., 144ff.
[5] Vgl. *Krafeld* (1989), S. 115ff.
[6] *Ferchhoff* (1991), S. 73.

sen – bilden die Basis, auf der sich unsere Betreuungsarbeit in den drei Projekten entfaltet hat.

3. Beziehungsarbeit bei gegenseitiger Akzeptanz

Das Akzeptieren der Cliquen als soziale Organisationsformen, die für die Alltagsbewältigung ganz zentral sind, läßt schon anklingen, was wir als dritte entscheidende Grundlage für unsere Arbeit betrachten: das Entwikkeln einer Beziehungsarbeit, die sich auf gegenseitige Akzeptanz stützt, auf gegenseitiges Sich-Ernst-Nehmen im Anders-Sein, Ernst-Nehmen von unterschiedlichen Erfahrungen und Deutungsmustern. Wir betonen das Wort *gegenseitig*, weil Pädagogen immer ganz selbstverständlich erwarten, daß sie selbst akzeptiert werden, wie sie sind. Nur ihren Adressaten gestehen sie dasselbe oft überhaupt nicht zu. Allerdings: Anhören und ansehen zu können, wie rechte Jugendliche zum Beispiel über Ausländer, Frauen oder über Behinderte reden, wie sie mit faschistischen Ideologie-Elementen und Symbolen umgehen, ihre hohe Gewaltbereitschaft demonstrieren und wie aggressiv sie miteinander und mit anderen Menschen umgehen – all das anzuhören, fiel auch uns anfangs ungemein schwer. Selbstverständlich ging es den Jugendlichen dabei zunächst auch ganz oft um ein *Austesten*, wie ernst wir sie eigentlich nehmen und ob sie uns auch anderes erzählen könnten, was sie direkter und persönlicher betraf. Inzwischen ist es zum Beispiel längst gängig, daß sich praktisch an jedem Abend, wenn die JugendarbeiterInnen da sind, zwei bis drei ausführlichere, sehr persönliche Gespräche mit einzelnen ergeben, die sich dann meist über eine halbe Stunde und mehr erstrecken. Die Jugendlichen bezeichnen solche Gespräche oft als erste Gelegenheiten, daß ihnen einmal jemand in Ruhe zuhört, in Ruhe auf sie eingeht. Das allein vermag schon die immense Bedeutung solcher Einzelgespräche für die Jugendlichen zu unterstreichen. Bis heute ist ihnen aber durchweg ganz wichtig, daß sie alleine entscheiden, ob und wann solche Gespräche stattfinden. Der allerleiseste Anschein, sie könnten Objekte sozialpädagogischer Betreuung oder Belehrung sein, löst dagegen Abwehr aus. Was sie mit wachsender Vertrautheit immer mehr suchen, ist das Gespräch, der personale Austausch zwischen Menschen. Hier hat denn auch die Konfrontation mit Erfahrungen, Meinungen, Haltungen und Überzeugungen des anderen ihren wichtigen Platz. Insofern haben wir – jedenfalls nach der Anfangsphase – nicht das Gefühl, unsere Meinungen und Handlungsmaßstäbe zurückhalten zu müssen oder Betroffenheiten,

Bestürzungen und Ängste nicht äußern zu können: Entscheidend ist, ob wir uns darin authentisch als Personen zeigen – oder zum Beispiel als pädagogische *Besserwisser*.

Eine der ersten Fragen, die wir immer wieder hören, ist: »Was macht ihr eigentlich mit denen?« Und da wird erwartet, daß wir nun eine Reihe von Aktivitäten, von Unterhaltungs- und Geselligkeitsangeboten, von Beschäftigungs- oder Erlebnisangeboten, von Unternehmungen oder Ausflügen aufzählen. So etwas machen wir zwar auch – jedenfalls inzwischen. Aber für uns war und ist es ganz wichtig zu lernen, daß die Jugendlichen oft gar nicht wollen, daß wir was anbieten oder organisieren. Was wir mit ihnen machen und was ihnen an unserer Arbeit wichtig ist, das sind neben der Raumabsicherung vor allem soziale Prozesse: *Einfach-da-sein*, zuhören, sich einlassen, sich einbringen, sich austauschen und informell beraten, Zeit füreinander haben – allgemein: vertrauensvolle und akzeptierende soziale Beziehungen entwickeln, etwas, was die meisten dieser Jugendlichen bislang viel zu wenig oder überhaupt nicht kennen und meist auch immens vermissen.

Das sind – kurz skizziert – die konzeptionellen Grundlinien unserer Arbeit. Natürlich können wir nicht garantieren, daß sich auf diese Weise tatsächlich der Ausbreitung von rechtsextremistischen Orientierungen und Gewaltbereitschaft unter Jugendlichen erfolgreich entgegenwirken läßt – zumal, wenn wir gleichzeitig erleben müssen, wie auf politischer Ebene Asylantenhatz und Ausländerfeindlichkeit geschürt, und wie gleichzeitig durch die herrschende Wirtschafts- und Sozialpolitik rücksichtslos soziale Lebensgrundlagen und Lebensperspektiven ganz vieler junger Menschen *»plattgemacht«* werden. Aber wir sind überzeugt davon, daß sich in der von uns aufgezeigten Richtung das Weiterarbeiten und Weitersuchen lohnt, während die verschiedensten konventionellen, antifaschistischen und aufklärerischen Ansätze ihre Erfolglosigkeit längst erwiesen haben – der Begriff vom *hilflosen Antifaschismus* ist ja schon fast zum geflügelten Wort geworden. In unseren Projekten sehen wir dagegen, daß sich vieles getan und entwickelt hat. Beispielsweise dort, wo wir vor drei Jahren mit einem Jugendclub begannen, weil in dem Stadtteil damals sogenannte rechtsmotivierte Gewalttaten zum Alltag geworden waren, dort verkündete die Polizei kurz vor Hoyerswerda, daß »derartige Vorkommnisse aus dem Stadtteil verschwunden seien«. Diese Jugendlichen sind heute so weit, daß sie zum Beispiel in ihren Kreisen nach Hoyerswerda vehement gegen Anschläge und Überfälle auf »Asylanten« Stellung nahmen, daß auch die früher gängigen

Alkoholexzesse und Schlägereien so gut wie verschwunden sind. Ihren Jugendclub organisieren sie inzwischen weitgehend selbst und haben ein einvernehmliches Miteinander mit ihrer Nachbarschaft erreicht, nicht zuletzt zu einer Schwerstbehinderten-Einrichtung unmittelbar nebenan. Und gleichzeitig haben diese Jugendlichen weiterhin selbstverständlich die Reichskriegsflagge an der Wand hängen. Auch die Frage nach Veränderungen und Erfolgen läßt sich eben nicht auf einen Punkt verkürzen, sondern ist sehr vielschichtig und widerspruchsvoll – wie der Alltag, wie die Lebensrealität dieser Jugendlichen.

Thomas Mücke und Judy Korn

Miteinander statt Gegeneinander
Neue Wege in der Jugendarbeit –
Dialogversuch mit rechtsextrem orientierten Jugendlichen[1]

Im Herbst 1988 kam es im Norden von Berlin verstärkt zu Übergriffen auf Jugendliche verschiedener Oberschulen. Die Opfer dieser Übergriffe zeichneten sich alle durch ein sogenanntes »linkes« Äußeres aus. Es ging von Verfolgungsjagten, Beleidigungen bis zu schweren Körperverletzungen. Auch rechtsextreme Parolen und Hakenkreuzschmierereien an S-Bahnhöfen und Hauswänden vermehrten sich. Zahlreiche Schulfeten wurden durch Skinheads gestört oder mußten unter Polizeischutz stattfinden. Die Angst, am Abend auf die Straße zu gehen oder allein S-Bahn zu fahren, wurde immer größer. Es entstand das Bild, daß Organisationen wie die *Nationalistische Front (NF)* oder die *Freiheitliche Deutsche Arbeiterpartei (FAP)* hinter diesen Aktionen die Fäden zogen, da bei den rechten Jugendlichen Propagandamaterial dieser Organisationen zu finden war.

Aufgrund dieser Ereignisse initiierte das »Jugendcafe Tegel« ein Videoprojekt zum Thema »Rechtsextreme Tendenzen bei Jugendlichen im Norden von Berlin«. Damit wurden die Ereignisse dokumentiert, Betroffene interviewt und auch nach Ursachen und Hintergründen gefragt.

Zur gleichen Zeit organisierten sich Schüler verschiedener Nordberliner Oberschulen in sogenannten Antifa-Grupen. Die ersten Aktionen bestanden in der Aufklärung über rechtsextreme Parteien, u. a. wegen der bevorstehenden Abgeordnetenhauswahlen und dem Kandidieren der *Republikaner*. In dieser Gruppe kristallisierten sich schnell zwei Fronten heraus. Die

[1] Das Projekt »Miteinander statt Gegeneinander« ist ein Versuch, die Bereitschaft zum Dialog jugendlicher Gruppen untereinander zu fördern und Jugendlichen mit diffusen rechtsextremen Denkweisen nicht den organisierten Rechtsextremisten zu überlassen, sondern sie mit ihren alltäglichen Problemen ernst zu nehmen und sich mit ihnen auseinanderzusetzen. Es ist ein Versuch, antifaschistische Jugendarbeit mit neuen, gewagten und nicht immer einfachen Vorstößen zu probieren. Der folgende Bericht soll hierzu Anstöße geben.

einen setzten auf den militanten Antifaschismus, die anderen vertraten die Idee des Dialoges mit rechtsextrem orientierten Jugendlichen. Forderungen im Bereich der Jugendarbeit und der Behandlung dieses Themas in der Schule wurden laut. Mit Hilfe der Presse wurden die Vorfälle und die Forderungen an die Öffentlichkeit gebracht.

Aus der Idee des Dialoges entstand der Versuch, das Problem nicht nur der Polizei zu überlassen, sondern auf die Jugendlichen aus der rechten Szene zuzugehen und mit ihnen gemeinsam die Situation zu verändern.

Die ersten Ziele waren:

1. Den Kontakt zu den Jugendlichen aus der *»rechten Jugendszene«* herzustellen und zu versuchen, die Motive der Jugendlichen und die Ursachen für das Anwachsen der Gewalt und der Handlungen mit rechtsextremistischem Inhalt zu verstehen;
2. mit den Jugendlichen gemeinsam die angespannte Situation im Norden von Berlin zu verändern, besonders hinsichtlich der gewalttätigen Überfälle auf andersdenkende Jugendliche.

Obwohl die Treffpunkte der Jugendlichen bekannt waren, war es schwierig, den Kontakt zu den Jugendlichen aus der *»rechten Szene«* aufzubauen. Sie reagierten zwar interessiert, aber auch distanziert und mißtrauisch. Trotzdem war bei ihnen die Bereitschaft vorhanden, den Kontakt beizubehalten. Diese Bereitschaft ist auf zwei grundlegende Punkte schon in den ersten Kontaktgesprächen zurückzuführen: (1) Das Interesse, sich mit den Jugendlichen auseinanderzusetzen, sich ihren Ansichten nicht anzupassen (das heißt, seine eigene politische Meinung von Anfang an klar zu zeigen), aber zuzuhören und deutlich zu machen, daß sie auch ein Recht auf eine eigene Meinung haben; (2) die Jugendlichen und deren Äußerungen und Verhalten nicht pauschal als »faschistisch« zu bewerten.

Wir suchten von nun an regelmäßig den Treffpunkt der »rechten« Jugendgruppe auf und nahmen – soweit möglich – an dem Gruppengeschehen teil (zum Beispiel Treffen am Lagerfeuer). Nach und nach ergaben sich folgende Erkenntnisse und Eindrücke über die Alltagserfahrungen der Jugendlichen und der Situation der Gruppe:

1. Die Gruppe (»Pilzgruppe« genannt) besteht aus ca. 35 Jugendliche. Die Aktivitäten und das Gruppengeschehen wurde fast ausschließlich von den Jungen bestimmt, die Mädchen (etwa 1/4 der Gruppe) blieben im Hintergrund.

2. Die Jugendlichen fühlen sich ausgegrenzt: In der regionalen Jugendszene werden sie nicht akzeptiert (zum Beispiel kein Einlaß auf Feten) und oft als »Nazis« beschimpft; die örtliche Bevölkerkung hielt sie für den »Abschaum des Nordens« und macht sie für alle Vorkommnisse im Stadtteil verantwortlich; in ihrer Freizeit wissen die Jugendlichen nicht, was sie machen sollen, einen attraktiven Jugendtreffpunkt gibt es nicht, da die Angebote der dort bestehenden Jugendeinrichtungen sie nicht ansprechen; als Möglichkeit des Gruppentreffens und -geschehens bleibt nur die Straße, wobei sie hier mit der Polizei konfrontriert sind; in der Schule sind sie zumeist Außenseiter; in der Familie sind sie zumeist bindungslos, die Eltern wissen nicht, welche Probleme und Erfahrungen ihre Kinder haben, einige Jugendliche kommen aus Familien mit ausgeprägten autoritären Strukturen. Die meisten Jugendlichen haben nur in der Gruppe ein Zusammengehörigkeitsgefühl, außerhalb der Gruppe fühlen sie sich bindungslos, in der Gruppe fühlen sie sich stark.
3. Ihre Zukunftschancen bewerten die Jugendlichen pessimistisch. Sie sind Haupt- und Realschüler oder in der Lehre und schätzen ihre beruflichen und sozialen Möglichkeiten gering ein. Die Gymnasiasten verstehen sie als »Bessergestellte« in der Gesellschaft, die wesentlich größere Zukunftschancen haben.
4. Die Jugendlichen haben ein diffuses rechtes bis rechtsextremes Weltbild verinnerlicht. Sie neigen zu einfachen Erklärungen ihrer eigenen und der gesellschaftlichen Situation. Markante Merkmale sind: ausgeprägte Tendenzen zum Feindbild- und Vorurteilsdenken (zum Beispiel »die Ausländer sind an allem schuld«), hohe Aggressions-, geringe Diskussions- und mangelnde Differenzierungsbereitschaft, Anfälligkeit für einfache »starke« Parolen. Von einem geschlossenen rechtsextremen Weltbild konnte allerdings bei diesen Jugendlichen nicht die Rede sein. Einige von ihnen wurden in der Vergangenheit kontinuierlich als »Nazis« tituliert und haben die zugewiesene Rolle auch angenommen, ohne allerdings erklären zu können, was ein »Nazi« eigentlich ist.
5. Hilflosigkeit, Orientierungsschwierigkeiten, Stigmatisierung und vor allem Isolation bereitete den Boden dafür, daß rechtsextremen Organisationen der Zugriff auf diese Jugendlichen ermöglicht wurde. Dabei gewann besonders die *Nationalistische Front* Einfluß auf die Gruppe, dem sich die Jugendlichen immer schwerer entziehen konnte, weil sie Angst vor den »Streetworkern der rechten Szene« hatten.

In der ersten Kontaktphase des Projektes äußerten die »rechten« Jugendlichen den Wunsch ein Treffen mit den sich bedroht fühlenden Schülern durchzuführen.

Diese ersten Begegnungen zwischen »rechten« und »linken« Jugendlichen, die mit gegenseitigen Vorwürfen und Vorurteilen durchsetzt waren, führten dazu, daß die Jugendlichen der »Pilzgruppe« sich öffnen konnten und sich von anderen Jugendlichen nicht mehr so stark abgekapselt fühlten.

Es schlossen sich Überlegungen zu gemeinsamen Aktivitäten an. Nach anfänglichen Bedenken einigte man sich auf ein gemeinsames Fußballturnier mit anschließendem Grillabend. Nach diesem Turnier kam es am Treffpunkt der »Pilzgruppe« immer wieder zu Begegnungen zwischen andersdenkenden Jugendgruppen, ein Teil der Ausgrenzungssituation entfiel somit. Gewalttätigkeiten zwischen den konträren Gruppen hörten auf, und damit wurden angstfreie Begegnungen zwischen den Jugendlichen möglich. Die neonazistische Organisation *Nationalistische Front*, die lange um Einfluß auf diese Jugendliche bemüht war, zog sich endgültig zurück. In der Kontaktphase war damit die Grundlage für eine intensive Arbeit mit den Jugendlichen geschaffen, die an den Alltagserfahrungen der Jugendlichen ansetzte und sich an folgenden Fragestellungen orientierte:

- Welches sind die eigentlichen Interessen und Bedürfnisse der Jugendlichen? Wie können diese gemeinsam mit den Jugendlichen aufgegriffen werden?
- Wie können die Jugendlichen bei ihrem Weg aus der Isolation unterstützt werden?
- Welche Möglichkeiten können den Jugendlichen angeboten werden, ihre Konflikte mit Anderen nicht mehr »mit der Faust zu regeln«? Wie kann ihrer Verdrossenheit zur Demokratie entgegengewirkt werden, wie können sie »Lust auf Demokratie« erfahren?
- Welche Möglichkeiten sind gegeben, auf den jeweiligen Jugendlichen und sein Umfeld positiv einzuwirken? Inwieweit muß Toleranz geübt werden?

Die Arbeit war dabei nach folgenden Grundorientierungen ausgerichtet:

1. Ziel war die Arbeit mit der gesamten Gruppe, da die Gruppenbezüge wesentliche positive Elemente für den einzelnen Jugendlichen bieten. Die Jugendlichen haben in ihrem ganzen Leben viele Vereinzelungserfahrungen gemacht und die Gruppe bietet ihnen die Möglichkeit ein Zusammengehörigkeitsgefühl zu empfinden. Zudem ist innerhalb der Gruppe

die Möglichkeit zur Auseinandersetzung und somit die Möglichkeit zum Erlernen von gewaltfreien Formen der Auseinandersetzung gegeben. Erlebt der Jugendlichen diese, für ihn »exotische« Form der Auseinandersetzung, fernab von seinem täglichen sozialen Umfeld, isoliert von der Gruppe, wird es ihm schwer fallen, sie auf seinen persönlichen Umgang mit anderen zu übertragen.

2. Leitgedanke ist auch, den Jugendlichen die Möglichkeit zu geben, sich als handlungsfähig zu erfahren. Das heißt, Hilfestellung dabei zu leisten, ihre Bedürfnisse und Ideen aufzugreifen und durchzusetzen. Somit wird ihnen die Chance zur Lebensbewältigung im Alltag ohne pädagogische Fremdbestimmung gegeben.

Ungewöhnlich an der von uns durchgeführten Streetworkarbeit waren folgende Punkte: 1. Sie wurde ehrenamtlich durchgeführt, es gab von keiner behördlichen Stelle dazu einen Auftrag 2. Nicht nur Sozialarbeiter, sondern auch Jugendliche waren an dieser intensiven und kontinuierlichen Arbeit beteiligt. Der Vorteil dieser Konstellationen war, daß es keine Weisungen einer Behörde oder eines Trägers geben konnte. Damit war das konsequente Eintreten für die Interessen der Jugendlichen wesentlich erleichtert. Die Arbeit und die Entscheidungen konnten autonom mit den Jugendlichen durchgeführt werden. Allerdings dürfte eine derartige Entstehungssituation die Ausnahme bleiben.

Die auf Wunsch der Jugendlichen mit ihnen durchgeführten Maßnahmen lassen sich folgendermaßen zusammenfassen:

1. Erlebnisorientierte Aktivitäten

Hierbei wurden Aktivitäten durchgeführt, die den Bedürfnissen der Jugendlichen nach Erlebnisspannung, Selbstorganisation und aktivem Gruppenhandeln entgegenkommen. Dazu gehörten u. a. sportliche Aktivitäten (regelmäßige Sportangebote wie Fußball und Volleyball), Segelbootfahrten, Wochenendzelten auf einer Insel in Berlin. Von der Senatsverwaltung für Frauen, Jugend und Familie wurden hierfür finanzielle Mittel zur Verfügung gestellt, die mit den Jugendlichen gemeinsam verwaltet wurden.

2. Aktivitäten der Begegnung

Immer wieder wurden Begegnungsmöglichkeiten zwischen Jugendgruppen mit unterschiedlichen politischen Orientierungen geschaffen. Dazu gehörten weniger Gesprächsrunden, als mehr die Durchführung von Feten und Fußballturnieren und schließlich auch das alltägliche Zusammentreffen der Jugendlichen an ihren Treffpunkten. Diese Begegnungsmöglichkeiten wurden, nachdem die ersten positiven Erfahrungen gemacht wurden, von den Jugendlichen selbst initiiert. Es kam auch zu Gesprächsrunden mit der Polizei und den Bürgern des Ortsteils, um bestehende oder mögliche Konflikte klären zu können. Diese Gesprächsrunden hatten zumindestens erreicht, daß eine stetige Polizeipräsenz an den Treffpunkten der Jugendlichen aufhörte. Das polizeiliche Verhalten bei Einsätzen wandelte sich von provokativen Maßnahmen hin zu einem Verhalten, daß eher den Charakter einer Deeskalation aufweisen konnte.

3. Alltagshilfen

Bei Konflikten mit der Schule oder mit den Eltern wurden Hilfen angeboten und versucht, die Konflikte mit den Jugendlichen gemeinsam anzugehen. Auch in strafrechtlichen Fragen und bei Problemen der beruflichen Orientierung wurden die Jugendlichen unterstützt. Hierbei wurde auch eng mit der Jugendgerichtshilfe und einer Jugendausbildungsstätte zusammengearbeitet. Besonders bei diesen Maßnahmen konnten die Jugendlichen feststellen, daß in der Streetworkarbeit versucht wird, die Interessen der Jugendlichen aufzugreifen und zu einer Verbesserung ihrer Situation beizutragen. Die Jugendliche waren mit ihren sozialen Alltagsproblemen bisher immer auf sich selbst angewiesen und überfordert, auch die Gruppe konnte hier keinen Halt und keine Hilfe geben.

4. Sozialräumliche Maßnahmen

Eine stadtteilorientierte Arbeit mit dieser Gruppe war nicht leicht, weil die Strukturen in dieser Region jugendunfreundlich sind: es gibt kaum Angebote für Jugendliche, das Treffen von Jugendlichen auf der Straße wird von der Bevölkerung in der Regel nicht akzeptiert. Deshalb forderten die Jugendlichen gemeinsam die Schaffung eines Treffpunktes, den sie selbst gestalten wollten. Sie schlugen vor, aus mehreren Bauwagen einen Jugendtreffpunkt zu errichten. Um besser für ihre Interessen eintreten zu können, gründeten sie einen Selbsthilfeverein, die *»Initiative für ein friedliches Miteinander und die Verbesserung der Lebenslage von Jugendlichen« (IMV e. V.)*. Zweck des Vereins war die Errichtung und Trägerschaft eines Selbsthilfejugendprojektes im Norden von Berlin. Mit der Vereinsgründung gaben die Jugendlichen auch ihr neues (aber noch nicht gefestigtes) Selbstverständnis zum Ausdruck. Der Verein hat nämlich das satzungsgemäße Ziel, daß Jugendliche in ihren verschiedenen Lebensbereichen nicht ausgegrenzt werden, sondern daß ihre Interessen und Bedürfnisse ernstgenommen werden. Dabei spricht sich der Verein für ein friedliches Miteinander zwischen

Menschen und gegen Gewalt und Gewaltverherrlichung und deren Verursachung aus. Von nun an entwickelten die Jugendlichen eine Konzeption und einen Finanzplan für ihr Projekt und versuchten, dieses durchzusetzen. Es kam zu mehreren Gesprächen mit den verantwortlichen politischen Entscheidungsträgern, und über die Massenmedien wurde das Anliegen der Jugendlichen öffentlich gemacht. Als nach langem Suchen ein Standort für das Bauwagenprojekt gefunden wurde und die Bauwagen dort abgestellt wurden, bildete sich schon nach wenigen Tagen eine Bügerinitiative gegen das Bauwagenprojekt, obwohl es zu keinen Vorfällen gekommen war. Unter anderem die Bezirksfraktion der *Republikaner* war der Ansicht, daß das Bauwagenprojekt nicht in das soziale und ökologische Stadtbild passen würde. An diesem Beispiel erfuhren die Jugendlichen wenigsten, wer ihre Interessen und Bedürfnisse nicht unterstützt. Bis zu dem Moment, in dem die Bauwagen aufgestellt wurden, hatten die Jugendlichen nicht an den Erfolg ihrer Bemühungen geglaubt. Sie erfuhren zum erstenmal: wenn sie sich gemeinsam und solidarisch für ihre Interessen zielgerichtet einsetzen, kann dies zu positiven Ergebnissen führen. In den darauffolgenden Monaten führten die Jugendlichen alle Instandhaltungs-, Aufbauarbeiten und Verwaltungs- und Planungstätigkeiten des Projektes selbständig durch, das heißt unter anderem Stromverlegung, Fundament- und Mauerarbeiten, Innen- und Außenrenovierung, Terassenbau, Gartenarbeiten und Einrichtungsarbeiten. Da sie das Projekt – ohne pädagogische Fremdbestimmung – selbst verwalten wollten, wählten sie einen fünfköpfigen Verwaltungsrat, der für die Organisation des Projektes eine federführende Funktion haben sollte. Dies war der erste Moment im Leben dieser Jugendlichen, in dem sie demokratische Abläufe hautnah selbst erfahren haben. Die Gruppe wurde nun nicht mehr nur durch einen einzigen Kopf bestimmt, sondern jeder war an den Entscheidungsprozessen beteiligt. Daß die Umstellung von autoritären Strukturen hin zu demokratischem Verhalten nicht ohne Probleme ablief, versteht sich von selbst. Jedoch half der Erfolg, den die Jugendlichen hatten, das Herraustreten aus der Handlungsunfähigkeit, die Überwindung der Ohnmacht, die sie in ihrem Leben verspürten, ihnen schnell über die anfänglichen Schwierigkeiten hinweg. In der Aufbauphase des Projektes zeigte sich auch ein anderes Verhalten der Mädchen in der Gruppe: sie waren nicht mehr passiv und zurückhaltend, sondern brachten ihre eigene Ideen ein und setzten sie gemeinsam um. Das Einsetzen für die Einrichtung des Projektes und die eigenverantwortliche

Gestaltung des Projektes war ein Teil der Antwort auf die Frage wie bei den Jugendlichen »Lust auf Demokratie« geweckt werden kann, in dem sie nämlich demokratische Abläufe in einem ihrer gesellschaftlichen Nahbereiche spüren und erfahren können.

Anfang 1991 begann die Gruppe sich aufzulösen. Die Jugendlichen zogen sich aus den verschiedensten Gründen aus der Szene zurück. Das Projekt hatte somit seine Aufgabe erfüllt. Keiner der Jugendlichen fristet sein Dasein im Jugendstrafvollzug. Viele machen eine Ausbildung oder haben diese bereits abgeschlossen und stehen in einem festen Arbeitsverhältnis. Die Jugendlichen sind weitgehend resistent gegenüber Einflüssen neonazistischer Organisationen geworden. Sie wollen sich nicht mehr »verheizen« lassen und können sich mittlerweile von Ideologien rechtsextremer Organisationen deutlich abgrenzen. Das Aufbrechen ihres ursprünglichen Feindbild- und Sündenbockdenkens ist sicherlich auch das Ergebnis des kontinuierlichen Dialoges mit andersdenkenden Jugendlichen.

Für die Jugendlichen aus der *»rechten Szene«* war der beschriebene Entwicklungsprozeß nicht einfach. Letztendlich lösen sich die Jugendlichen von gewohnten Verhaltensweisen, die ihnen vertraut sind. Der Dialogprozeß ist für sie etwas Neues, auch mit Angst und Mißtrauen verbunden. Nicht jeder in der Gruppe wollte und konnte sich den Veränderungen gleich anschließen. Es kam zeitweise zu erheblichen Auseinandersetzungen innerhalb der Gruppe. Die bisherige »Nestwärme« und das »Kameradschaftsgefüge« schienen sich aufzulösen. Besonders in solchen sensiblen Veränderungsphasen dürfen die Jugendlichen nicht allein gelassen werden, ist ein intensiver Kontakt zu ihnen notwendig, ohne dabei die Gruppe zu spalten, ansonsten fallen die Jugendlichen wieder in alte Orientierungen und Verhaltensweisen zurück. Trotz dieser Schwierigkeiten und einiger Rückfälle kam es seit Beginn der Dialogstrategie zu keinen gewalttätigen Auseinandersetzungen und keinen Aktivitäten mit rechtsextremistischen Inhalt mehr. Entscheidend war dabei, daß die Jugendlichen in dem Prozeß auch immer wieder positive Erfahrungen gemacht haben.

Die Reaktionen von Teilen der Jugendverwaltung, der Schule und der politischen Entscheidungsträger waren am Anfang des Projektes sehr zurückhaltend, da sie die Ansicht vertraten, daß Jugendliche aus der »rechten« Szene nicht mehr für pädagogische Arbeit zugänglich sind und solche Jugendliche in den Zuständigkeitsbereich der Polizei fallen. Als allerdings die ersten Kontakterfolge zustande kamen, gab es die notwenige organisatorische und finanzielle Unterstützung. Der erfolgreiche Projektverlauf und die große Medienaufmerksamkeit trugen dazu bei, daß Jugendverwaltung und politische Entscheidungsträger mehr Akzeptanz für die Notwendigkeit der Jugendarbeit mit »auffälligen« Jugendlichen entgegenbrachten und sich auf Risiken experimenteller Jugendarbeit einließen.

Gibt es eine sinnvolle Jugendarbeit mit rechtsextrem orientierten Jugendlichen? – Handlungsansätze einer akzeptierenden Jugendarbeit

Schon allein der Verbreitungsgrad rechtsextremer Orientierungen bei Jugendlichen läßt es nicht zu, daß Jugendarbeit sich an den Ausgrenzungsprozessen gegenüber diesen Jugendlichen beteiligt. Es muß im Gegenteil versucht werden, gerade die Jugendlichen zu erreichen, die vom Grundgedanken der Emanzipation weit entfernt sind.

Jugendprojekte lassen sich nicht einfach übertragen, sondern es bedarf immer einer differenzierten Analyse der eigenen Situation. Dennoch können folgende Projekterfahrungen berücksichtigt werden:

1. Die politischen Orientierungen und das Verhalten der Jugendlichen müssen als politische Umformungen der sozialen Alltagserfahrungen der Jugendlichen begriffen werden. Das Erscheinungsbild der Jugendlichen ist eine Kommentierung ihrer Lebenssituation. Es kommt darauf an, diesen Kommentar zu verstehen, der Ansatzpunkt hierfür sind die Alltagserfahrungen der Jugendlichen.
2. Für die Strategie einer demokratischen Jugendarbeit bedeutet dies:
   - Das Gespräch mit den betreffenden Jugendlichen zu suchen und hinsichtlich ihrer Person Akzeptanz und hinsichtlich ihrer sozialen Alltagserfahrungen Verstehensbereitschaft zeigen. Aber hinsichtlich der politischen Umformungen in Gestalt rechtsextremer Orientierungen und Gewaltneigungen auf Distanz bleiben und die Bereitschaft zur Auseinandersetzung (ohne missionarischen Eifer) signalisieren. Jugendliche brauchen im pädagogischen Alltag nicht nur Nähe (Vertrauen, Geborgenheit, Ernstnehmen), sondern auch Distanz (Auseinandersetzung, Vorleben, Orientierung).
   - Ziel muß es sein, den Jugendlichen Integrations- statt Ausgrenzungserfahrungen und Solidaritäts- statt Vereinzelungserfahrungen zu ermöglichen und dabei den Jugendlichen ihre eigene Konflikt- und Handlungsfähigkeit näher zu bringen. Ohne pädagogische Fremdbestimmung den Jugendlichen das Gefühl von Geborgenheit, eigener Wich-

tigkeit und der Notwendigkeit und Möglichkeit eigener Beteiligung am gesellschaftlichen Leben zu vermitteln.

- Den Jugendlichen nicht vorzeitig in eine »Schublade« hineindrängen, in die er vielleicht gar nicht gehört. Stigmatisierung führt zu einer erhöhten Bereitschaft, die zugewiesene Rolle anzunehmen, das tatsächliche Verhalten also im nachhinein dem Etikett anzupassen. Nicht jeder Jugendliche, der ein Hakenkreuz malt, ist ein »Nazi«. Zumeist stellt sich derartiges Verhalten eher als pronazistisches *Protestverhalten* heraus und ist nicht zu verwechseln mit *zielgerichtetem politischen Verhalten*.
- Vorurteile und Feindbilddenken können nicht durch Belehrungen weggeredet werden, sondern eher durch behutsame Kontakte und Begegnungen mit andersdenkenden Jugendlichen langsam abgebaut werden.
- Den Jugendlichen das Gefühl einer eigenen Zukunft zurückgeben, das heißt mit ihnen gemeinsam zu versuchen, ihre brüchigen Lebenswege wieder berechenbarer zu gestalten und konkrete Alltagshilfen in schwierigen Situationen anzubieten.
- »Lust auf Demokratie wecken«, indem zum Beispiel den Jugendlichen das eigenverantwortliche Gestalten von »Lebensräumen« ermöglicht wird.

3. Da organisierte Neonazis und Rechtsextremisten mit den unterschiedlichsten Mitteln versuchen, ausgegrenzte Jugendliche für ihre politischen Ziele zu gewinnen, sind alternative Angebote aus der Sozialpädagogik dringend notwendig. Sie dürfen sich aber nicht auf spontane, kurzfristige Interventionen (wie zum Beispiel die Einstellung von Streetworkern im Rahmen von zeitlich befristeten Arbeitsbeschaffungsmaßnahmen) beschränken, sondern müssen in ein politisch-pädagogisches Gesamtkonzept eingebettet werden, daß für einen längeren Zeitraum ausgelegt ist. Bei solchen Projekten ist eine deutliche Distanz zu den organiserten Rechtsextremisten (die »Streetworker von rechts«) existentiell, da die Organisierten ansonsten versuchen werden in pädagogisch betreuten Projekten Fuß zu fassen. Damit wird die Jugendarbeit unterwandert, und die Organisierten können ihre eigenen Interessen ohne große Gegenwehr umsetzen.
4. Auch den neuerlichen Tendenzen, zur Betreuung von »rechten« Jugendlichen »rechte« Sozialarbeiter einzusetzten, muß entgegengewirkt werden. Mit dem Argument, um die Gruppe nicht zu destabilisieren, müsse man Betreuer einstellen, die ideologisch nicht zu sehr von den Jugendli-

chen abweichen, wird eine Form von Sozialarbeit in Gang gesetzt, die weder den Jugendlichen zu gute kommt, noch die Probleme im Umgang mit diesen Jugendlichen vermindert. Würde man diesen Grundgedanken auf die Drogenarbeit übertragen, müßte man Drogenabhängige einstellen, um Menschen vom Drogenkonsum abzubringen. Jedem ist bewußt, daß dies nicht funktionieren kann. Jugendarbeit mit »rechten« Jugendlichen durch »rechte« Sozialarbeiter führt zu einer Verfestigung der diffussen ideologischen Vorstellungen der Jugendlichen. Den Jugendlichen wird keine Alternative zur eigenen politischen Position geboten, mit der sie sich auseinandersetzen könnten. Dazu kommt, daß in einer solchen Konstellation vom Betreuer keine Toleranz gegenüber Andersdenkenden vorgelebt werden kann. Die Jugendlichen werden von sich aus kein solches Verhalten entwickeln, solange sie es nicht erfahren haben. Es stellt sich hier die Frage, wie weit die »akzeptierende Jugendarbeit« geht, gehen darf. Akzeptierende Jugendarbeit darf nicht heißen, alles zu akzeptieren, darf nicht heißen, daß man die Jugendlichen in ihrer Haltung bestärkt, um eventuelle Konflikte mit Sozialarbeitern auszuschalten.

5. Pädagogische Arbeit mit rechtsextrem orientierten Jugendlichen ist abhängig von gesellschaftlichen Entwicklungen. Je mehr die Jugendlichen das Gefühl haben, sich mit rechtsextremen Orientierungen und Gewalt durchaus in der »Norm« der Gesellschaft zu bewegen, desto geringer sind pädagogische Handlungsmöglichkeiten.

Fallstudien: Thorsten und Detlef

Die beiden folgenden Interviews mit den Jugendlichen aus der Skinheadszene wurden im Januar 1990 durchgeführt. Die Namen wurden geändert.

Thorsten, 20

Thorsten ist 20 Jahre alt, wohnt bei seiner Familie, hat zwei Geschwister, Realschulabschluß, zur Zeit in der Ausbildung zum Elektromechaniker. Seinen Alltag empfindet er als öde und langweilig. Sein Selbstwertgefühl ist schwach ausgeprägt: er hält sich nicht für besonders klug (»mich kotzen die ganzen Leute an, die Superklugen und so«). Seine Zukunftsperspektiven schätzt Thorsten skeptisch ein. Sein größte Sorge ist, *»daß ich zu nichts mehr Lust habe, daß ich dann in den Knast wandere, ausbreche und auswandere und dann nur noch Scheiße baue«.* Thorsten spricht selten über seine

Probleme, sondern tendiert dazu, sie in sich »hineinzufressen«. Er reagiert auf seine Situation mit Alkohol, Aggressivität und der Suche nach »fun« (Lust hat, »etwas dabei herauszufordern«) und Leuten, mit denen er sich verstehen kann. Den Zugang zur »rechten Jugendszene« hatte Thorsten 1987, zu seinen Motiven sagt er:

Frage: Du warst 1987 in der Skinheadszene? Warum warst Du dabei?

Antwort: Ich wollte Namen von Rechtsradikalen erfahren, damit ich sie weitergeben kann und damit was gegen diese Leute gemacht wird. Ich bin von linken Kreisen losgeschickt worden.

Frage: Wie hast Du Dich in den linken Kreisen gefühlt?

Antwort: Die hatten wesentlich mehr politische Bildung gehabt als ich. Ich konnte oft nichts sagen, weil ich nichts wußte.

Frage: Und wie war das Kameradschaftsgefühl in den linken Kreisen?

Antwort: Schlechter als in den rechten Kreisen. Es gab Leute, die haben mehr Erfahrung gehabt und mehr Wissen als ich. In den Skinheadkreisen hatten sie auch Haupt- und Realschulabschluß. Da fühlt man sich wohler. Und als ich diese Leute besser kennengelernt habe und gemerkt habe, so schlecht sind sie doch gar nicht, habe ich aufgehört, Adressen weiterzugeben. Die wollten nur Streß machen und es geht überhaupt nicht über die politische Meinung, sondern einfach nur über ihren »fun«.

Frage: Die Skinheads werden oft für Nazis gehalten. Meinst Du, das trifft zu?

Antwort: Bei den Skinheads weniger. Die Leute saufen und suchen dann eine Gruppe, die sie zusammenschlagen können, und das sind dann meist die Linken. Aber eine politische Meinung haben sie überhaupt nicht.

Frage: Hat Dich die Gewalt in der Gruppe fasziniert?

Antwort: Ja. Man war halt in der Gruppe. Und wenn es irgendwo Streß gab, dann kommen die Leute vorbei und helfen einem.

Frage: Es gab öfters auch Fälle, daß die Gewalt von der Gruppe ausgeht, daß Menschen, von denen keine Gefahr ausging, zusammengeschlagen worden sind.

Antwort: Ja, ich weiß, das hat mich zum Teil sehr gestört. Einmal kam ein Linker mit seiner Freundin aus der U-Bahn. Den haben sie einfach zusammengeschlagen. Ich habe überhaupt nicht verstanden, warum. Ich habe damals nur Gewalt gegen Sachen angewandt, gegen Personen erst später.

Frage: Und warum?

Antwort: Weil ich provoziert wurde oder weil sie meinen Freunden irgendwas angetan hatten. Gewalt kam am besten an, weil sie davor Angst hatten.

Frage: Wie würdest Du denn die Jugendlichen aus der Skinheadszene und ihr soziales Umfeld beschreiben?
Antwort: Sie kommen zum größten Teil aus der Hauptschule. Einer hat dann die bessere Bildung und versucht dann die Leute auf seine Seite zu bekommen. Aber das einzige, was halt da ist, ist der Zusammenhalt. Über die Familienverhältnisse der Leute weiß ich nichts. Über Probleme wurde nicht viel gesprochen, meistens wurde geprügelt.
Die Gruppe gab den Zusammenhalt, das Gefühl gegen Vereinzelung, aber mit ihren Problemen waren die Jugendlichen auch in der Gruppe alleingelassen. Thorsten hatte Schwierigkeiten, sich gegenüber Aktivitäten mit rechtsextremem Inhalt und Gewalttaten zu distanzieren und verfiel dabei in die Rolle des »Kämpfers« für die Gruppe:
Frage: Was hatte Dich an der Skinheadszene gestört?
Antwort: Wenn sie irgendwelche Leute zusammengeschlagen haben, wo es überhaupt keinen Grund gab. Wenn zum Beispiel jemand mit einem roten Schal herumgelaufen ist und dann gleich deswegen zusammengeschlagen worden ist.
Frage: Aber Du hast trotzdem das Gefühl gehabt, unter Gleichen zu sein?
Antwort: Ich war nicht allein und habe neue Leute kennengelernt.
Seine Unfähigkeit zur Distanzierung begründet Thorsten mit seiner Angst, allein dazustehen: *»Ich sage meistens nicht frei meine Meinung, weil ich mit den Menschen auskommen möchte. Wenn ich meine Meinung sage, sind irgendwelche Leute beleidigt, und ich will versuchen, mich mit allen Leuten zu verstehen, und da hat man halt was einzustecken.«*
Thorsten gibt an, daß er keine festen politischen Ansichten hat und begründet es so:
Frage: Hast Du eine feste politische Einstellung?
Antwort: Ich habe zu wenig Wissen, um überhaupt wählen zu können. Letztemal habe ich die Grünen gewählt, weil ich glaube, die kommen nicht an die Macht, aber die tun was für die Umweltpolitik, aber ich würde nie die Grünen wählen, wenn sie an die Macht kommen könnten.
Frage: Warum nicht?
Antwort: Ich kann es selbst nicht begründen. Es gibt Sachen, die teilweise gegen die Kirche sprechen, und sie wollen die Gleichberechtigung der Frauen. Das geht doch gar nicht, ist doch im Sport auch so. Da gibt es Rekorde für Frauen und welche für Männer.

Thorsten versteht das Postulat der Gleichberechtigung nicht, in der Ausländerfrage macht er deutlich, warum Ungleichheitspostulate bei ihm vorhanden sind:
Frage: Welche Einstellung hast Du zu den Ausländern?
Antwort: Teilweise wird man von der Gesellschaft beeinflußt: Ausländerpack, die kriegen Arbeit und haben immer viel Geld und so. Das ist in einem erst mal so drin. Man sagt: »Ach, Du Scheißkanacke«. Aber Ausländer sind nicht unbedingt alle schlecht. Es ist so wie bei den Deutschen, da gibt es auch Schlechte und Gute. Von der Presse wird es eingeflößt, daß Ausländer Scheiße machen und kriminell sind und das ist teilweise in einem drinne.
Frage: Werden solche Meinungen nur von der Presse vertreten?
Antwort: Teilweise auch von der Familie, aber das kann ich überhaupt nicht verstehen, wenn meine Eltern in der Kirche sind. Jeder Mensch von Gott ist der beste Freund, mit dem muß man sich doch verstehen, deswegen kann ich nicht verstehen, was sie gegen Ausländer haben. Unter meinen Freunden befinden sich auch Ausländer.
Zur Politik hat Thorsten ein distanziertes Verhältnis, er weiß nicht, wie er sich da einbringen könnte:
Frage: Wenn Du die große Politik siehst, was stört dich denn daran?
Antwort: Es ist mir alles viel zu kompliziert. Es müßte eine Sprache gesprochen werden, die jeder versteht. Da werden viel zu viele Fremdwörter benutzt, die nicht sein müssen.
Frage: Ich möchte ein Wort aufgreifen, was bedeutet für dich das Wort »Demokratie«?
Antwort: Oje, dazu kann ich nicht viel sagen. Ich habe davon nicht soviel Ahnung.
Frage: Warum nicht?
Antwort: Ich hatte keine Lust es zu lernen, weil es nicht viel bringt. Und weil ich nicht so ein Kluger sein wollte, der studiert.
Frage: Hast Du Demokratie an Dir selber schon mal erfahren? Spürst Du an Dir selber, daß Du in einer Demokratie lebst?
Antwort: Ich spüre überhaupt nichts. Ich weiß, daß ich eine Partei wählen darf, aber ob es was bringt, weiß ich nicht. Ich lebe in einer Familie und mehr nicht. Die Menschen leben doch nicht gleichberechtigt, die Politiker haben doch das Sagen, der einzelne Bürger nicht.
Thorsten verweigert sich aber nicht nur der Politik, sondern auch der gesamten Erwachsenengeneration:

Frage: Du fühlst Dich als Jugendlicher. Wann würdest Du sagen, daß du ein Erwachsener bist?
Antwort: Ich fühle mich noch als Kind. Wenn ich einsehe, daß das, was ich mache, Scheiße ist, dann bin ich ein Erwachsener. Eigentlich weiß ich, daß es Scheiße ist, aber ich will teilweise kein Erwachsener sein, weil die Erwachsenen teilweise total bescheuert sind.
Frage: Was stört Dich an den Erwachsenen?
Antwort: Wenn Du zum Beispiel in der U-Bahn fährst, dann siehst Du es doch. Du schaust jemanden an, der guckt gleich weg zur Decke. Die sitzen dann da wie Ölgötzen. Du schreist dann ein bißchen rum, und die denken dann gleich, daß du verrückt bist. Dann bleibe ich lieber ein Kind. Ich möchte auch nicht zu den Linken gehören. Die erzählen, sie seien Proleten. Aber wenn jemand die B.Z. liest, dann sagen sie: »Das ist dich ein Vollidiot, der hat doch nichts zu sagen«. Aber die B.Z. ist doch gerade die Proletenzeitung.
Nach Thorsten Ansicht hat ihn die Kirche, die Schule und seine Familie am meisten geprägt, hier zeigen sich seine Enttäuschungen: *»Die Schule hat mich eigentlich niedergemacht. Wenn ich nicht in der Schule gewesen wäre, dann wäre ich auch heute noch ein lieber, netter Junge. Die Lehrer wurden bei unserer Schule durch pervese Telefonanrufe gestreßt oder in der Schule wurde alles beschmiert und immer hieß es: 'Ich war es, ich war es, immer ich'. Ich hatte überhaupt nichts gemacht und das hat mich halt genervt. Und dann habe ich mir gesagt, wenn Du sowieso als Schuldiger gesehen wirst, dann kannst Du auch was machen. Dann habe ich die Scheiße mitgemacht und dann ging es immer weiter.«* Und: *»Die Kirche lehrt einen, Dein größter Feind ist Dein bester Freund und jeder Mensch ist anerkannt – egal wie er aussieht. Aber, wenn Du als Punk in die Kirche kommst, dann bist Du überhaupt nicht anerkannt, dann stoßen die Leute dich gleich ab. Das versteh' ich nicht und das stört mich sehr.*
Frage: Fühlst Du Dich von Deinen Eltern verstanden?
Antwort: Am Anfang nicht so, aber jetzt ist mir alles scheißegal. Ich erzähle ihnen nun den ganzen Mist, den ich baue, und die akzeptieren das teilweise.
Frage: Welchen Einfluß hatte Deine Familie?
Antwort: Sie wollten immer, daß ich der liebe, nette, kleine Junge bleibe und nie Scheiße baue.
Frage: Hättest Du Dir in der Erziehung was anderes gewünscht?
Antwort: Ja, daß meine Eltern mal mit mir ein Bier trinken gehen.
Zusammenfassend läßt sich sagen, daß Thorsten mit seinen Alltagserfahrun-

gen und -problemen auf sich allein angewiesen war und damit überfordert war. In seinen gesellschaftlichen Nahbereichen fand er nicht die Unterstützung, die für eine Entwicklung seiner eigenen Lebensperspektive nötig wären. Er hatte hinsichtlich seiner Zukunftspläne weitgehend resigniert und beschränkte sich in seinem Handeln auf das Hier und Jetzt ohne Rücksicht auf zukünftige Folgen. Er hatte sich abgewendet von der Gesellschaft, deren Undurchschaubarkeit, Kälte, Widersprüchen und Egoismen er ohnmächtig gegenüberstand. Das Gefühl der Ohnmacht und einhergehende Stigmatisierungsprozesse (u. a. von der Schule) ließen ihn Aggressionen auch nach außen richten. Seine Anfälligkeit für Aktivitäten mit rechtsextremen Inhalten und auch die zeitweise Zugänglichkeit zu rechtsextremen Organisationen waren eher das Resultat seines eigenen Anpassungszwanges an die Gruppe. Rechtsextreme Ideologieelemente weist Thorsten aus Überzeugung eigentlich nur dort auf, wo sie auf eine breite gesellschaftliche Akzeptanz treffen. Thorsten konnte sich während des Projektverlaufes immer mehr von Aktivitäten mit rechtsextremen Inhalten distanzieren, schon deshalb, weil der Gruppendruck hierzu nicht mehr vorhanden war. Obwohl er in vieler Hinsicht noch resigniert wirkt, hat er seine ursprüngliche fatalistische Grundstimmung aufgegeben und versucht zumindest ansatzweise, sein Leben zu überschauen und zu planen.

Wie bewertet Thorsten den Dialogprozeß?

Frage: Was hat sich aus Deiner Sicht im letzten Dreivierteljahr für Dich und in der Gruppe verändert?

Antwort: Auf jeden Fall hat sich verändert, daß wir nicht mehr soviel Ärger haben und daß die Leute aus der Gruppe an irgendwelchen Personen ihre Aggressionen ablassen.

Frage: Hat der Dialogprozeß zwischen Euch und linken Jugendlichen etwas gebracht?

Antwort: Der war gut, dadurch habe ich noch mehr Leute kennengelernt, man versteht sich jetzt besser mit ihnen, es gibt keinen Ärger mehr.

Frage: Du hast vor kurzem gesagt, wenn es den Dialogprozeß nicht gegeben hätte, wäre es tierisch schlimm abgegangen. Was hast Du damit gemeint?

Antwort: Daß wir alle im Bau gelandet wären. Es wären sinnlos weiter Leute zusammengeschlagen worden und irgendwann wären wir in den Knast gekommen.

Detlef, 17

Detlef ist 17 Jahre alt, wohnt bei seiner Familie mit insgesamt sieben Kindern in einer 4-Zimmerwohnung, die Mutter ist Bäckereiverkäuferin und der Vater Straßenreiniger. Detlef besucht die Hauptschule und möchte Steinsetzer werden. In seinem Alltag hat Detlef wenig Zeit, weil er viel zu Hause helfen muß und viel für die Schule tun muß. Freunde hat Detlef nicht (er fühlt sich als Außenseiter), seine wenige Freizeit verbringt er in seiner Clique. Detlef versucht, seine Probleme allein zu regeln:

Frage: Habe ich Dich richtig verstanden? In der Regel versuchst Du, wenn Du Schwierigkeiten oder Probleme hast, diese für Dich zu behalten und zu hoffen, daß es wieder vorbeigeht?

Antwort: Ja.

Frage: Wie fühlst Du Dich dabei?

Antwort: Na, belastet. Denke viel über die Probleme nach, setze mich mit mir selbst auseinander, wie ich es regeln könnte.

Frage: Woher weißt Du, daß diese Art sich mit Problemen auseinanderzusetzen, richtig ist? Es gäbe ja auch andere Möglichkeiten?

Antwort: Ja, mit anderen zu reden. Aber so bin ich nun mal. Ich rede nicht gern mit anderen Leuten darüber. Entweder mache ich es mit mir selber aus, logisch, kommt auch vor, daß ich mit anderen rede. Aber ich habe meine eigene Einstellung dazu, irgendwie werde ich es schon alleine regeln. Andere Leute helfen mir nicht dabei.

Frage: Du hast also das Gefühl, daß Du mit dem, was auf Dich zukommt, alleine fertig werden mußt?

Antwort: Genau.

Frage: Wenn Du Sorgen und Ängste hast, mit wem teilst Du die?

Antwort: Mit mir selber.

Dieses nach innen gerichtete Verhalten spiegelt auch das Familienverhalten wieder. Die Familie wird von der Umwelt (großbürgerliche Gegend) als »asozial« abgewertet und findet hier keine Akzeptanz – mit der Folge, daß sich die Familie »eingeigelt« hat in einer für sie feindlich gesinnten Umwelt. Für Detlef ist seine Familie das Wichtigste, über seine Zukunftspläne sagt er:

Frage: Einige Fragen zu Deiner Zukunft. Kannst Du mir Deine persönlichen Ziele und Lebensvorstellungen beschreiben? Was für Wünsche und Träume hast Du?

Antwort: Erst mal eine Lehre schaffen. Danach einen guten Arbeitsplatz, eine

schöne Wohnung, eine Familie gründen, Kinder haben, für die Familie gut sorgen zu können, frei von Sorgen und nicht so leben wie meine Eltern.
Frage: Was stört Dich an dem Leben Deiner Eltern?
Antwort: Stören gar nichts. Aber sie machen sich selbst kaputt, weil wir zuviel Kinder sind und soviel Geld können sie gar nicht anbringen, um uns satt zu kriegen.
Frage: Wie willst Du Deine Ziele durchsetzen?
Antwort: Mein Leben leben. Auch mal krankmachen. Nicht wie meine Mutter und mein Vater, die ihr ganzes Leben nur arbeiten und nichts kommt dabei raus.
Die Familiensituation belastet Detlef, er hat Angst davor, daß seine Eltern eines Tages sterben. Zwischen der ökonomischen und sozialen Familiensituation und Detlefs politischer Einstellung ist ein deutlicher Zusammenhang herauszuhören:
Frage: Ich möchte Dir jetzt einige Fragen zu Deiner politischen Einstellung stellen. Hast Du eine feste politische Einstellung oder ist Dir Politik egal?
Antwort: Ich habe eine feste politische Einstellung, zu der ich auch stehe.
Frage: Wie würdest Du Deinen politischen Standort einordnen?
Antwort: Manche Leute würden mich als »Nazi« betiteln, ich bezeichne mich eher als vielleicht Deutschdenkender oder als »rechts« oder Nationalsozialist.
Frage: Und woran machst Du das fest?
Antwort: Daß man mehr für das eigene Volk tut, für die Deutschen, nicht nur für die Ausländer. Schwer zu erklären. Wenn ich sehe, wie mein Vater und meine Mutter sich kaputt machen und der Staat da nicht hilft.
Frage: Was stört Dich an der »großen Politik«, so wie Du sie erfährst? Interessierst Du Dich eigentlich dafür, schaust Du mal Nachrichten?
Antwort: Ich gucke jeden Tag Nachrichten, das ist für mich nur Hohn und Spott. Die machen für uns nichts. Millionen für Entwicklungshilfe und Wiedergutmachung – und wir –, zu sechst haben wir in einem Zimmer geschlafen. Da wurden Millionen nach Äthiopien gespendet, obwohl wir selbst genug Armut haben.
Frage: Was müßte sich aus Deiner Sicht verändern?
Antwort: Na, daß mehr für das Volk getan wird, für die Deutschen.
Frage: Haben Deine Eltern und Deine Geschwister eine ähnliche politische Einstellung wie Du?
Antwort: Meine ganze Familie hat die gleiche politische Einstellung.
Frage: Kann es sein, daß Dich das in Deinen politischen Ansichten mitgeprägt hat?

Antwort: Überhaupt nicht. Geprägt hat mich im ersten Moment, seit ich mit acht Jahren von den Türken am »Kudamm« zusammengetreten wurde. Von da an wurde ich mehr rassistisch. Dann hab' ich gesehen, daß meine Brüder keine Arbeit gefunden haben und zwei Jahre arbeitslos waren und mein Bruder kurz vor der Prüfung rausgeschmissen worden ist. Vielleicht war ich eher durch die Probleme meiner Familie geprägt, aber nicht dadurch, daß meine Eltern es mir eingebleut haben. Was wir mitgemacht haben, hat mich geprägt, denke ich mir.

Detlef schreibt die Schuld für seine Lebenssituation und die der Eltern eindeutig den Ausländern zu:

Frage: Meinst Du, daß wenn es keine Ausländern in diesem Lande geben würde, dann würde es hier vielen besser gehen?

Antwort: Ja, allein was an Geld eingespart werden würde, wenn die arbeitslosen Ausländer nicht da wären. Dieses Geld könnte dann kinderreichen Familien oder Heimkindern zugute kommen. Man müßte erst die arbeitslosen Ausländer ausweisen und dann die Kriminellen oder die, die Vorstrafen hatten und dann wäre nur noch ein ganz kleiner, minimaler Prozentsatz von Ausländern hier, und die müßten dann auf Ganzdeutschland aufgeteilt werden. Sie dürfen nicht alle in einem Ballungszentrum sein, zum Beispiel Kreuzberg oder Märkisches Viertel, wo nur Türken wohnen.

Frage: Meinst Du, wenn es so geschehen würde, würde es auch Deiner Familie besser gehen?

Antwort: Der Staat könnte dann mehr für uns tun, dann würde es uns auch besser gehen.

Detlefs Interpretation seiner Lebenssituation und die Zuschreibung der Ursachen auf einfache Erklärungsmuster geht einher mit seinen persönlichen Erfahrungen:

Frage: Welche Einstellung hast Du zu Ausländern?

Antwort: Haß und Verachtung. Wegen meiner persönlichen Erfahrungen.

Auf die Frage, welche konkreten Erfahrungen ihn persönlich geprägt haben, antwortet er: *Daß mein Bruder von einem Zigeuner fast umgebracht wurde, daß die Türken mich mit acht Jahren am Kudamm zusammengetreten haben, mein anderer Bruder fast niedergestochen worden ist, meine Schwestern begrabscht worden sind, meine Mutter beschimpft worden ist und meinen Vater wurde von einem Italiener gedroht, daß, wenn wir nicht aus der Wohnung ausziehen, mein Vater ja noch Frau und Kinder hätte, dann würde er sich an denen vergehen. Daraus ist meine Meinung eben entstanden.*

Daß die Türken in der Schule besser behandelt werden als wir, meine Lehrer und andere Jugendliche behandeln mich wie ein Stück Dreck. Wenn man kurze Haare und Stiefel hat, kommt man auf keine Party und in keine Jugendeinrichtung – oder meistens nicht. Daß eben nichts für uns getan wird.
Wie stark bei Detlef seine politischen Orientierungen aus der Familie herrühren, zeigt sich bei seiner Darstellung, was damals im Nationalsozialismus geschah – und auch hier wird wieder deutlich, daß sein Feindbilddenken auch auf konkreten Geschehnisse in seiner Familie basiert:
Frage: Deutschland hat seine Geschichte. Kannst Du auch stolz darauf sein, was vor 1945 geschehen war?
Antwort: Ich schäme mich nicht dafür. Ich habe keine Juden vergast, mein Vater auch nicht, mein Großvater auch nicht. Ich greife aber keinen Menschen an, der es getan hat und der der Meinung war, es war richtig. Und ich sehe nicht ein, daß wir heute dafür büßen sollen, daß damals angeblich – angeblich – sechs Millionen vergast worden sind.
Frage: Warum angeblich?
Antwort: Weil ich der festen Überzeugung bin, daß es niemals 6 Millionen Juden gewesen sein können. Der Krieg lief auf allen Touren. Wie soll man überhaupt die Transportmöglichkeiten gehabt haben, um 6 Millionen Juden in das Konzentrationslager zu bringen.
Frage: Sind das Deine eigene Gedanken und Fragen?
Antwort: Ja, ich kann mir einfach nicht vorstellen, wenn Deutschland mit fast der ganzen Welt im Krieg liegt, daß im eigenen Land, wo fast jeder an der Front war, 6 Millionen Juden umgebracht werden können. Und ich frage mich, wenn angeblich 6 Millionen Juden umgebracht wurden, warum leben dann heute noch soviele Juden. Und außerdem wurde 1933 von den Juden auch eine Handelsblockade in Deutschland erhoben. Deutschland durfte keine Waren mehr ausführen, Deutschland ist wirtschaftlich kaputtgegangen. Da hat der Deutsche seinen Haß auf den Juden gekriegt. Der Jude – wie auch heutzutage – hatte alles in der Hand, die Wirtschaft, alles. Wenn man sich die großen Konzerne anschaut – wie Daimler-Benz –, wer ist da an der Spitze? Die Juden. Die haben heute wieder alle Fäden in der Hand. Die Wiedervereinigung wollen sie uns nicht geben. Darauf bestehen sie, weil sie kein Nazideutschland haben wollen. Erreichen tun sie genau das Gegenteil. Dadurch schaffen sie Rassismus und Faschismus.
Frage: Kennst Du persönlich Juden?
Antwort: Ja.

Frage: Erzählen sie Dir, was damals geschah?
Antwort: Die Stiefmutter von meinem Vater ist Jüdin. Die hat meinen Vater nur geknechtet. Sie haben ihm nichts erzählt. Logisch, es ist schon schlimm, im Grunde genommen, ich sage es ehrlich, ich finde es auch nicht gut, was an Menschenversuchen gemacht worden ist. Ich bin auch der Meinung, es hätte nicht sein müssen, daß sie umgebracht worden sind. Ich schäme mich nicht dafür. Aber ich meine, es hätte auch gereicht, wenn man sie in ihr Land gelassen hätte. Zu dem Zeitpunkt gab es kein Palästina, wurde erst 48 gegründet. Und ins Ausland, da waren sie unbeliebt. Der Amerikaner wollte sie auch nicht haben.
Frage: Eine grundsätzliche Frage, woher hast Du eigentlich Deine Geschichtskenntnisse?
Antwort: Ich unterhalte mich viel mit meinem Vater und früher mit meinem Großvater und mit meinen Verwandten darüber. In den Geschichtsbüchern steht über Polen nur, daß Hitler dort eingefallen ist und besetzt wurde, aber nicht, daß vorher Deutsche umgebracht worden sind.
Frage: Hast Du mit Deinen Eltern gesprochen, was damals geschah?
Antwort: Mit meinem Vater rede ich immer darüber, mit meiner Mutter weniger.
Frage: Was erzählt Dir denn Dein Vater?
Antwort: Zum Teil so, wie er es denkt, aber ich kriege auch mit, was in den Schulbüchern steht. Und größtenteils ist das verschieden. Mein Großvater hat viele Sachen erzählt, die dem total widersprechen, er hat es anders erlebt. Nicht die Judenverfolgung, sondern irgendwelche Schlachten. Irgendwelche Verbrechen der Deutschen an der Zivilbevölkerung hat er nicht erlebt.
Frage: Du redest jetzt von Deinem Großvater, hat Dein Vater den Krieg noch erlebt?
Antwort: Ja, seine Mutter wurde vor seinen Augen von den Russen vergewaltigt und erschlagen. Naja.
Frage: Wie alt war Dein Vater damals?
Antwort: Vier Jahre alt. Da war ein Foto von meinem Großvater in Uniform. Und da er in der SS war, und da die Russen die SS nicht besonders mochten, haben sie meine Großmutter umgebracht – vor den Augen der Kinder.
Mit seiner aus der Familienchronologie und aus der Familiensituation und aufgrund eigener Erfahrungen gewachsenen politischen Orientierungen war Detlef in seiner Umwelt stetiger Ausgrenzung ausgesetzt, was seine Ansichten verhärtet hat.

Frage: Was Du von Deinen Verwandten erfährst, ist etwas anderes, als was Du in der Schule lernst. Wie reagierst Du und die Lehrer darauf?
Antwort: Ich sehe nicht ein, das was Lehrer sagen, ist richtig und das, was ich sage, ist falsch. Warum soll meine Meinung unbedingt falsch sein, vielleicht ist ihre Meinung auch falsch. Wenn sie mir ein Buch mitbringen, wo steht, daß Hitler alles angegriffen hatte und schuldig ist, kann ich genauso sagen, die Bücher sind falsch. Aber die Lehrer sitzen am längeren Hebel, also habe ich unrecht.
Frage: Hast Du das Gefühl, daß man in der Schule seine politischen Ansichten nicht äußern darf?
Antwort: Auf jeden Fall nicht, weil man dadurch schlechter behandelt wird. Sagen ja selbst die Lehrer, die geben es ja offen zu.
Frage: Kannst Du mir ein Beispiel dafür nennen?
Antwort: Naja, daß mich ein Lehrer zum Beispiel als »Nazi« betitelt, und daß man von Lehrern im Unterricht ignoriert wird, oder daß die Lehrer sagen, was ich sage ist ja sowieso alles Lüge. Wenn ich ein Buch über die deutsche Geschichte mitbringe, von dem ich der Meinung bin, es ist richtig, sagen die, es ist falsch, ich lüge. Die wollen einfach keine anderen Meinungen respektieren. Ich akzeptiere doch auch andere Meinungen.
Frage: In welchen Lebensbereichen spürst Du eigentlich, daß Du in einer Demokratie lebst?
Antwort: Angeblich heißt ja Demokratie auch, daß wir nicht in einem Polizeistaat leben, aber die Polizei behandelt uns auch wie ein Stück Dreck. Man kriegt immer wieder Prügel von der Polizei. Im Grunde genommen merke ich nicht viel von der Demokratie. Seine Meinung darf man nicht frei äußern, weil man dadurch Nachteile hat.
Frage: Wie reagierst Du, wenn andere ihre Meinung äußern, die nicht Deine ist?
Antwort: Respektiere ich, wenn sie meine Meinung auch respektieren. Ich kann Leute nicht leiden, die, wenn ich meine Meinung sage, mir ins Wort fallen und sagen, daß alles falsch ist, so wie es Lehrer tun. Mit solchen Leuten kann man nicht diskutieren. Man muß ja nicht Nazi sein, es reicht ja schon, daß man gegen Ausländer ist, da ist man doch schon ein Nazi und bekommt seinen Prägestempel. Das kann doch keine Demokratie sein, wenn man seine Meinung in der Schule nicht frei sagen kann.
Frage: Wenn Du Dich mit einem Lehrer streitest und Du hast den Eindruck, der hat Dich in eine Schublade getan, was meinst, warum er das tut?

Antwort: Weil er mich wegen meiner Meinung verachtet?
Frage: Was empfindest Du dabei?
Antwort: Ich hasse die Lehrer dafür. Ich respektiere ihre Meinung doch auch. Ich hasse sie nicht wegen ihrer Meinung, sondern dafür, daß sie mich schlecht behandeln. Sie versauen mir total mein Zeugnis und geben mir überhaupt keine Chance.
Frage: Verstärkt dieses Verhalten der Lehrer Deine Ansichten?
Antwort: Auf jeden Fall. Dadurch werde ich nur aggressiver und immer härter in meiner Meinung.
Frage: Wann bist Du das erste Mal als Nazi bezeichnet worden?
Antwort: Als ich das erste Mal ein paar Bundeswehrhosen und Stiefeln trug und ich noch nicht mal wußte, wie Nazi geschrieben wird.
Frage: Wußtest Du damals, was ein Nazi ist?
Antwort: Ich hatte mich damals noch gar nicht um Politik gekümmert. Als ich von Ausländern verprügelt wurde, wurde ich immer radikaler und habe mich in der Politik sachkundig gemacht, habe mir die Haare abgeschoren, mir ein paar Stiefel geholt.
In seiner ausgegrenzten Situation hat Detlef nach Gleichgesinnten gesucht, die nicht nur ähnlich dachten wie er, sondern deren Lebenssituation mit seiner eigenen vergleichbar war:
Frage: Was heißt für Dich selbst Skinhead zu sein?
Antwort: Den Leuten zu zeigen, daß was gemacht werden muß. Daß wir uns abgrenzen von den anderen Leuten – durch unsere Kleidung und durch unser Auftreten den Leuten zeigen, daß wir was Anderes sind und eine andere Meinung haben. Das verstehen sie auch. Ist genau wie bei den Punkern. Die wollen was anderes darstellen und wollen nicht zur Gesellschaft zählen, so wie sie jetzt ist, die uns von vorne bis hinten bescheißt. Damit, so wie sie aussehen, zeigen sie Protest.
Frage: Warum bist Du denn in der Sinheadszene?
Antwort: Weil ich Probleme mit den Ausländern hatte. Der Skinhead ist ja im Grunde genommen kein Nationalsozialist, sondern nur ein Rassist. Und ich war schon immer etwas rechts angehaucht. Mir haben schon immer Stiefel, Uniform und kurze Haare gefallen. Dann habe ich mal welche kennengelernt und so bin ich dann reingekommen.
Frage: Wie würdest Du denn die Lebenssituation der Jugendlichen aus der Skinheadszene beschreiben.
Antwort: Tierisch beschissen. Meistens ist es so, daß sich die Eltern getrennt

haben, daß sie viele Probleme zu Hause hatten. Daß der Staat- auf gut Deutsch – nur beschissen hat. Daß sie Probleme hatten in der Schule. Aber so wie ich es erfahren hatte, hatten viele das größte Problem mit ihrem Zuhause. Es gibt selbstverständlich auch Ausnahmen, so zum Beispiel bei mir.
Frage: Die Du kennst, aus welchen Schulverhältnisse kommen sie?
Antwort: Aus der Hauptschule. Der größte Teil kommt aus ärmlichen Verhältnissen. Es gibt aber auch Ausnahmen, aber das sind meistens keine richtigen Skinheads, sondern 'Möchte-gern-Skins'.
Detlef hat ein starres Weltbild mit ausgeprägten rechtsextremen Inhalten, er kann sich auch vorstellen, eventuell eines Tages in einer rechtsextremen Organsation aktiv zu werden. Die sozial-ökonomische Situation der Familie und die Abkapselung der Familie von der Umwelt sind der Boden für rechtsextreme Deutungsmuster der eigenen Lebenssituation. Die stark ausgeprägte emotionale Beziehung von Detlef zu seiner Familie erleichtert erheblich die Übernahme dieser Deutungsmuster, die auch ihre Quelle in der Familienbiographie hat. Seine Weltanschauung fungiert als Instrument der Selbstäuschung und Eigenaufwertung, als Kompensation aktueller Belastungssituationen und seiner eigenen wie auch familiären Lebensgeschichte. Eine umstandslose Identifikation mit dem »Deutschsein« steht gewissermaßen der historische Faschismus im Wege. Daher wirken Mechanismen wie »Relativierung«, »Leugnung« und »Entsorgung«. Besonders am Beispiel der Judenverfolgung zeigen sich die Mechanismen der Rechtfertigung. Somit sind die Orientierungen als Deutungen der vorfindbaren Lebensituationen ein festes Gefüge, was nicht ohne weiteres aufbrechbar ist. Bisherige Ausgrenzungserfahrungen und die Sprachlosigkeit von Detlef's Umwelt bzw. autoritär-strukturierte Antworten auf seine politischen Ansichten, ließen Detlef's politische Ansichten verstärken. Der Lehrer ist in der sinnlichen Wahrnehmung ein konkreter Vertreter einer ständig gegenwärtigen, ständig quälenden Institution.
Detlef war am Anfang des Projektes zu einem Dialog mit den »andersdenkenden« Jugendlichen nicht bereit. Zu der Zeit hatte die »Nationalistische Front« besonderen Einfluß auf ihn, verbunden mit der Absicht, Detlef in ihre Organisation zu rekrutieren.
Während des Dialogprozesses änderte sich dies aber, da Detlef zum ersten Mal, die Erfahrung machte, daß er gegenüber »Andersdenkenden« frei seine Meinung sagen kann, ohne deswegen menschliche Verachtung zu spüren. So war zumindest die Sprachlosigkeit überwunden und Auseinandersetzun-

gen wurden möglich. Detlef brachte auch die Probleme seiner Familie zur Sprache, was dazu führte, daß mit der Familie gemeinsam bei konkreten Problemen Lösungswege gesucht werden (zum Beispiel bei Problemen mit dem Vermieter). Heute erfährt sich die Familie als handlungsfähiger und versucht, vorliegende Probleme offensiver anzugehen. Wie sieht Detlef die Arbeit mit den Jugendlichen im Projekt?

Frage: Du hast seit einem Dreivierteljahr auch mit linken Jugendlichen zu tun. Was hat sich denn seitdem für Dich verändert?

Antwort: Durch Dich als Streetworker hat sich schon was verändert, weil Du Dich für uns eingesetzt hast.

Jörg Weihrauch

«Die Zukunft gehört den Bastarden»
Notizen aus der offenen Arbeit mit »unauffälligen« Jugendlichen

»Gewalttätige Jugendgangs ziehen marodierend durch deutsche Großstädte. Tag für Tag gehen Hooligans und Autonome, Skinheads und Türkenbanden aufeinander los.« So begann *Der Spiegel* Ende 1990[1] eine dreiteilige Serie über Jugendgewalt. Seit Ende der 80er Jahre dominiert in der Berichterstattung über Jugend das Thema Gewalt. Die Skandalisierung jugendlicher Gewalt ist ein Medienrenner.

Beherrschte aber zu Beginn noch der »jugendliche Gewalttäter« die Debatte, dem man mit law-and-order-Maßnahmen überzog und hauptsächlich in jugendlichen Subkulturen verortete, so wurde in der öffentlichen Diskussion um die Welle rassistischer Überfälle von vornehmlich Jugendlichen auf Ausländer zum ersten Mal außerhalb der Fachforschung auch nach Ursachen gefragt.

Schon länger vorliegende Ergebnisse aus der Jugendforschung, die Jugendgewalt im Zusammenhang mit historischen Wandlungsprozessen und strukturellen Merkmalen der modernen Industriegesellschaften diskutieren und somit Jugendliche nicht nur zu Tätern abstempeln, sondern in ihnen auch Opfer struktureller Gewalt sehen, fanden Eingang in den öffentlichen Diskurs. Vor dem Hintergrund der in Politik und Gesellschaft vorherrschenden Ausländerfeindlichkeit mit der allerdings fatalen Konsequenz, daß die Forschungsergebnisse zur Täterentlastung benutzt werden. Als folgenloses Verständnis interpretiert, werden sie von den Jugendlichen als Entschuldigung für die Brutalität verstanden, die Gewalttätigkeit erhält somit im Nachhinein eine gesellschaftliche Legitimation. Der Verweis auf strukturelle Ursachen als moralischer Freibrief: Als anerkanntes Opfer der

[1] Vgl. *Der Spiegel*, Ausgaben 46/90, 47/90 und 48/90.

deutschen Einheit darf man sich ungestraft noch schwächere Opfer suchen. Die Überbetonung der Opferrolle und das Ausblenden der Täterverantwortung macht Jugendliche so zu Erfüllungsgehilfen politischer Interessen, ohne wirklich die strukturellen Ursachen für ihre Gewaltausbrüche zu beseitigen.

Trotz der durchsichtigen politischen Instrumentalisierung verweisen die jugendsoziologischen Forschungen aber eindringlich darauf, daß Gewalt in der Jugendphase auch immer etwas mit dem Verhältnis von Jugendlichen zur Gesellschaft zu tun hat: Gewalt ist eine mögliche, jugendliche Verarbeitungsform von belastenden Sozialisationsbedingungen. Gewalt hat auch immer etwas mit Ohnmachtserfahrungen, mit nicht durchschaubaren Strukturen zu tun. Darüber hinaus ist sie schon immer eine Möglicheit gewesen, sich in Cliquen zu erfahren, zu beweisen und abzugrenzen.

Der gewaltätige Diskurs der «Krisenkinder»

In der historischen Betrachtungsweise ist der Problemzuhammenhang »Jugend und Gewalt« deshalb auch nicht neu. Die »Wilden Cliquen« in den 20er Jahren, die »Halbstarkenkrawalle« in den 50ern, Rocker in den 60ern, Hausbesetzer in den 70ern, »Streetgangs« zu Beginn der 80er, immer wieder gab es Phasen öffentlich diskutierter Verhaltensweisen jugendlicher Subkulturen im Zusammenhang von Gewalt und Aggression.

Seit sich Jugend als eine eigenständige Lebensphase herausgebildet hat, führen historisch einmalige gesellschaftliche Bedingungen zu spezifischen Kindheitserfahrungen. Solche Erfahrungen sind prägend dafür, wie eine Generation gesellschaftliche Verhältnisse später in ihrem Leben verarbeitet. Sie konstituieren eine gemeinsame Erfahrungs- und Sozialisationsgeschichte. So führte Kindheit in der Kriegs- und unmittelbaren Nachkriegszeit, in der Zeit des »Wirtschaftswunders«, in der Zeit der Studentenbewegung und der antiautoritären Erziehungsdebatte oder in der heutigen Zeit, in der fast alle menschlichen Lebensbedingungen krisenanfällig geworden sind oder »durcheinandergewirbelt werden«[2] zu jeweils spezifischer Sozialisation und zu jeweils unterschiedlichen Einstellungen gegenüber gesellschaftlichen Entwicklungen. Lebenslauf und Sozialisation sind so für jede Generation einmalig und selbst von denen der benachbarten Altersgruppe qualitativ verschieden. Und jede Generation verarbeitet ihre Erfahrungen

---

2 Vgl. *Beck* (1986).

von gesellschaftlichen Brüchen und Krisen anders, setzt »ihre generationsspezifische Geschichte in einen eigenen politischen Diskurs um«[3], und dieser Diskurs ist auch immer von Protest und Gewalt durchsetzt.

Es sind die Ende der siebziger, Anfang der achtziger Jahre Geborenen, die »Krisenkinder« (*Preuss-Lausitz*), die derzeit mit ihrem gewalttätigen Diskurs für Aufregungen sorgen. Geboren und aufgewachsen in einer Zeit, in der die ökologische Krise in fast allen Lebensbereichen durchschlägt, in der sich der solidarische Grundkonsens auflöst, gesellschaftlicher Reichtum und Lebenschancen massiv umverteilt werden und politische Utopien nicht mehr existieren, die Attraktivität entfalten können, hat Gewalt die politische Partizipation ersetzt.

Nun führen generationspezifische Erfahrungen des Aufwachsens aber nicht bei allen Jugendlichen zu gleichen Verarbeitungsformen der gleichen gesellschaftlichen Realität, sondern verknüpfen sich mit Schicht-, Geschlechts,- und ethnischen Zugehörigkeiten und konstituieren spezifische Verarbeitungsformen. Bei der Debatte über die Verarbeitungsform Gewalt ist dieser Verweis wichtig, handelt es sich doch fast ausschließlich um männliche Jugendliche, die ihre Realitätskontrolle über Gewalt herzustellen versuchen. Wenn Gewaltbereitschaft und Gewalttätigkeit also ein Ergebnis sozialen Lernens ist, kommt man nicht darum herum, zu klären, wie die Sozialisationsbedingungen von Kindern und Jugendlichen aussehen und wie sie sich gegenüber den vorherigen Generationen verändert haben. Dazu liegen bereits zahlreiche Untersuchungen vor. Sie gruppieren sich um den Begriff *Individualisierung* und seinen subjektiven Folgen wie Vereinzelungserfahrungen, Handlungsunsicherheiten, Ohnmachtserfahrungen. Wenn es stimmt, das die Individualisierungsfolgen weit in die alltägliche Lebensweise hineinreichen und »gegenüber den bekannten Klassenpolarisierungen verallgemeinernden Charakter annehmen«,[4] das heißt zunehmend alle betreffen, erklärt dies auch, warum der Gewaltdiskurs der »Krisenkinder« gegenüber den vorherigen Generationen einige neue Qualitäten aufweist: Die Kids werden jünger, die Gewaltformen brutaler. Tabus und Gewaltschwellen fallen. Viele Kids sind mittlerweile bewaffnet. Gewaltbereitschaft läßt sich nicht mehr nur in leicht abgrenzbaren Subkulturen verorten, sondern errreicht immer mehr sogenannte

---

[3] *Preuss-Lausitz* (1985).

[4] *Beck*, ebenda.

»unauffällige« Kinder und Jugendliche, zunehmende Gewaltbereitschaft korrespondiert mit einem subktiven Gefühl der Bedrohung und Angst. Es geht dabei nicht mehr nur um Hooligans, Skinheads, Streetgangs, wie die *Spiegel*-Story suggeriert, sondern Gewalterfahrung und Gewaltbereitschaft ist Bestandteil des jugendlichen Alltags geworden.

Ich will das im folgenden an ein paar Beobachtungen aus der Arbeit in einem Jugendzentrum belegen. Sie sind wenig spektakulär, Alltag eben.

Die moderne Stadt frißt ihre Kinder

Achim, sonst jeden Tag da, kommt plötzlich nicht mehr, Nachfragen ergeben: Er hat Hausarrest, ist beim Sprühen erwischt worden. Er ist mit einer Verwarnung davongekommen, aber die ÜSTRA hat ihn zivilrechtlich belangt und ihm Reinigungskosten von 750 DM in Rechnung gestellt. Alex hat Glück gehabt. Der Hausbesitzer der schönen weißen Wand, auf die er gerade mit dickem schwarzen Edding seinen *tag*[5] malte, gibt sich damit zufrieden, daß Alex die Wand reinigt. Gary hat weniger Glück als seine Kumpel. Bereits zum fünften Mal erwischt, hat er Schulden von mehreren Tausend Mark und Arbeitsauflagen am Hals. *Sprayen* und *taggen* gelten laut Strafgesetzbuch als Sachbeschädigung. Ladendiebstähle, Sachbeschädigungen (Antennen umknicken, Verkehrsschilder demolieren usw.), kleine Einbrüche, Autos knacken, U-Bahn Surfen, Jacken und Schuhe »abziehen«, sich Horrorvideos »reinziehen«, Prügeleien mit rivalisierenden Cliquen und Subkulturen, illegale Autorennen in abgelegenen Gewerbegebieten; Möglichkeiten, sich in der Stadt den *thrill*, den *kick* zu holen, Spannung zu spüren, gibt es genug, Möglichkeiten, auf ihre Weise am gesellschaftlichen Reichtum teilzunehmen, ebenfalls. Die meisten schlagen als manifeste Gewalt gegen die Jugendlichen und jungen Erwachsenen in Form von Kriminalisierung oder Gefährdung für Leib und Leben zurück. Die moderne Stadtstruktur frißt ihre Kinder:

Die Stadt unterliegt immer stärker einem Prozeß der Funktionsentmischung und Spezialisierung von Räumen. Wohnen, Arbeiten, Einkaufen, Freizeit finden in unterschiedlichen, teilweise weit von einander getrennten Orten statt. Die Straßen werden für den immer dichter werdenden Autoverkehr begradigt und verbreitert, Freiflächen werden zu Autoparkplätzen

---

[5] Ein *tag* ist ein mehr oder weniger elegantes Zeichen, daß, mit einem dickem Edding-Stift oder Sprühfarbe auf meist öffentliche Wände gemalt wird, ein – oft erfundener – Name, dessen Buchstabenkombination verziert und in besonderer Weise verzerrt wird.

oder aufgeräumt, möbliert und mit Benutzungsregeln versehen. Das Spielen auf der Straße, die *Straßensozialisation*, wird anregungsärmer und gefährlicher, viele Straßen sind bereits unbespielbar. Das führt zu veränderten Spielmöglichkeiten. Mehr und mehr wird das Spielen in die Wohnungen und in bestimmte, von Erwachsenen leicht zu kontrollierende Einrichtungen verlagert (Spielplätze, Horte, Jugendzentren) – Kinder und Jugendliche werden in für sie vorgesehene Spezialräume auggegrenzt. Mit viel Kreativität, Abenteuerlust und Phantasie versuchen sie aber immer wieder, die Spezialisierungen städtischer Räume zu durchbrechen. Immer wieder gelingt es ihnen, sich Bereiche auf der Straße wieder zurückzuerobern. Je ausgeprägter Räume aber auf bestimmte Handlungen spezialisiert sind, desto stärker schließen sie andere Tätigkeiten aus und desto stärker fallen Zweckentfremdungen auf und werden als Normverstoß geahndet. Ein Bahnsteig der U-Bahn ist eben nicht zum Rollschuhlaufen, Skateboardfahren, Sprayen oder Taggen gedacht.

Die Konfliktregulierungen aus jugendlichen Normabweichungen verlaufen heute zudem zunehmend verregelter. Wo früher die informelle Regelung auf Nachbarschaftsbasis ausreichte, treten heute die staatlichen Kontrollinstanzen den Kindern und Jugendlichen gegenüber. So entsteht schnell eine völlig absurde Spirale von Gewalt und Gegengewalt. Mit der Zahl der erlebten Konfrontationen wächst die Aggressivität beider Seiten. Wo Nischen verschwinden und Räume monofunktional werden, polarisieren sich also die Spielmöglichkeiten: pädagogisch konzipierte Handlungsangebote auf der einen, destruktives und als kriminell verfolgtes Spielen auf der anderen Seite.

Aber die *Kolonisierung der Straße* hat auch einen für die Kids attraktiven Charakter. Sie erzeugt Spannung. Sprayen bezieht seinen Reiz nicht nur aus dem Bedürfnis, jugendkulturelle Momente darzustellen, sondern das Angst-Lust-Erlebnis des Verbotenen stimuliert. Gewaltförmige Auseinandersetzungen gelten in diesem Zusammenhang als ebenfalls attraktiv, sei es nun mit der Polizei, mit anderen subkulturellen Jugendgruppen, mit der Nachbarschaftsclique oder mit den Fans der gegnerischen Mannschaft. In der Suche nach Spannung und Abenteuer durch Gewalt drückt sich aber nicht nur der Bewältigungsversuch eines anregungsarmen Umfeldes aus, sondern auch das Bedürfnis nach Körperlichkeit, nach Bewegung und Beweglichkeit. Bewegungsfeindliche Städte, eine übermächtige Schulrealität, die einseitig auf abstrakte Wissensvermittlung setzt und die anderen menschlichen Sinne nicht fördert und Arbeitsbedingungen, die Körperverausgabung nicht mehr erfahrbar machen, steigern das Bedürfnis nach Körpererfahrung und intensiver Anspannung. Wer beim Taggen oder Sprayen der Polizei entkommen ist, hat was zu erzählen: Beim illegalen Sprühen sind alle Sinne gefordert. Man muß sich auf sein *piece* (Bild) konzentrieren, gleichzeitig die Umgebung im Auge behalten und blitzschnell entscheiden, wann man abzuhauen hat und welcher Fluchtweg einzuschlagen ist.

Dabei muß man schnell, ausdauernd und geschickt sein. Oder wie ein Jugendlicher eine Auseinandersetzung mit einer Clique aus der benachbarten Schule beschreibt: »Wenn wir die durch die Straßen jagen oder die sind hinter dir her und wollen dir die Fresse polieren und du kannst denen über die Hinterhöfe entkommen – das ist schon irgendwie geil.« Räuber und Gendarm unter großstädtischen Bedingungen und als Reaktion auf die Entmündigung der Sinne.

Gewalt gegen andere, klar abgrenzbare Gruppen stärkt zudem die Gruppenidentität, verschafft Solidarität und suggeriert einen Schutz gegen reale oder phantasierte Gewalt und Bedrohung von außen. Letzteres wird häufig von den ausländischen Jugendlichen als Grund für ihren Cliquenzusammenschluß angeführt. An der Lebenssituation ausländischer Jugendlicher läßt sich auch exemplarisch verdeutlichen, wie gesellschaftliche Benachteiligung und sie umgebene Feindseligkeit zu erhöhter Gewaltakzeptanz führen kann, wenn keine anderen Mittel, einzugreifen, zur Verfügung stehen. Denn ob Gewalt angewandt wird oder nicht, hängt vor allen Dingen davon ab, welche anderen Lösungen Jugendliche, die mit einer belastenden Realität konfrontiert sind, zur Auswahl haben.

«Die Gangs haben das Schweigen gebrochen»

Geboren oder aufgewachsen in Deutschland, haben sie einerseits die gleichen Bewältigungsprobleme wie ihre deutschen Gleichaltrigen und müssen sich andererseits noch mit den Widersprüchen auseinandersetzen, die das Aufwachsen in zwei Kulturen mitsichbringt. Die meisten Jugendlichen haben sowohl mit der deutschen wie auch mit der Heimatsprache Schwierigkeiten, können sich also in keinem der beiden Kulturkreise sicher bewegen. Das Herkunftsland ist für viele schon zum Ausland geworden, In den Urlaubsschilderungen des jährlichen Heimatbesuches tauchen immer wieder zwei Momente auf: das Beklagen über die Feindseligkeit, die ihnen als »Deutschländer« dort entgegenschlägt und das Lästern über die Lebensweise, die sie als kulturell »rückständig« empfinden. Ihre Lebensverhältnise sind – im Vergleich zur deutschen Durchschnittsfamilie – schlechter. Das Familieneinkommen ist geringer, es wird von den Eltern häufig unter belastenden und krankmachenden Arbeitsbedingungen erwirtschaftet. Die Wohnverhältnisse sind beengt, über ein eigenes Zimmer verfügen die wenigsten. Die Leistungen in der Schule sind schlecht, Sprachprobleme verhindern häufig den Besuch weiterführender Schulen. Zwar hat sich die Ausbildungsplatzmisere für ausländische Jugendliche etwas entschärft, aber die geringen formalen Schulabschlüsse erlauben es ihnen nicht, in die zukunftsträchtigen Berufe mit Aufstiegs-und Qualifikationsperspektiven zu gelangen. So besetzen sie letztlich die Ausbildungsplätze, die von den deutschen Jugendlichen aufgrund der Aufstiegs-und Zukunftsperspektiven, der Bezahlung und der Arbeitsbedingungen gemieden werden. Die Konflikte in den Familien nehmen zu. Es fällt den Jugendlichen zunehmend schwerer, die beschränkten Lebensziele der Eltern und ihre Religiösität zu akzeptieren. Die väterliche Autorität, das ganze System des Großfamilienzusammenhalts, der Moral mit dem zentralen Begriff der Ehre wird von ihnen immer kritischer hinterfragt. Die Ablösung von der Familie wird unter den Bedingungen der verschärften Wohnungsnot immer schwieriger bis nahezu unmöglich. Sie finden keine Wohnung oder können sie nicht bezahlen, deutsche Freunde haben weder sie noch ihre Eltern, offene Jugendarbeit und hauptsächlich Fußballvereine sind die einzigen Orte, wo sie in ihrer Freizeit auf deutsche Jugendliche treffen und sich mit ihnen auseinandersetzen können. Schon in der Jugendverbandsarbeit sind kaum ausländische Jugendliche zu finden, von Jugendfunktionären ganz zu schweigen. Zu den sozialen und kulturellen Schwierigkeiten kommt die Erfahrung der Ausländerfeindlichkeit dazu, die seit der Wiedervereinigung das innenpoltische Klima verschärft bestimmt. Das neue Ausländergesetz mit der Ausweitung von »Tatbeständen«, die zur Ausweisung führen, läßt in den ausländischen Familien Existenzangst und Unsicherheit entstehen, und zwingt zu politischer Zurückhaltung. Die Maueröffnung, der Zerfall des Ostens und die Konfrontation mit den osteuropäischen Armutsflüchtlingen verstärkt diese Angst. Die Kids fühlen sich von den Flüchtlingen im Kampf um knappe Ressourcen bedroht.

»Asylant« ist ein neues Schimpfwort unter ihnen geworden. Teilweise wird den Asylbewerbern die Schuld an der Ausländerfeindlichkeit gegeben. Da fühlen sie sich plötzlich als »Alteingessenene« und grenzen sich ab.

Andererseits spüren sie instinktiv: Wer »Asylant« sagt, meint alle Ausländer, auch sie. Mölln hat dies auf grauenvolle Weise bestätigt.

Die Option vieler Eltern, wieder in das Heimatland zurückzukehren, erhält vor diesem Hintergrund erneut verstärkt Auftrieb. Für die Jugendlichen ist das keine Alternative mehr. Ihnen ist ihr Heimatland fremd geworden. Folgerichtig werfen sie den Eltern, insbesondere dem Vater als entscheidendem Familienoberhaupt, »Feigheit« vor. Sie fordern Widerstand. Durchaus selbstbewußt verweisen sie in Gesprächen immer wieder auf den ökonomischen und kulturellen Beitrag der Immigranten in Deutschland. »Ohne unsere Steuern könntet ihr doch längst eure Renten nicht mehr bezahlen. Ohne uns kein Kebab, keine Pizza, kein Gyros mehr, nur noch Kartoffeln und Sauerkraut.«

In Ermangelung anderer Bewältigungsmuster, vor allem in Form von politischen Artikulations- und Partizipationsmöglichkeiten und Vorbildern gelungener interkultureller Integration, nehmen sie zu zwei Mustern Zuflucht. Zu einem teilweise übersteigerten und aggressiven Nationalstolz, mit dem sie die kränkende Einsicht ausblenden können, daß sie eigentlich in Deutschland außer als billige Arbeitskraft nichts gelten. Damit einher geht oft eine starke Orientierung an der heimatlichen Männerkultur mit daran anknüpfenden völlig überzogenen Macho-Demonstrationen, die wiederum ausgrenzend wirken.

Das zweite Bewältigungsmuster ist eine erhöhte Gewaltbereitschaft und Gewaltakzeptanz. Die Streetgangs aus Berlin-Kreuzberg oder dem Frankfurter Westend sind ihre heimlichen Helden. »Die Streetgangs haben das Schweigen gebrochen«, meinte neulich ein junger Türke nach einer Diskussion. Ihnen versuchen sie im Auftreten und Outfit nachzueifern. Der Hip-Hop von schwarzen Gruppen wie Public Enemy oder dem schwarzen Rapper Ice-T trifft ihr Lebensgefühl auf den Punkt. In der Musik und den Texten, die die Unterdrückung der Schwarzen in den USA thematisieren und offen und radikal zum Widerstand aufrufen, sehen sie ihre Situation in Deutschland widergespiegelt; Textzeile aus »Burn Hollywood Burn« von *Public Enemy*:

»Hollywood läßt uns alle schlecht aussehen…
All die Jahre erscheinen wir wie die Clowns
Der Witz ist vorbei, riech' den Rauch überall
Brenn' Hollywood, brenn'…«

Wenn sie auch nicht alle die englischen Texte verstehen, so verstehen sie allemal die Botschaft der Video-Clips, die besonders *Public Enemy* in einer gelungenen und für die Kids verständlichen Verknüpfung von Ästethik und Agitprop produziert und die den Kids über den Kabelsender MTV zugänglich sind. Ohne sich letztlich wirklich zu Streetgangs zu formieren, erhalten die Gleichaltrigencliquen neben den jugendtypischen Motiven einen neuen Charakter. Als Schutzbünde gegen die sie umgebende Feindseligkeit. Und dazu gehört dann auch die martialische Bewaffnung. Die Cliquen werden für die ausländischen Jugendlichen so zu Kristallisationspunkten der Ausgrenzung, des familiären Generationskonfliktes, aber auch des Protests dagegen. Die Wut steigt. Aber die gesellschaftlichen Strukturen sind kompliziert, Ausgrenzung läßt sich selten personifizieren. Wer kann schon nachweisen, daß eine Bewerbung abgelehnt wurde, weil der Bewerber Türke, Grieche oder Pole ist. So versuchen sie ihre Ohnmachtsgefühle durch Allmachtsträume zu kompensieren und ihre Wut durch einen Lebensentwurf von Typ des einsamen Rächers loszuwerden. Nur bei ganz wenigen taucht in Ansätzen ein politisches Selbstbewußtsein auf. »Die Zukunft gehört den Bastarden, weil die Bastarde die ersten sind, die überall zu Hause sind«, meint Kherim am Ende einer Diskussion. Geboren in Bayern, aufgewachsen in Hannover, der Vater kommt aus Algerien, die Mutter ist deutschstämmige Ungarin, verkörpert er expemplarisch den kulturellen Spagat dieser Jugendlichen.

In der offenen Jugendarbeit haben diese Bewältigungsformen manchmal fatale Konsequenzen. Da die Jugendzentren oft die einzigen Fluchtpunkte für die konfliktbehaftete familiäre Enge und dem gesellschaftlichen Ausgrenzungsdruck sind, werden sie entsprechend intensiv von den ausländischen Kids aufgesucht. Dies hält wiederum deutsche Jugendliche von der offenen Jugendarbeit fern, die andere jugendkulturelle Bedürfnisse mitbringen, die mit dem überzogenen männlichen Dominanzverhalten ihre Schwierigkeiten haben oder sich von dem geschlossenerem Auftreten ihrer eigenen Vereinzelung bewußt werden oder bedroht fühlen: »Die halten immer zusammen. Wenn die dich anmachen und du wehrst dich, haste gleich die ganze Clique am Hals.« Und die ausländischen Kids spüren ihren Einfluß, ihre Macht und kosten sie aus.

Der eigenen Ausgrenzung wird durch die Ausgrenzung anderer begegnet. Das Jugendzentrum als einziger gesellschaftlicher Ort, wo sie Einfluß geltend machen können. Interkulturelle Arbeit und Integrationsbemühungen werden in der offenen Jugendarbeit unter diesen Vorzeichen sehr schwer.

Wo die Räumlichkeiten beengt sind und das Personal knapp, werden sie gar unmöglich. Vor dem Hintergrund der rassistischen Gewaltausbrüche deutscher Jugendlicher machen manche Jugendpolitiker schlichte Gleichungen auf: Die Jugendhäuser sind von den ausländischen Jugendlichen besetzt, die deutschen Jugendlichen fühlen sich ausgegrenzt, wissen nicht mehr wohin, kein Wunder, daß sie sich wehren, Schuld haben die Jugendarbeiterinnen, daß sie nicht rechtzeitig diese Entwicklung aufhielten. Also sorgt dafür, daß die Jugendzentren wieder für deutsche Jugendliche zugänglich werden. Das dafür strukturelle Veränderungen und Verbesserungen in der Jugendarbeit notwenig sind, wird nicht mitreflektiert. Zynisch zu Ende gedacht, heißt das: Macht die offene Jugendarbeit wieder ausländerfrei. Dabei geht es auch für die Jugendarbeit längst darum, zu akzeptieren, das Deutschland wider alle Dementis ein Einwanderungsland ist – und bleiben wird. Und auch um die Akzeptanz der Zumutungen und Konflikte, die das mit sich bringt.

Jugendarbeit, die hierzu eigentlich was zu sagen hätte, da sie einer der wenigen gesellschaftlichen Orte ist, wo interkulturelle Begegnung stattfindet, darf sich nicht von den politischen Scharfmachern vereinnahmen lassen.

«Boyz'n The Hood» – oder die Kids klatschen am falschen Ende

Der am Beispiel der ausländischen Jugendlichen diskutierte Zusammenhang von Lebenslage und Gewalt ist nun aber kein ausschließliches Problem ethnischer Minderheiten. Die meisten Facetten des Problemkomplexes Gewalt tauchen in der einen oder anderen Form auch bei vielen gleichaltrigen deutschen Jugendlichen auf. So ist das Problem der Bewaffnung keine Frage der Zugehörigkeit zu einer Streetgang. Mehr oder oder minder schwer bewaffnet sind mittlerweile fast alle männlichen Besucher unseres Hauses. Die meisten begründen das mit Selbstschutz. Die ausländischen Kids haben Angst vor den Skins, die deutschen Jugendlichen fühlen sich von dem homogenen Auftreten der ausländischen Cliquen bedroht, alle gemeinsam haben sie Angst, Opfer jugendlicher Straßenräuber zu werden, die ihnen ihre Baseballjacken und Nike-Turnschuhe »abziehen«. Hakt man genau nach, haben die wenigsten diesbezügliche Erfahrungen gemacht. Es wird dann auf Freunde und Bekannte verwiesen, denen »schon mal so was passiert« sei, oder man »hat neulich erst von einem Fall aus der Schule gehört«. Es herrscht ein allgemeines Gefühl der Bedrohung und Angst vor, in der Aufrüstung und Selbstverteidigung der einzig erfolgversprechende Weg zu sein scheint, sich dagegen zu wehren.

In Filmen wie »Boyz'n The Hood«, der bei Jugendlichen auf große Resonanz stieß, finden sie ihre Lebenssituation widergespiegelt: der Film des 23jährigen schwarzen Regisseurs John Singleton erzählt die Lebensgeschichte von drei schwarzen Teenagern im Südwesten von Los Angeles. Von Doughboy (gespielt vom bekannten Rapper Ice Cube), der mit 17 schon ein paar Mal im Knast war. Von seinem Bruder Ricky, der die Erziehung seines Babies lieber der Freundin überläßt und draußen auf der Straße rumhängt. Und von Tre, dessen Vater Furios Styles ihm unter großem persönlichem Einsatz den Weg aus dem Ghetto weist: keine Drogen, Kondome, Schulbesuch, scharzes Selbstbewußtsein und persönliche Verantwortung. Doch wer hat schon so einen Vater?

Die Handlung spielt in den Vororten von South Los Angeles, wo kleine Vorgärten respektable Bürgerlichkeit vortäuschen; wo ruhige und palmenbestandene Seitensstraßen tagsüber unter der dunstigen Sonne Kaliforniens kaum Drogen und Gewalt vermuten lassen. Doch nachts kreist hier der Polizeihubschrauber über dem Viertel und heulen die Polizeisirenen der Sondereinheiten zur Bekämpfung der Streetgangs durch die Straßen. Immer wieder werden Tre und seine Freundin von Schüssen aus dem Schlaf geweckt. Als es irgendwann Tres besten Freund Ricky erwischt, scheint auch er sich dem Kreislauf der Gewalt nicht mehr entziehen zu können. Doch ehe seine Freunde aus der Gang zur Vergeltung schreiten, steigt Tre in letzter Minute aus: Die tödliche Rache überläßt er den anderen. Für Regisseur Singleton, den Kritikern und Pädagogen war Aussteiger Tre der unumstrittene Held des Filmes. Folgerichtig wurde er auch als eine Absage an die Spirale der Gewalt verstanden. Doch bei den Kids kam diese im Film immmer wieder dick aufgetragene Botschaft nicht an. Nicht Tres mutiger Absprung, sondern die blutrünstige Rache seiner Freunde war in vielen Kinos die meistbeklaschte Szene des Films.

Diese subjektive Gefühlslage aus Angst, Bedrohung und Selbstverteidigungsbedürfnissen wird durch sensationsorientierte und voyeuristische Medienberichterstattung noch zusätzlich angeheizt. Angst vor Gewalt und Kriminalität sind ja mittlerweile auch längst kein jugendspezifisches Problem. Darf man den Demoskopen Glauben schenken, rangiert das Problem Innere Sicherheit an oberster Stelle der die Bundesbürger bedrückenden Probleme. Möglicherweise handelt es sich in beiden Fällen um Bewältigungsformen des gleichen sozialen Phänomens: der Verarbeitung angstmachender gesellschaftlicher Entwicklungen und Zustände, die man immer weniger durchschaut, auf die man immer wenig meint, Einfluß zu haben. Die allgemeine Bedrohung der Lebenbedingungen läßt sich kaum noch in Bilder fassen. Tschernobyl, Ozonloch, Treibhauseffekt, Golfkrieg, der Zerfall Osteuropas, die Bedrohung des Wohlstandniveaus – Krise als Dauerzustand. Kaum noch konkret faßbar, löst sie gleichwohl archaische Ängste aus. Konkretisiert und personifiziert sie sich in faßbare und handhabbare Objekte, läßt sie sich leichter bewältigen. Verschiebung als Abwehrmechanismus nennt die Psychologie das wohl. Die Jugendlichen bewaffnen sich gegenüber ihren vermeintlichen Gegnern, die Erwachsenen finden in der Skandalisierung jugendlicher Gewalt ihr Ventil und fixieren ihr Unbehagen an der Realität auf leicht identifizierbare Objekte.

He-Man und seine Masters of the Universe

Das Problem Waffen verweist noch auf einen weiteren Aspekt. Sie vermitteln nicht nur Schutz vor realer, phantasierter oder nicht faßbarer Bedrohung, sondern sie sind auch Statussymbol, und zwar Statussymbol einer verunsicherten Männlichkeit. Es sind die Jungen, die den gewalttätigen Diskurs der Jugend bestimmen, nicht die Mädchen.

Mädchen sind häufig unter den Opfern zu finden, aber kaum unter den Tätern. Die meisten der bisher vorliegenden Untersuchungen behandeln dies Phänomen allenfalls am Rande.

Wenn ein Kennzeichen der *Risikogesellschaft* die *Enttraditionalisierung* ist, betrifft dies auch die männliche Rolle und das in ihr eingeschweißte Männerbild. Und in der Tat zeigen sich Widersprüche in der männlichen Identität, die Jungen bekommen das zu spüren:

Die erhöhte Berufstätigkeit der Frauen hat die ökonomische Abhängigkeit von den Männern aufgeweicht oder ganz aufgehoben und zu gestiegenem Selbstbewußtsein geführt. Die zentrale Rolle des Mannes als Ernährer der Familie hat an Bedeutung eingebüßt. Es geht zur Not auch ohne ihn. 25 Jahre neue Frauenbewegung haben bei den Mädchen ihre Spuren hinterlassen. Ökonomische Unabhängigkeit durch eigene Berufstätigkeit hat in der Lebensplanung hohe Priorität gewonnen. Sie stellen andere Ansprüche an eine Partnerschaft mit Jungen, damit verlieren bestimmte männliche Verhaltensweisen ihre Attraktivität bei Mädchen. Jungen, die weiterhin auf das traditionelle Bild des Beschützers und Mackers setzen, büßen zunehmend ihre Chancen ein. Mädchen werden selbstbewußter. Sie thematisieren häufiger ihr »Unbehagen« an den Jungen, drängen auf Änderung ihres von Sexismus geprägten Verhaltens. Wo die Jungen sich der Auseinandersetzung verweigern (und das ist die Regel), weichen sie selbstbewußt in eigene Räume aus oder nehmen sie sich. Nicht mehr als Flucht, sondern mit dem Argument: »Es geht auch ohne euch, und das viel besser.« Wo Mädchen im Jugendzentrum Räume besetzen, geht dies auf Kosten der Privilegien der Jungen. Das wissen die Jungen und fühlen sich provoziert. Auf die männlichen Mitarbeiter ist auch nicht mehr so ohne weiteres Verlaß, die sind immer öfter von den Machoallüren »ihrer Jungs« angenervt. In der Ausbildung tauchen schon die ersten Mädchen neben den Werkbänken auf. Hatten die früher in der Schule schon die besseren Noten, so fordern sie die Jungen jetzt auch noch in der Berufschule und am Arbeitsplatz heraus. In der Ausbildung erfahren sie, daß Körperlichkeit und pysische Überlegenheit, die zentralen Merkmale, auf die sich männliche Identität aufbaut, immer weniger gefragt sind. Veränderungen der Arbeitsinhalte, besonders im Dienstleistungssektor, erfordern immer mehr soziale und kommunikative Kompetenzen und nicht die dicken Muskeln und das große Maul. Der Einzug elektronischer Datenverarbeitung in immer mehr Berufe verstärkt diese Tendenz. Und nun treten auch noch Pädagogen an sie heran und fordern sie unter dem Konzept »Jungenarbeit« auf, Abschied von einer Identität zu nehmen, die auf Dominanz, Konkurrenz, »Coolness« und negativer Abwertung aller Verhaltensnweisen, die als weiblich gelten, basiert.

Doch die Jungen tun sich schwer damit. Jungen können ihr Verhalten kaum reflektieren, sie können kaum ausdrücken, was sie bedrückt und was sie eigentlich wollen. Deshalb flüchten sie viel eher in symbolische Ersatzhandlungen. Unter Männlichkeit verstehen sie ausschließlich physische Härte und die Bereitschaft, nie zurückzustecken, wenn es Ärger gibt.

Aber wie sollen sie auch eine andere Geschlechtsrollenidentität erwerben, wenn es keine gesellschaftlichen Vorbilder und keine Anerkennung dafür gibt. Während Mädchen sich bei ihrem Kampf um Gleichberechtigung und gegen Diskriminierung mittlerweile an Rollenvorbilder aus ihrem Alltag orientieren können (Mütter, Pädagoginnen, die die Mädchen unterstützen) und auch in der gesellschaftlichen Öffentlichkeit zunehmend Frauenbilder zu finden sind, die Orientierungskraft haben, gilt dies für Jungen nicht. Solange in den ersten Lebensjahren der Jungen Männer als konrete, faßbare Personen nicht auftauchen, wird sich daran auch nicht viel ändern:

Väter fühlen sich nach wie vor für die Erziehung ihrer Kinder nicht zuständig. In den Kindertagesstätten sind männliche Erzieher eine Rarität, selbst in der Grundschule sind es vorwiegend Lehrerinnen, die die Jungen unterrichten.

Die gesellschaftlich bedingte Abwesenheit der Männer in den ersten Jahren bewirkt, daß im Leben der Jungen nur ein schemenhaftes Bild von Männlichkeit entstehen kann – nicht konkrete Person, sondern abstrakte Autorität. Jungen erleben Männer allenfalls als Bestrafungs- und Kontrollinstanz. Den Vater, der formell die Erziehungsarbeit der Mutter überwacht und sanktioniert, wenn diese nicht im Sinne sozialer Anforderung erfolgt. Den Polizisten, der gesellschaftliche Normverstöße sanktioniert, den Rektor, der als unnahbare Instanz den schulischen Ablauf garantiert. Positive Aneignung von Männlichkeit würde erfordern, daß Jungen sich auch mal an Männer anlehnen können, daß sie mal Nähe und Zärtlichkeit spüren, daß Männer auch emotionale Kompetenz zeigen. Das geht aber nur, wenn Männer im gleichen Maße für Kinder da wären, wie die Mütter. So einen Vater wie Furios Styles aus dem Film Boyz'n The Hood finden sie toll. In der Sympathie für ihn kommt eine große Sehnsucht zum Ausdruck. Gleichzeitig wissen sie aber auch: Die Wirklichkeit sieht anders aus. Da überlassen die Väter ihre Söhnen dem Schicksal. Zur Identifikation bleiben nur He-Man und seine Masters of the Universe, später dann Rocky und Rambo.

Die strukturelle Beziehungslosigkeit zwischen Väter und Söhnen entspricht die Beziehungslosigkeit zwischen den Jungen untereinander. Die »beste Freundin«, mit denen die Mädchen über alles reden können, die Sicherheit und Geborgenheit vermittelt, fehlt den Jungen. In den männlichen Jugendcliquen dominiert ein Beziehungsgeflecht aus Macht, Dominanz und Positionskämpfen. »Wer ist der Stärkste«, ist das treibende Motto. Die so hoch gehandelte Kameradschaft gilt nur im Auftreten der Gruppe »äußeren Feinden« gegenüber. Untereinander belauern sie sich und nutzen gnadenlos die Schwächen der anderen Cliquenmitglieder aus, um sich Vorteile zu verschaffen. Es gilt immer »cool« zu bleiben, sich so zu inszenieren, daß es den Anschein hat, man hätte alles im Griff. Für das Eingeständnis von Angst und Unsicherheit bleibt da kein Raum. Für die Befriedigung des Wunsches nach körperlicher Nähe untereinander auch nicht. Dies wird von den Jungen als »Schwul-Sein« abgewehrt. So bleiben ihnen nur zwei gesellschaftlich legitimierte Auswege, um mal so richtig emotional aus sich herauszugehen. Der Sport, da darf man nach einer Niederlage auch schon mal weinen oder sich nach dem Sieg in den Armen liegen oder das Besäufnis. Da darf mann dann schon mal dem Kumpel die »ganze Scheiße« erzählen und sich so richtig »auskotzen« und sich emotional »gehen lassen«, »einen Moralischen kriegen«, wie die Jungs das nennen.

Am nächsten Tag will man da freilich nichts mehr von wissen. Das ist ihnen peinlich. Daß man vom Barhocker gefallen ist, im Vollrausch eine Prügelei angefangen hat oder »tierisch gesoffen« hat, wird noch als unvergeßliches Ereignis gefeiert. Die zum Ausdruck gekommenen Gefühle werden aus den Erinnerungen ausgeklammert. Dieses emotionale Vakuum wird dann häufig mit symbolischen Ersatzhandlungen wie Gewalt und Machtdemonstrationen ausgefüllt.

In den öffentlichen Debatten und Ursachenforschungen spielt der Zusammenhang von Männlichkeit, Männerbild und Gewalt kaum eine Rolle. Pauschal wird immer von den Jugendlichen gesprochen, während man eigentlich die Jungen meint. Und so bekommen auch einige pädagogische Interventionen, die vorgeschlagen werden, um das Problem jugendliche Gewalt zu bearbeiten, unter diesem Aspekt eine Schieflage. Insbesondere einige erlebnispädagogische und sportliche Angebote müssen sich die Frage gefallen lassen, ob sie durch das in ihnen eingelassene Anforderungsprofil den traditionellen männlichen Habitus nicht reproduzieren, der doch eigentlich Bestandteil des Problems ist.

Papiertiger Jugendarbeit?

Aber kann die Jugendarbeit überhaupt alle gesellschaftlichen Widersprüche in ihrem Kontext bearbeiten? Was kann sie überhaupt leisten? Dazu ein paar leidige Anmerkungen:

1. In der öffentlichen Ursachenforschung kommt auch die Jugendarbeit nicht ungeschoren davon. Besonders pointiert brachte das *Der Spiegel*[6] mit seinem Artikel (»Sind Sozialpädagogen, Lehrer und linke Politiker mitverantwortlich für rechte Straßengewalt?«) zum Ausdruck. In der Überschrift werden gleich mehrere Mißverständnisse deutlich: Wenn Jugendliche ihr Unbehagen an Gesellschaft durch Gewalt artikulieren, schreit die Öffentlichkeit nach der Polizei oder der Jugendarbeit. Vergessen wird immer, daß Jugendarbeit nur kompensatorisch wirken kann.

---

[6] Vgl. *Der Spiegel*, 35/91: »Sind Sozialpädagogen, Lehrer und linke Politik mitverantwortlich für rechte Straßengewalt?«

Lebensbedingungen von Jugendlichen kann sie nicht ändern. Sie kann lindern, aber nicht lösen. Sie kann skandalisieren, aber solange sie keinen politischen Flankenschutz erhält, prallt jegliches poltisches Engagement der Jugendarbeit an der Ignoranz der Politik ab. Der politischen Klasse in Deutschland kann der Vorwurf nicht erspart bleiben, daß sie sich immer erst dann für Jugend interessiert, wenn sie zur realen oder phantasierten gesellschaftlichen Bedrohung geworden ist. Die Jugendpolitik hat sich weitgehend verabschiedet und läßt die Jugendarbeit im Regen stehen. Bei den Jugendlichen entsteht der Eindruck, politisch reagiert wird erst, »wenn's kracht«.

2. Es geht nicht nur um »rechte Straßengewalt«. Gewaltbereitschaft und Gewalttätigkeit ist nicht mehr nur ein Problem jugendlicher Subkulturen, die mal gerade im Licht der Öffentlichkeit stehen. Hooligans, Streetgangs, Antifas, Straßenraubcliquen, Gewalt in der Schule, jetzt die rassistischen Ausschreitungen; die Berichterstattung kommt kaum nach. Gewalt durchzieht den Alltag von immer mehr Jugendlichen. Darum reicht es auch nicht, gewaltbekämpfende Jugendarbeit nur auf Randgruppen zu fixieren. Genauso wichtig ist die präventive Arbeit überall dort, wo sich Jugendliche aufhalten, auch die sogenannten »unauffälligen«. Und die findet unter anderem auch in den Jugendhäusern statt. Darum ist es unsinnig, neue Konzepte und Projekte (mobile Jugendarbeit, aufsuchende Jugendarbeit, Abenteuerpädagogik) gegen bereits bestehende Einrichtungen und Arbeitsansätze auszuspielen. Vielmehr geht es um eine Ergänzung und Vernetzung neuer Ansätze mit bereits bestehenden Institutionen. Wo man polarisiert, soll man lieber sagen, was der wahre Grund ist: für beides ist kein Geld da.
3. Wer Jugendarbeit Versagen vorwirft, reflektiert kaum mit, unter welchen Bedindungen Jugendarbeit oft erfolgt. Die stecken voller Widersprüche. Ein paar praxisnahe Beispiele: Mädchenarbeit, Jungenarbeit, Arbeit mit den *Kids* (den 11 bis 14jährigen, die mit den Veränderungen der Lebensphase Jugend verstärkt in die Jugendarbeit drängen) und mit älteren Jugendlichen, mit den »Postadoleszenten« (denen aufgrund struktureller Benachteiligungen [Arbeitslosigkeit, Wohnungsnot] der Übergang in den Erwachsenenstatus verwehrt wird), multikulturelle Arbeit mit unterschiedlichen Nationalitäten (die neben dem Konflikt Ausländer-Deutscher noch ethnische Konflikte untereinander ins Jugenhaus tragen [Türken/Kurden, Bosnier und Kroaten gegen Serben], alle zusam-

men gegen Sintis und Schwarzafrikaner, die Konfliktlinien anhand ethnischer Zugehörigkeiten lassen sich hier gar nicht alle aufzählen), SchülerInnen, Azubis, JungarbeiterInnen, verschiedene Jugendkulturen und jugendkulturelle Interessen (Tagger, Sprayer, Dancer, Skater, Biker, Rapper, Psychos, Metalfreaks...) – *Lebenslage, Geschlecht, ethnische Zugehörigkeit, Alter und jugendkulturelle Orientierung bringen unterschiedliche Bedürfnisse und Interessen ins Haus, die oft nicht zu einander passen.*

Aber alle wollen sie das Gleiche: Ungeteilte Aufmerksamkeit und Zuwendung der Mitarbeiterlnnen. In der offenen Tür ist das schon längst nicht mehr zu leisten. Gruppenarbeit, unterschiedliche Öffnungszeiten für verschiedene Gruppen, räumliche Differenzierung – Versuche, allen gerecht zu werden. Zwei Mitarbeiterlnnen (personelle Ausstattung unseres Hauses und fast sämtlicher Jugendhäuser in freier Trägerschaft, die ungefähr die Hälfte der Einrichtungen offener Jugendarbeit in Hannover betreiben) geraten da schnell an ihre Grenzen – Jugendhäuser mit Öffnungszeiten an Wochenenden gibt es kaum. Gerade am Wochenende aber, wo die Zeit der Jugendlichen weniger verregelt ist, bestünde die Möglichkeit, mit Jugendlichen Aktivitäten durchzuführen, die andere Qualitäten haben als die Wochenangebote. Mal abgesehen davon, daß die Kids sich am Wochenende langweilen. Aber wer Öffnungszeiten am Wochenende fordert, muß auch sagen, wie die personell abgedeckt werden sollen, und zwar unter vernünftigen tariflichen Bedingungen.

Wer Abenteuer-und Erlebnispädagogik als *den* pädagogischen Zugriff feiert, um den anregungsarmen und bewegungsfeindlichen Städten kompensatorisch etwas entgegenzusetzen und den Jugendlichen damit Alternativen zum gewaltförmigen Ausleben jugendtypischer Bedürfnisse zu bieten, muß mitreflektieren, unter welchen Bedingungen das nur realisierbar ist. Natürlich ist es pädagogisch verlockend, in kurzen regelmäßigen Zeitabständen Highlights mit den Jugendlichen zu inszenieren, denen sie entgegenfiebern können. Aber ich muß dann auch die zeitlichen und finanziellen Ressourcen bereitstellen. Kanu- und Floßfahrten, Klettertouren, Besuch von Großveranstaltungen, selbst das Wochenendzelten erfordern erhöhten Organisationsaufwand; Equipment, über das viele Jugendeinrichtungen nicht mal ansatzweise verfügen; größere Zeitbudgets der Jugendlichen, womit wir wieder beim Wochenende wären, und vor allen subventionierte Teilnehmerpreise, die es allen Kids ermöglichen, daran teilzunehmen.

Natürlich kann ich darüber lästern, daß die Einrichtung und Ausstattung vieler Jugendeinrichtungen den spröden Charme von Gebrauchtmöbellagern ausstrahlen, die für die Jugendlichen wenig Anziehungskraft ausstrahlen. Meistens ist dann aber vergessen worden, ein Blick in die Sachmitteletats zu werfen. Auf Sondermittel muß man oft, wenn man sämtliche bürokratischen und politischen Hürden genommen hat, jahrelang warten. Die Jugendgeneration, für die das gedacht war, ist dem Haus dann meist schon längst entwachsen,

4. Will Jugendarbeit im Rahmen ihrer Möglichkeiten auch nur ansatzweise erfolgreich sein, braucht sie Perspektiven und Planungssicherheit. Nun ist der Jugendetat aber schon immer einer der ersten Bereiche gewesen, in dem herumgestrichen wird, wenn es gilt, Löcher im kommunalen Haushalt zu stopfen. Dies gilt um so mehr im Moment, wo viele Kommunen, vor allem Großstädte, vor dem finanziellen Kollpas stehen. Konzeptionelle und vorausschauende Jugendarbeit ist unter diesen Bedingungen unmöglich. Da bleibt nur noch die Flucht in symbolische Ersatzhandlungen, die suggerieren sollen, daß etwas passiert. Während man hier mit großem Getöse ein neues Projekt der Öffentlichkeit vorstellt (auf ABM-Basis, versteht sich!), fallen woanders hoffnungsvolle Projekte dem Rotstift zum Opfer. Die Widersprüche, die sich dabei auftun, sind manchmal grotesk:

Beispiel 1: Da läßt die Stadt für viel Geld ein Gutachten über die städtische Jugendarbeit erstellen, um Planungsdaten für die weitere Entwicklung zu bekommen. Der Gutachter kommt in Zusammenarbeit mit Mitarbeitern der Jugendverwaltung zu dem Ergebnis, daß aufgrund der Veränderungen der Lebensphase Jugend, unter den Bedingungen der *Risikogesellschaft*, der Bedarf an Jugendarbeit eher noch zunimmt. Soweit sind sich auch alle Beteilgten einig. Wenige Wochen später flattern den Jugendeinrichtungen Anweisungen auf den Tisch, die lakonisch über eine zwanzig prozentige Kürzung der Sachmittel informieren und einen Besetzungstop freiwerdender Stellen anordnen. Zwei Monate später werden Vorschläge aus der Verwaltung bekannt, die die Schließung von sechs Jugendeinrichtungen anregen. Auf die MitarbeiterInnen wirkt dies stark verunsichernd, demotivierend und entsolidarisierend. Wer spektakuläre Vorzeigeprojekte vorweisen kann, hat sicher die besseren Karten, als die eher unauffällig, aber darum nicht weniger effektiv arbeitenden Einrichtungen. Auch hier bleibt wieder nur die Flucht in die Symbolik. Die Jugendlichen sind – natürlich – verbittert.

Beispiel 2: Eines dieser oben angesprochenen hoffnungsvollen Projekte, das versucht, neue Ansätze in der Jugendarbeit umzusetzen, ist die Sportkoordination. Angesiedelt bei einem freien Träger, finanziert als AB-Maßnahme, versucht ein Sportpädagoge seit zwei Jahren überaus erfolgreich, die Einrichtungen in städtischer und freier Trägerschaft im Bereich Sportsozialarbeit zu vernetzen und mit den Einrichtungen ein Spiel- und Sportprogramm zu entwickeln und umzusetzen, daß an den Bedürnissen und Interessen der jugendlichen BesucherInnen der offenen Jugendarbeit anknüpft. Differenziert nach Altersgruppen, unter Berücksichtigung geschlechtsspezifischer Interessen, ist über das ganze Jahr verteilt ein dichtes Programm entstanden, das den Kids Bewegungserfahrungen, Erfolgserlebnisse und Zusammengehörigkeitsgefühle vermittelt und damit auch eine Alternative zu den Risikothrills, die sie suchen, um sich überhaupt noch zu spüren, darstellt. Doch nun läuft die Maßnahme aus, eine Anschlußfinanzierung ist nicht in Sicht, der Kollege verbringt einen Großteil seiner Zeit damit, zu retten, was noch zu retten ist. Jugendarbeit kann unter diesen Bedingungen nur noch ihr Ende skandalisieren, aber nicht mehr die Lebensbedingungen der Kids, für die sie eigentlich da ist.

5. Die Option Gewalt entscheidet sich an der Frage, welche anderen Alternativen zur Problemlösung zur Verfügung stehen. Neben individueller Handlungskompetenz verweist diese Binsenweisheit auf die Möglichkeiten für Jugendliche, politisch einzugreifen. Dazu gehört als Grundvoraussetzung, zuzuhören, wenn Jugendliche sich artikulieren. Es gibt aber kaum noch öffentliche Räume, in denen Jugendliche und Erwachsene aufeinandertreffen und Konflikte produktiv austragen können.

Zwischen Jugendlichen und der Politik herrscht Sprachlosigkeit. Jugendliche da aufzusuchen, wo sie sind, fällt kaum einem politisch handelnden Erwachsenen ein. Das ist für sie gleichbedeutend mit dem Betreten von feindlichen Terrain. Die Bearbeitung von Protest überläßt man lieber der Polizei oder der Jugendarbeit. Wo sind die Politiker und die Eltern, wenn die Kids fast jede Nacht irgendwo in Deutschland Ausländer jagen, wo waren sie, als sie sich vor den Stadien gegenseitig die Köpfe einschlugen? Statt Ausgrenzung des Protestgeschehens ist persönliche Einlassung der Politiker gefragt. Klaus von Dohnany hat in dem Konflikt um die Hamburger Hafenstraße mit seinem berühmten Ausspruch: »Ich verpfände mein Wort«, und einer konsequenten Politik, die darauf gründete, gezeigt, wie persönliche Einlassung eines Politkers deeskalierend wirken kann. Leider ist dieses Beispiel, das zudem schon fast historische Patina angesetzt hat, untypisch für das Verhältnis von Jugend und Poltik. So werden also die MitarbeiterInnen der Jugendarbeit weiterhin die Köpfe hinhalten müssen, damit die Kids überhaupt noch irgendeine Reibungsfläche haben. Vielleicht gelingt es der Jugendarbeit aber auch mal wieder, »ihren« Jugendlichen zu vermitteln: Wir sind die falsche Adresse.

Thomas Mücke

Jugend und Gewalt
Grenzen und Möglichkeiten der Jugendarbeit

Das veröffentlichte Bild von Jugendgewalt

In der aktuellen Diskussion über Jugendgewalt werden junge Menschen auffällig oft als Gewalttäter dargestellt. »Auffällig« deswegen, weil hier bewußt die Frage ausgegrenzt wird, wie sehr Kinder und Jugendliche Opfer von Gewalt sind. In der Öffentlichkeit entsteht der Eindruck, daß Jugendliche heutzutage die innere Sicherheit berühren, und sie werden somit zum Sicherheitsrisiko hochstilisiert. Der Ruf nach repressiven Maßnahmen wird damit lauter. Weiterhin kann Jugendgewalt auch politisch instrumentalisiert werden, wenn zum Beispiel hinsichtlich der Diskussion über gewalttätige Überfälle auf Flüchtlingswohnheime die Notwendigkeit der Asylrechtsänderung gefordert wird.

Lebenslagen und Perspektiven der heutigen Kinder- und Jugendgeneration, Gewaltverhältnisse in der Gesellschaft, Gewalt durch Erwachsene, gegen die eigene Person gerichtete Gewalt stehen nicht im Mittelpunkt der öffentlichen Diskussion. Da aber Kinder und Jugendliche Gewalt als Handlungsstrategie nicht erfinden, müssen sie etwas vorfinden, was gesellschaftlich schon vorhanden ist. Gewalt, Rechtsextremismus und Fremdenfeindlichkeit sind keine jugendspezifischen Phänomene. Die Ursachen liegen in der gesellschaftlichen Mitte.

Wenn Jugendgewalt in der Bundesrepublik Deutschland in den letzten Jahren zugenommen hat, dann heißt dies, daß sich Gewalterfahrungen in der Gesellschaft vermehrt haben. Um Fragen nach der politischen Verantwortlichkeit zu vermeiden, gibt es stets Versuche, Jugendgewalt zu einem Randgruppenproblem dieser Gesellschaft zu erklären. Die Konzentration der öffentlichen Betrachtung auf besonders auffällige Gewalterscheinungen durch Skinheadgruppierungen oder anderen Jugendgruppierungen reduziert die Gewalterscheinung unter Jugendlichen. Vorliegende Untersuchungen zeigen, daß 24% der 16- bis 17jährigen Jugendlichen Gewaltbereitschaft aufzeigen.[1]

Weiterhin zeigt die ständige Verjüngung gewaltbereiter Jugendlicher, daß die Gewaltproblematik keine vorübergehende Erscheinung ist und sein wird. Die sogenannte Wellentheorie, die von vorübergehenden und schon immer dagewesenen Gewaltphänomenen der Jugendgeneration ausgeht, wirkt verharmlosend, verschleiert die gesellschaftliche Zusammenhänge und den politischen Handlungsbedarf. Der Verbreiterungsgrad von Gewaltakzeptanz, -bereitschaft und -handeln unter Jugendlichen ist nicht nur eine pädagogische, sondern vor allem eine politische Herausforderung.

Warum werden Jugendliche gewalttätig?

In der konkreten Arbeit mit gewalttätig handelnden Jugendlichen ist immer wieder feststellbar, daß die Grenze zwischen Opfern und Tätern fließend ist. Jugendliche, von denen Gewalt ausgeht, empfinden ihr Verhalten als »normal«. Die Verinnerlichung der Normalität von Gewalt ist zumeist darauf zurückzuführen, daß sie selbst konkrete Gewalterfahrungen – sowohl körperlicher als auch psychischer Art – in ihrer Lebensgeschichte aufweisen. 20% aller Kinder und Jugendlichen in den alten Bundesländern sind von ernsthaften Formen der Vernachlässigung und Gewalt in ihren Familien betroffen[2]. Ein Kind braucht für die Entwicklung prosozialen Verhaltens und gewaltfreien Handelns kontinuierliche Unterstützung und Wärme, einfühlend-erklärendes Erziehungsverhalten und gleichzeitige Gewährung eines sich schrittweise erweiternden Handlungsspielraumes. Es steht aber fest, daß die Anzahl der Familien, die diese Bedingungen für das Kind gewährleisten können, abnimmt und somit die Gewalterfahrungen in Form von Vereinzelung für die Kinder in unserer Gesellschaft anwachsen. Die Familie wird zum Austragungsort gesellschaftlicher Konflikte, dessen Opfer immer die schwächsten Familienmitglieder sind.

Die neuere Jugendforschung[3] geht davon aus, daß die hiesige Gesellschaft in den letzten Jahren einen enormen Modernisierungsprozeß vollzogen hat. Die Menschen sehen sich zu dauernder Mobilität und Flexibilität angehalten, egal ob es nun den Berufs-, Bildungs- oder Familienbereich betrifft. Diese Entwicklung hat für Jugendliche mehr Unberechenbarkeit

---

[1] Vgl. *Heitmeyer* (1987b).
[2] Vgl. u. a. *Hurrelmann*, K., Junge Menschen als Opfer von Gewalt; in: *deutsche jugend*, 1/89, S. 11 - 18.
[3] Vgl. u. a. *Heitmeyer* (1992b).

des eigenen Lebensweges und Konkurrenzkampf mit sich gebracht, mit der Folge, sich ständig »behaupten« zu müssen. Das gesellschaftliche Postulat, »Der Stärkere soll sich durchsetzen«, wird von Jugendlichen verinnerlicht. Der allgemeine Streß, die Angst, angesichts gestiegener Anforderungen zu versagen, den Status und den Überblick zu verlieren, sind gestiegen und damit sind auch die Möglichkeiten zu dauerhaften sozialen Beziehungen geschrumpft. Individualisierung und Konkurrenz, Differenzierung und Pluralisierung von Lebenschancen sind nach heutigen Erkenntnissen die prägende Erfahrung der heutigen Jugendgeneration. Die gesellschaftlichen und biographischen Unübersichtlichkeiten erfordern eine enorme Identitäts- und Plazierungsarbeit, von der ein Teil der Jugendlichen überfordert ist. Die Auflösung sozialer Mileus, die zunehmenden Statusängste und die Unberechenbarkeit zukünftiger Lebenswege verbreitern Vereinzelungserfahrungen, Angstgefühle, Ohnmachtserfahrungen und Handlungsunsicherheiten. Besonders für die Menschen in den neuen Bundesländern sind diese Erfahrungen bedrohend, weil sie davon in einem schnellen Prozeß überrascht wurden. Die hier gemachten Ohnmachtserfahrungen werden noch durch eine ständige Entmündigung und eine Entwertung der bisherigen biographischen Erfahrungen dieser Menschen verschärft. Auf der Gefühlsebene hat sich das Syndrom der »Doppelverarschung« entwickelt (zum einen die vierzig Jahre vor der Wende und zum anderen die Enttäuschungen nach der Wende). Die Ansammlung von Resignation, Wut und Ohnmacht überträgt sich dort auf die Jugendgeneration.

Der Weg in die Gewalt ist für den Jugendlichen eine mögliche subjektive Verarbeitung seiner Lebensgeschichte und seiner Alltagserfahrungen, sein Kommentar zum Leben. Gewalt aus Normalität, Angst und Wut ist aus folgenden Gründen attraktiv:

1) Sie schafft Eindeutigkeit in unklaren und unübersichtlichen Situationen.
2) Während der Gewaltausübung kann der gewalttätige Jugendliche sich selbst demonstrieren, daß er nicht ohnmächtig ist. In der konkreten Gewaltausübung empfindet sich der Jugendliche als Gewinner der Situation, das Opfer ist der Verlierer. Der Jugendliche empfindet Macht, das Opfer ist ohnmächtig. Der Jugendliche kann jemanden erniedrigen, das Opfer muß sich erniedrigen lassen. Jugendliche, die Gewalt ausüben, kompensieren für einen kurzen Moment ihre eigenen alltäglichen Ohnmachtserfahrungen und das Gefühl auf der Verliererseite dieser Gesellschaft zu stehen.

3) Gewalt garantiert Fremdwahrnehmung und damit auch einen hohen Grad öffentlicher Aufmerksamkeit, die mit anderen Mitteln nicht mehr herstellbar ist. So wird zum Beispiel auf Jugendgruppierungen erst reagiert, wenn sie gewalttätig geworden sind. Wenn Jugendliche keine Möglichkeiten haben, »positive Streicheleinheiten« aus ihrer Umwelt zu erfahren, dann sorgen sie eben für »negative Schlagzeilen«. Hier hat Gewalt auch die Funktion eines Hilferufes. Dieser Hilferuf wird mediengerecht vermarktet.
4) Gewalt hat sich aufgrund von eigenen Sozialisationserfahrungen als ein »erfolgreiches« Handlungsmodell erwiesen.

Wenn Jugendgewalt die Folge eines Prozesses ist, der von den Alltagserfahrungen der Jugendlichen geprägt wird, kann damit noch nicht erklärt werden, warum die Gewalt sich auch gezielt gegen bestimmte Bevölkerungsgruppen richtet. Hierzu muß immer wieder untersucht werden, welche Hinweisreize die Gesellschaft selbst anbietet. Die Diskussion über Flüchtlinge (»Das Boot ist voll«) macht damit diese Bevölkerungsgruppe zur Zielgruppe gewalttätigen Handelns, weil die Täter mit ihren Gewalthandlungen durchaus dabei das Gefühl haben, im Rahmen gesellschaftlicher Akzeptanz zu handeln. An der Diskriminierung von Einwanderern nehmen gesellschaftliche Gruppen mit ihren jeweils eigenen Mitteln teil: Einige Politiker mit dem Ruf nach Gesetzesänderungen, einige Jugendliche mit Gewalttaten und einige Erwachsene mit »Beklatschen« dieser Gewalt.

Grenzen der Jugendarbeit

Obwohl Jugendarbeit nicht hilflos der Gewaltthematik gegenüberstehen muß und ihre bescheidenen Handlungsmöglichkeiten wahrnehmen sollte, dürfen gesamtgesellschaftliche Probleme nicht allein der Jugendarbeit zugeschrieben werden. Jugendarbeit muß sich stets ihrer Grenzen bewußt sein, wenn sie die Notwendigkeit des Handlungsbedarfes in Politik und anderen gesellschaftlichen Bereichen nicht verschleiern will. Jugendarbeit überfordert sich und fördert Resignation, wenn sie den Eindruck entstehen läßt, nicht nur in besonderem Maße für die Wahrnehmung gesellschaftlicher Probleme, sondern auch für deren ausschließlicher Bearbeitung zuständig zu sein. Jugendarbeit hat den Anspruch, soziale Probleme nicht isoliert, sondern in gesellschaftlichen Zusammenhänge zu erfassen und zu bearbeiten.

Die Jugendarbeit wird in der öffentlichen Diskussion überschätzt, wenn sie für das Auftreten von Jugendgewalt mitverantwortlich gemacht wird[4].

Bei der Gewaltthematik wird versucht, ein Versagen der Institutionen Familie, Schule und Jugendarbeit auszumachen, da diese nicht mehr in der Lage sind, Jugendlichen eine umfassende Lebensorientierung zu vermitteln. Ursache und Wirkung werden verdreht, die gesellschaftlichen Zusammenhänge sind ausgeblendet. Sind Kinder in einer Krise, so ist zumeist auch die Familie in einer Krise. Diese Krisen sind ein sozialer Indikator für eine zerstörte Lebensqualität in unserer Gesellschaft. Jugendarbeit sollte den Anspruch haben, soziale Probleme nicht isoliert, sondern in gesellschaftlichen Zusammenhängen zu erfassen und zu bearbeiten. Die Verantwortlichkeit für die Lebensumstände der Jugendlichen muß immer wieder betont werden.

Handlungsmöglichkeiten der Jugendarbeit am Beispiel der Streetworkarbeit in Berlin

Jugendarbeit kann nur bei den Jugendlichen wirken, die sie auch erreicht. Viele Angebote der Jugendarbeit haben eine »Komm-Struktur« und damit werden Jugendliche, die aus unterschiedlichen Gründen die bestehenden Angebote der sozialen Einrichtungen nicht nutzen, nicht angesprochen. Seit vielen Jahren wurde über aufsuchende Formen von Jugendarbeit diskutiert, welche die stationären Angebote ergänzen sollten. Aber erst vor dem Hintergrund zunehmender Jugendgruppengewalt und entsprechender Medienaufmerksamkeit verabschiedete das Berliner Abgeordnetenhaus im Mai 1990 das *Programm Aufsuchende Jugendsozialarbeit*. Der *Verein für aufsuchende Jugendarbeit »Gangway«* wurde mit der Umsetzung des Programmes beauftragt und begann im September 1990 seine Arbeit.

Als Rahmenbedingung für die Arbeit wurden folgende Kriterien vereinbart: Streetworker arbeiten nur im Team, weil ansonsten eine kontinuierliche Begleitung der Jugendlichen nicht gewährleistet ist. Außerdem unterliegt ein Team nicht so stark der Gefahr einer Überidentifikation mit der Jugendgruppe, weil Teamarbeit auch eine kritische Reflektion der eigenen Arbeit ermöglicht. Es wurden daher Teams aus mindestens drei Streetworkern gebildet, wodurch die Jugendlichen auch eine Auswahl bei den Ansprechpartnern haben. Die Teams sollen multikulturell besetzt sein und aus Männern und Frauen bestehen. Seit 1992 arbeiten bei *Gangway* insgesamt neun Teams im gesamten Stadtgebiet. Die Straßensozialarbeit soll mit

---

[4] Vgl. *Der Spiegel*, Nr. 35/91: »Sind Sozialpädagogen, Lehrer und linke Politik mitverantwortlich für rechte Straßengewalt?«

einem jeweiligen Stadtteil und seinen sozialen Institutionen vernetzt werden, das heißt Kontaktaufnahme, Beratung und gemeinsame Aktivitäten finden vorwiegend dort statt, wo die Jugendlichen ihren Lebensmittelpunkt haben.

Gangway arbeitet weitgehend mit den Jugendlichen zusammen, von denen Gewalt ausgeht. Diese Jugendlichen haben ihre eigenen Gewalterfahrungen bereits in der Kindheit gemacht, sind auf der ständigen Suche nach Anerkennung und nach Freiräumen in einer ansonsten beengten Umwelt und haben für sich das Gefühl von Zukunft (hinsichtlich Ausbildung, Arbeit und eigener Wohnung) bereits verloren. Sie haben gelernt, daß in der Gesellschaft das Recht des Stärkeren gilt und in dieser sind sie die Schwächeren. Angesichts der Tatsache, daß diese Jugendlichen nicht mehr die Möglichkeit haben, ihre Zukunft aktiv zu planen und zu gestalten und somit keine tragfähige Lebensperspektive entwickeln können, bleibt ihnen nur Angst, Ohnmacht und Resignation, die sie oft hinter einem Schutzschild aus Stärke und Gewalt verbergen und einzudämmen versuchen. Sie schließen sich in Gruppen zusammen als eine Form der Ersatzfamilie, um Vereinzelungserfahrungen zu entrinnen, wobei die Gruppe zumeist keine Stütze für die Bewältigung ihrer Lebensprobleme darstellt. In dieser Situation war oft die Polizei die einzige Instanz, die sich diesen Jugendlichen zuwendete.

Aufsuchende Jugendarbeit bietet eine besondere Möglichkeit, die Ursachen für Gewalt und Extremismus und die realen Bedürfnisse der Jugendlichen kennenzulernen, da das gesamte Lebensumfeld der Jugendlichen im Blickfeld ist. Die Beziehungen zwischen Jugendlichen und Sozialarbeitern sind authentisch, eben weil sich die Jugendarbeiter selbst in das Lebensfeld der Jugendlichen begeben.

Ziel der Straßensozialarbeit mit Jugendlichen ist es, die Jugendlichen mit ihren Alltagserfahrungen nicht allein zu lassen, der sozialen Ausgrenzung entgegenzuwirken und in kritischen Lebenssituationen konkret Hilfe anzubieten. Straßensozialarbeit in diesem Sinne heißt nicht, Jugendliche von der Straße zu holen, um sie andernorts »aufzubewahren«, sondern sie ist ein solidarischer, parteilicher und kritischer Arbeitsansatz mit Jugendlichen auf der Basis von Vertrauen und Freiwilligkeit. Aufsuchende Jugendarbeit betrachtet das gesamte Lebensumfeld der Jugendlichen. Sie ist daher stadtteilorientiert, auch um jugendfeindliche Strukturen transparent zu machen und notwendige Veränderungen einzufordern. Der Verein *Gangway* will dabei eine Lobby für und mit den Jugendlichen sein. Das Prinzip der Straßensozialarbeit lautet hier: Keine Feuerwehrfunktionen an Aktionsbrennpunkten, sondern der Versuch konkret im Stadtteil zu helfen. Streetworker können Vertrauen, Zuverlässigkeit und Fachwissen anbieten und versuchen, den kreativen Potentialen der Jugendlichen Raum, Ausdrucksmöglichkeiten und Gehör zu verschaffen. Auf diesem Wege ist es dann auch möglich, gewaltfreie Konfliktlösungsstrategien anzubieten und einzuüben. Dazu ist *Gangway* auch ein Vermittler und Friedensstifter zwischen verfeindeten Gruppierungen und andersdenkenden Jugendlichen.

Zu den ersten Arbeitsschritten eines Teams gehört neben der Aneignung von Kenntnissen über die Stadtteilstrukturen auch die Kontaktaufnahme zu den Jugendlichen. Diese Kontaktaufnahme gehört zu den schwierigsten Phasen der aufsuchenden Jugendarbeit. Nur wenn es gelingt, zu den Zielgruppen Kontakt zu bekommen, können Hilfen vermittelt sowie Veränderungsprozesse eingeleitet und unterstützt werden. In dieser Phase kommt es darauf an, folgende Punkte zu beachten: (1) Grundsätzlich ist es bei jeder Kontaktaufname notwendig, sich um die Transparenz der eigenen Handlungen und Motive und um Aufrichtigkeit bezüglich seiner Interessen zu bemühen, denn den Jugendlichen muß es möglich sein, die Angebote auch abzulehnen. (2) In der Kontaktphase findet in der Regel keine Beratungstätigkeit statt. Es ist nicht die fachliche Kompetenz des Streetworkers gefragt, sondern seine Authentizität, seine Motivation und sein Interesse für den Adressaten. (3) Nicht nur der Streetworker ist in der Kontaktphase verunsichert, sondern in der Regel auch die Adressaten. Der Streetworker muß die Fragen und Befürchtungen der Jugendlichen ernst nehmen und deutlich machen, was er nicht macht (zum Beispiel Weitergabe von Informationen an die Polizei). (4) Nicht nur der Streetworker muß von den Jugendlichen akzeptiert sein, sondern auch seine Hintergrundeinrichtung und die Institution, wo er eingestellt ist. (5) Nicht jeder Jugendliche aus der Zielgruppe wird in der Kontaktphase den Streetworker akzeptieren. Diese erste Vertrauensarbeit zu den Jugendlichen ist zeitaufwendig. Den Zeitpunkt und die Intensivität der Interaktion zwischen Streetworker und Jugendlichem bestimmt der Jugendliche. Der Streetworker kann diesen Vorgang vor allem durch seine grundsätzliche – nach außen hin auch sichtbare – Ansprechbarkeit beeinflussen.

Die Art der Kontaktaufnahme des Streetworkers ist situations- und personenabhängig. Zumeist wird die offensive Form praktiziert, bei der der

Streetworker die ersten Kontakte selbst initiiert und dabei versucht, sein Vorhaben, seine pädagogische Rolle und Funktion bekannt zu machen.

Nachdem der Streetworker den ersten Kontakt mit den betreffenden Jugendlichen aufgenommen hat, geht es darum, diesen Kontakt zu intensivieren und um weitere Adressaten aus der Zielgruppe zu erweitern. Bei der Kontaktphase muß sich der Streetworker bemühen, im lebensweltlichen Milieu der Jugendlichen akzeptiert zu werden und Vertrauen aufzubauen. Er muß sich darüber im klaren sein, daß er anfangs die Position eines Fremden einnimmt. Er muß sich erst grundsätzlich orientieren, das heißt sich mit den Orientierungen, den dominanten Verhaltensweisen und den Lebenssituationen der Jugendlichen vertraut machen und versuchen, wahrzunehmen, welche Erwartungen an ihn geknüpft werden. Der Streetworker ist am Anfang immer ein Lernender, wobei die wesentlichen Lernerfahrungen für ihn von den Jugendlichen selbst vermittelt werden. Um von der Zielgruppe akzeptiert zu werden und um Lernerfahrungen sammeln zu können, muß bei dem Streetworker eine starke Bereitschaft dazu vorhanden sein, am lebensweltlichen Kontext teilzunehmen und – soweit vertretbar – darin aktiv mitzuwirken. Der Streetworker ist also nicht nur in seiner professionellen Kompetenz, sondern auch mit seiner interaktiven Alltagskompetenz gefordert. Eine weitere für die praktische Arbeit – nicht nur in dieser Phase – notwendige Grundorientierung des Streetworkers ist es, trotz offensichtlicher Hilfsbedürftigkeit des Adressaten, seine Hilfsangebote nicht aufzudrängen. In der Kontaktphase kommt es vor allem darauf an, (1) die Bedürfnisse und Interessen der Jugendlichen kennenzulernen und erste Angebote zu offerieren, ohne dabei die Jugendlichen zu »entmündigen«; (2) den Jugendlichen die Möglichkeit zu geben, den Streetworker selbst in seiner Ganzheit kennenzulernen, damit Vertrauen wachsen kann; (3) nach Möglichkeit erste gemeinsame Aktivitäten zu unternehmen, damit die Beteiligten sich nicht nur über die »Sprache« kennenlernen. Gemeinsame Aktivitäten stärken das Vertrauensverhältnis und erleichtern es den Jugendlichen Beratungshilfen anzunehmen.

Die bisherigen Erfahrungen in der Berliner Streetworkarbeit zeigen, daß Jugendliche auf der Straße Ansprechpartner suchen. Obwohl aufsuchende Jugendarbeit ein freiwilliges Angebot ist, also von Jugendlichen abgelehnt werden kann, stellte sich heraus, daß der Kontakt und der Aufbau von vertraulichen Beziehungen zu den Jugendlichen angenommen wird. Es hat sich gezeigt, daß diese Jugendlichen erreichbar sind.

Die über Streetworkarbeit hergestellten Kontakte zu den Jugendlichen sind der Ausgangspunkt für eine längerfristige Arbeit mit ihnen. In dieser Phase finden alle Maßnahmen statt, welche prozeßhaft die Lebenssituation der Jugendlichen verändern helfen. Hierbei hat der Streetworker sein Bemühen und seine Kompetenz zu beweisen, daß er sich für die Interessen der betreffenden Jugendlichen einsetzt, aber vor allem auch, daß er den Jugendlichen zutraut, selbst auf eine Verbesserung ihrer Situation hinzuwirken. Diese Maßnahmen können sein:

1) Freizeitpädagogische Maßnahmen und Gruppenaktivitäten: Sie setzen an den Freizeitbedürfnissen der Jugendlichen an. Diese Aktivitäten ermöglichen Spannung, Gemeinschaft, Erregung und sind auch ein Äquivalent zu gewalttätigen Handlungsweisen, bei denen diese emotionalen Erlebnisgehalte auch vorkommen.
2) Lebensorientierte Maßnahmen: Hier können Maßnahmen zur Bewältigung von Alltagsproblemen und Identitätskonflikten angeboten werden. Bei der Vermittlung von Hilfen beschränken sich die Streetworker nicht nur auf die Vermittlung von Informationen, sondern versuchen direkte Hilfen anzubieten. Dabei sollte auch der intensive Kontakt zu anderen Einrichtungen gesucht werden, die mit ihrem spezialisierten Handlungswissen zur Bearbeitung bestimmter Problemstellungen herangezogen werden können, um damit die Hilfsangebote für die Jugendlichen zu optimieren.
3) Maßnahmen der sozialen Konfliktregelung: Hierunter sind Maßnahmen zu verstehen, die Vorurteilsfreiheit und Gewaltfreiheit fördern und den Jugendlichen Möglichkeiten aufzeigen, sich im gesellschaftlichen Leben einzumischen. Hierunter können zum Beispiel folgende Maßnahmen fallen: Friedliche Begegnungsmöglichkeiten zwischen rivalisierenden Jugendgruppen oder Jugendgruppen aus unterschiedlichen Meinungsspektren zu schaffen, die dazu führen, daß gegenseitige Vorurteile abgebaut werden; Unterstützung einer öffentliche Darstellung der Jugendgruppe in den Medien, um einer öffentlichen Stigmatisierung entgegenzuwirken und um auf Benachteiligungen der betroffenen Jugendlichen hinzuweisen.
4) Sozialräumliche Maßnahmen: Diese Maßnahmen unterstützen die Jugendlichen bei der Suche nach Treffpunkten und Gruppenaktivitäten.
5) Stadtteilorientierte Maßnahmen: Hierunter sind alle Maßnahmen zu verstehen, die zu einer Verbesserung der Lebenssituation der Jugendli-

chen im Stadtteil führen, u.a. Vernetzung aller lokalen sozialarbeiterisch tätigen Einrichtungen und Ämter, Herstellung von Kontakten zu bestehenden Initiativen, Selbsthilfegruppen, Schulen, Kirchen etc..

In der Arbeit mit den Jugendlichen kommt es darauf an, sich darum zu bemühen, daß die Jugendlichen sich nicht selber schaden und auch andere nicht schädigen. Um Gewaltorientierungen bei Jugendlichen abzubauen und ihre Lebensperspektiven zu verändern, haben sich folgende sozialpädagogische Handlungsprinzipien als erfolgsversprechend herauskristallisiert:

1) Wenn Jugendarbeiter die Bereitschaft aufzeigen, den Jugendlichen zuzuhören, signalisieren sie damit nicht nur Interesse für die Alltagssituationen der Jugendlichen, sondern ermöglichen auch Entlastung für die Jugendlichen, dadurch, daß sie die Gelegenheit haben, sich mitteilen zu können, weil sie Bezugspersonen gefunden haben.
2) Jugendliche mit Gewaltorientierungen haben nicht nur das Gesicht der Gewalt, sondern zumeist auch ein zweites Gesicht, welches von sozialen Fähigkeiten, kreativen Kompetenzen und dem Wunsch nach positiver Resonanz geprägt ist. Ein Beispiel: Einen Jugendlichen, der an einem Tag jemanden sinnlos zusammengeschlagen hat, treffe ich einige Tage nach seiner Gewalttat durch Zufall in einem Behindertenzentrum wieder. Dort verbrachte er freiwillig und aus eigenem Antrieb seine Freizeit mit behinderten Jugendlichen. Auf die Frage, warum er das tue, gab er mir die Antwort: »Das sind Außenseiter der Gesellschaft wie ich, für die bin ich auch bereit, etwas zu tun«. In der pädagogischen Arbeit kommt es darauf an, dieses zweite Gesicht des Jugendlichen wahrzunehmen, anzuerkennen und wertzuschätzen. Somit braucht ein Jugendlicher Selbstwertgefühl nicht über Gewalthandlungen aufzubauen. Es kommt darauf an, die positiven Ressourcen der Jugendlichen zu aktivieren.
3) Wird der Streetworker als Bezugsperson akzeptiert, hat er auch eine Vorbildfunktion. Er zeigt selbst, wie er mit Konfliktsituationen umgeht und kann damit Jugendliche neugierig machen, gewaltfreie Lösungsstrategien in Konfliktsituationen auszuprobieren.
4) Die Erfahrungen in der Streetworkarbeit zeigen, daß Jugendliche wieder schrittweise ihrer eigenen Konflikt- und Handlungsfähigkeit näher gebracht werden können. Gelingt es dabei, daß der Jugendliche das Gefühl einer für sich planbaren Zukunft entwickelt, verringern sich seine Angst, sein Ohnmachtsgefühl und seine Handlungsunsicherheiten. Gleichzeitig reduziert sich seine Neigung zum gewalttätigen Handeln erheblich.

5) In der Beziehungsarbeit zu den Jugendlichen sind Empathie, Anerkennung und Akzeptanz zu den Jugendlichen die Schlüsselthemen. Die Jugendlichen haben zuvor in ihren gesellschaftlichen Nahbereichen zumeist Abwertung, Ablehung und Unverständnis erfahren. Nicht nur, daß Nähe, Geborgenheit und Ernstnehmen an sich schon gewalthemmende Wirkungen haben, es wird damit auch die Distanz zum eigenen Verhalten ermöglicht, das heißt die Bereitschaft zur kritischen Auseinandersetzung zum Beispiel über Gewalt und Intoleranz.

Der *Verein Gangway* arbeitet in einem Bereich, wo eine Zusammenarbeit vieler sozialer Einrichtungen und Träger notwendig ist und leistet seinen Beitrag zur Vernetzung sozialer Dienste. *Gangway* arbeitet aber auch mit Jugendlichen, die nicht selten zu den Adressaten polizeilicher Arbeit gehören. Dennoch darf hier eine Zusammenarbeit nur sehr begrenzt und für die betroffenen Jugendlichen jederzeit transparent sein. Die Gemeinsamkeit beider Berufsgruppen ist, daß sie keine Patentlösung für das Gewaltproblem bei Jugendlichen haben, sondern daß die Lösung des Problems in der Gesellschaft und durch die Politik stattfinden muß. Aber beide Berufsgruppen haben unterschiedliche Berufsrollen und Zielsetzungen, die es zu akzeptieren gilt. Die Aufgaben der Polizei sind Strafverfolgung und Gefahrenabwehr, das Ziel des Sozialarbeiters ist eine Lebensverbesserung des Jugendlichen. Jugendarbeit ist daher nie der verlängerte Arm polizeilicher Ermittlungen und darf sich nie dem Verdacht einer »Undergroundagententätigkeit« aussetzen, da sonst jegliches Vertrauen zu den Jugendlichen zerstört wird. Und Polizisten sind keine Sozialarbeiter, daher sollten sie auch nicht im Rahmen ihrer Präventionsarbeit sozialarbeiterische Tätigkeiten übernehmen, denn sie unterliegen stets dem Legalitätsprinzip, das heißt bei Kenntnisnahme von Straftaten, müssen sie diese anzeigen und ermitteln. Im Interesse der Glaubwürdigkeit der Sozialarbeit muß zwischen den Tätigkeitsbereichen der Polizei und der Sozialarbeiter eine Grenze gezogen werden. Auch in diesem Zusammenhang ist die Forderung nach einem noch nicht existierenden Zeugnisverweigerungsrecht für Sozialarbeiter nach wie vor aktuell. Dennoch sollten Polizisten und Sozialarbeiter einen kritischen Diskurs über ihre unterschiedlichen Berufsrollen führen. Und vielleicht kann dabei die Sozialarbeit manche Polizisten dafür sensibilieren, Sichtweisen über Jugendliche zu korrigieren und gemeinsam politische Veränderungen für eine bessere Zukunft für die Jugendlichen einzufordern.

Der *Verein Gangway* versteht seine Arbeit nur als einen Tropfen auf den heißen Stein und möchte nicht als eine Art »flächendeckende soziale Feuerwehr« mißverstanden und als Allheilmittel gesellschaftlicher Probleme mißbraucht werden.

Perspektiven der Jugendarbeit

Desintegrationserfahrungen für die Kinder und Jugendliche werden in Zukunft eher zunehmen. Das bleibt für die Jugendarbeit nicht ohne Konsequenzen:

1) Da die Jugendarbeit über tiefgehende Kenntnisse zur Lebenslagen von Jugendlichen verfügt, muß sie diese verstärkt in den öffentlichen Diskurs über Lebenslagen und Perspektiven von Kindern und Jugendlichen einbringen. In diesem Diskurs sind folgende Fragestellungen zentral: Wo liegen die konkreten Probleme von Kindern und Jugendlichen? Wie können die Überforderungen des Familiensystems abgebaut werden? Wie können die Lebensbedingungen im Stadtteil verbessert werden? Welche politische Veränderungen sind notwendig? Denn Gewalt tritt immer noch am häufigsten unter Armutsbedingungen und sozialem Streß auf.
2) Die Gewaltdiskussion darf nicht dazu führen, daß sich die Jugendarbeit nur noch auf die auffälligen Gewalterscheinungen, die zumeist bei Jungen feststellbar sind, konzentriert, weil sie sonst den Blick für die Mädchen verliert, die ihre defizitären Lebenslagen unauffälliger verarbeiten als die Jungen. Hierzu muß auch die gegen die eigene Person gerichtete Gewaltanwendung, entschieden mehr thematisiert werden.
3) Die Jugendarbeit steht wie andere sozialpädagogische Handlungsfelder vor der zentralen Herausforderung, wie sie für Kinder und Jugendliche hinsichtlich ihrer Alltagserfahrungen ein verläßlicher Ansprechpartner sein kann und sie bei der Identitätsfindung unterstützen kann. Das bedeutet aber, daß die Handlungsmöglichkeiten der Jugendarbeit durch neue Arbeitsformen, Qualifizierung des Personals, Ausweitung der finanziellen, räumlichen und personellen Mittel erweitert werden muß. Insgesamt erfährt die Kinder- und Jugendarbeit aber zur Zeit erhebliche Einschränkungen. Neue Haushaltstitel entstehen nur im Zusammenhang mit auffälliger Gewalt, über Präventionsarbeit wird nicht nachgedacht. Die Notwendigkeit einer Ausweitung der Kinder- und Jugendarbeit ist unvermeidbar und gesellschaftlich verursacht. Einsparungen in diesem Bereich werden hohe Folgekosten nach sich ziehen.

Reinhard Teuber

Gewalt und Sozialarbeit –
Zum Beitrag der Jugendsozialarbeit

Strategien präventiver Handlungsorientierung durch die Jugendhilfe bekommen insbesondere auch in der Diskussion um Jugend und Gewalt eine neue Dimension. Bei der Auseinandersetzung um die Gewaltbereitschaft des Individuums rückt der Stellenwert der sozialen und gesellschaftlichen Umfeldbedingungen in den Vordergrund.

Wenn sich Jugendliche öffentlich auffällig und gewalttätig verhalten, so kann dies häufig als ein Hilferuf an die Gesellschaft verstanden werden, um Sinn- und Zukunftsperspektiven eröffnet zu bekommen und ernstgenommen zu werden. Die Strategien der Jugendsozialarbeit vor dem Hintergrund der aktuellen Entwicklung der Handlungsebenen und der derzeitigen Diskussion bieten die Möglichkeit, gemeinsam mit den Jugendlichen persönliche Lebensplanungen zu erarbeiten, die jenseits abweichender Konfliktlösungen orientiert sind und praktische und existenzielle Erfahrungen vermitteln. Jugendsozialarbeit in ihrem aktuellen Kontext kann unter Voraussetzung eines entsprechenden Handlungsrahmens durch den individuellen Gebrauchswert der Hilfsangebote, praktische Erfolgserlebnisse und somit positive Erfahrungen über einen längeren Zeitraum vermitteln, die zu einer langfristigen beruflichen Qualifikation und sozialen Integration führen.

1. Umriß einer Begriffsbestimmung und zur Zielgruppenspezifika

Jugendsozialarbeit gewann in der Vergangenheit jeweils an Bedeutung, wenn die Jugendhilfe auf zeitlich begrenzte Notsituationen reagierte. Sie kann heute aufgrund der derzeitigen gesellschaftlichen Entwicklung, unter Berücksichtigung sozialer und ökonomischer Zukunftsprognosen, sowie aufgrund der Erfahrungen der Entwicklungsverläufe Jugendlicher der letzten Jahre, ein adäquates Instrumentarium sein, zukunftsorientiert und langfristig, kontinuierlich angelegte, konkrete Hilfeleistungen bieten zu können.

Die Jugendsozialarbeit hatte erstmalig im Nachkriegsdeutschland einen hohen Stellenwert. Vor dem Hintergrund zerstörter Produktionsanlagen und Millionen von Flüchtlingen diente sie der beruflichen und sozialen Integration von Jugendlichen und jungen Erwachsenen.

Mitte der 70er Jahre erhielt sie angesichts der hohen Arbeitslosenquote, insbesonders auch derer von Jugendlichen, einen neuen Stellenwert. Die sozialpädagogischen und arbeitsmarktorientierten Aufgabenstellungen wurden im wesentlichen freien Trägern in Form von überbetrieblichen Ausbildungsmaßnahmen übertragen. Eine direkte Abhängigkeit von ABM-Verträgen der Mitarbeiter und eine unmittelbare Abhängigkeit der Träger durch die Auftragsvergabe der Bundesanstalt für Arbeit bei beruflichen Ausbildungs- und Integrationsmaßnahmen stellte jedoch in der Folge eine nicht unerhebliche Problematik dar. Aufgrund eines ständig wechselnden Anleiterkreises konnte das jeweils entwickelte Know how nicht transferiert, konzeptionell weiterentwickelt und *verfeinert* werden. Die Träger konnten nur schwerfällig auf veränderte Anforderungen des Arbeitsmarktes reagieren, da ein wesentliches Augenmerk auf das *Füllen* der Maßnahmen durch die Bundesanstalt für Arbeit zur Weiterfinanzierung gerichtet werden mußte. Wenn genügend Zuweisungen von Teilnehmern erfolgten, wurden die Inhalte der Angebote und deren arbeitsmarktorientierte Zielrichtung weniger hinterfragt.

Im Kontext des aktuellen Diskussionsstandes ist Jugendsozialarbeit eine originäre Aufgabe der Jugendämter. Im neuen Kinder- und Jugendhilfegesetz (KJHG) wird die Jugendsozialarbeit als ganzheitliches Angebot in kommunaler Aufgabenstellung definiert. Während jedoch andere Bereiche der Jugendhilfe wie die Jugendgerichtshilfe, die Familiengerichtshilfe oder Jugendarbeit in der Regel zu Pflichtaufgaben der Jugendhilfeträger geworden sind, besteht (wie noch ausgeführt wird) für die Jugendsozialarbeit vor dem Hintergrund der weiteren gesellschaftlichen Entwicklung noch erheblicher Handlungsbedarf der Kommunen.

Jugendsozialarbeit darf und will den Blick nicht dahin verstellen, daß marktbenachteiligte Jugendliche, die aus demografischen, ausbildungs- und arbeitsmarktpolitischen Gründen ohne berufliche Perspektive bleiben, strukturpolitische Lösungsansätze in Ausbildungs- und Beschäftigungssystemen benötigen. Sie besitzt jedoch eine neue Qualität im Rahmen der

Jugendhilfe, um aus der Reaktions- und Lückenbüßerfunktion herauszukommen und sich in Handlungsfeldern, wie dem der beruflichen Bildung, der Jugendbeschäftigung oder Wohnraumpolitik zu betätigen.

Im 8. Jugendbericht heißt es: »Ausbildung, Beruf und Arbeit sind unumstritten zentrale lebens- und gesellschaftliche Erfahrungsbereiche, die sowohl soziale und persönliche Identität vermitteln als auch materielle Existenz sichern. Ihnen kommt im Prozeß der Eingliederung der Heranwachsenden Generation in die Gesellschaft eine fundamentale Bedeutung zu«.[1] Insbesondere während der Rezession der 70er Jahre manifestierte sich der Begriff »Jugendarbeitslosigkeit«. Arbeitslosigkeit und Wohnungsprobleme bedrohen derzeit auch gerade in den östlichen Bundesländern viele junge Menschen. Aber auch angesichts der Entwicklung in den alten Bundesländern verfestigt sich das Problem der Arbeitslosigkeit insbesondere bei denjenigen, die als »benachteiligt« bezeichnet werden und den gestiegenen Anforderungen auf dem Arbeitsmarkt ohne Hilfestellung nicht genügen können. In Anbetracht qualitativ wie quantitativ wachsender schulischer wie beruflicher Ausbildungs- und Qualifikationsanforderungen an Jugendliche wird die Situation für den Personenkreis der benachteiligten jungen Menschen immer bedrängender und chancenloser.

Fehlt dann die nötige innere Stabilität und Sicherheit, so können sich Verhaltensweisen entwickeln oder verstärken, die zur Isolierung und zum »Ausstieg« aus der sozialen Umwelt und der Arbeitswelt führen.

Die Jugendhilfe muß mit der Jugendsozialarbeit auf die Tatsache reagieren, daß auch in Zeiten wirtschaftlicher Prosperität, nach wie vor Problemgruppen unter Jugendlichen und jungen Erwachsene bestehen, die ohne Hilfe nicht in das Erwerbs- und Ausbildungsleben integriert werden können.

Angesichts der Legenden der durch die Akteure der Jugendsozialarbeit betreuten jungen Menschen kann sich m. E. der Gewaltbegriff nicht allein auf physische Gewaltanwendung reduzieren. Im Kontext der Lebenserfahrungen des Klientels erscheinen aggressive Verhaltensauffälligkeiten als »logische« Konsequenz aus der sprichwörtlichen Gesetzmäßigkeit »Gewalt erzeugt wieder Gewalt«. Zur Erhellung der Ursachen beschreibt z. B. *Theunert* die historische Veränderbarkeit von Ausprägungsformen personaler Gewalt: »Physische Gewalt, die in früheren Gesellschaftssystemen in vielen Bereichen, etwa in Erziehungsund Arbeitsverhältnissen weit verbreitet war

[1] *BMJFFG* (1990), S. 123.

und als 'normal' betrachtet wurde, ist heute weitgehend zurückgedrängt. Ihre Funktion wird heute gleichermaßen über die Mittel der psychischen und strukturellen Gewalt erfüllt. Ein Lehrer braucht seinen lernunwilligen Schüler nicht mehr mit Prügel zum Lernen zu bewegen: Die Notengebung und die damit verbundene Auslese für die Verwirklichung sozialer Chancen oder die Lehrstellenknappheit und der damit einhergehende erhöhte Qualifikationsdruck erfüllen den gleichen Zweck. Die direkte physische Gewalt wird ersetzt durch die subtilere Form der psychischen Gewalt, oder ihre Funktionen werden gewährleistet über die anonymen und indirekten Formen der strukturellen Gewalt. Diese Gewaltmittel besitzen dieselbe – wenn nicht eine höhere – Effektivität«.[2]

Die Jugendphase führt regelmäßig durch Entwicklungperioden, die mit Risiken und Gefährdungen verbunden sind. Kommen nun in der Entwicklungsphase außergewöhnlich starke Belastungen durch problematische Elternbeziehungen sowie mehr oder weniger stark ausgeprägte Armut hinzu (häufig verbunden mit einer Herkunft aus mutterzentrierten Familien, ausgeprägter Trennung der Lebensbereiche der Geschlechter und ehelicher Rollen, Dominanz des Mannes), können sich Verhaltensweisen entwikkeln, die einer erhöhten Gewaltbereitschaft dienlich sind. Im folgenden können die in der Praxis der Jugendsozialarbeit festgestellten fünf Verhaltenskomplexe von Jugendlichen festgestellt werden, die im Sinne des Arbeitsansatzes der Jugendsozialarbeit als »benachteiligt« definiert werden:

1. *Eingeschränkte Fähigkeit der Identitätsfindung:* Durch defizitäre oder gestörte Sozialisationsprozesse kann sich keine stabile Identität herausbilden. Die Jugendlichen leiden unter Unsicherheit, und es wird oft ein übersteigertes Selbstbewußtsein vorgeschoben. Die benachteiligten Jugendlichen verfügen nur über begrenzte Möglichkeiten der Selbstkontrolle und können zu übersteigerten Problemlösungsmustern neigen. Sie haben verlernt, bestimmte Entscheidungen nach sachlichen Gesichtspunkten zu treffen. Des weiteren kann ein vorherrschendes Gefühl, »zu kurz gekommen zu sein«, zu einem übersteigertem Anspruchsverhalten führen. Parallel dazu können stark depressive Verhaltensweisen auffällig werden.
2. *Soziale Kompetenz:* Die Jugendlichen sind häufig auf eine Außenseiterbzw. Randposition sozialisiert, dies kann zu einer extrem niedrigen Frustrationsschwelle bei auftretenden Problemen führen. Es lassen sich

[2] *Theunert* (1987), S. 55.

zwei Verhaltensweisen gegenüber Formen der Autorität erkennen a) starke Autoritätsabhängigkeit und b) übersteigerte Sensibilität gegenüber jeglicher Form von Autorität.

3. *Kommunikationsfähigkeit:* Durch langjährige Sozialisationsbedingungen entstehen vor dem Hintergrund mangelnder Akzeptanz durch Gleichaltrige eingeschränkte Kommunikationsmöglichkeiten, welche zu Artikulationsschwierigkeiten führen können. Die Auswirkungen können Kontaktschwierigkeiten bis hin zu Kontaktängsten sein. In deren Folge wird ein Informationsdefizit über Ausbildungswege etc. verzeichnet, das unter »normalen« Voraussetzungen durch ausgebildete Sozialkontakte nicht entsteht. Durch mangelnde Ausprägung der Kommunikationsfähigkeit kann ein die Bereitschaft zu einer sachlichen und selbstkritischen Einordnung retardieren (»Unbelehrbarkeit«).
4. *Lern- und Leistungsvermögen:* Ein Großteil der durch die Jugendsozialarbeit betreuten Jugendlichen gelten als lernbeeinträchtigt, es fehlen Schulabschlüsse. Sie wurden teilweise schon zu Beginn ihrer Schulzeit als Lernbehindert kategorisiert. Der nachhaltige Einfluß durch das Erfahren von sozialen Mißerfolgen führt häufig zu einem gestörten Selbstwertgefühl, persönlicher Ausweglosigkeit. Motorische Unruhe und Konzentrationsschwächen treten häufig als Folgeerscheinungen auf.
5. *Allgemeine Basisqualifikationen als Voraussetzung für einen beruflichen Werdegang:* Entsprechend ihrer psychischen und sozialen Leistungsfähigkeit sind die Klienten der Jugendsozialarbeit häufig nicht in der Lage, die sogenannten Arbeitstugenden wie Pünktlichkeit, Genauigkeit, Werktreue, Durchhaltevermögen etc. zu entwickeln. Häufig fehlt die Fähigkeit, mit anderen konfliktfrei zusammenzuarbeiten.
6. *Formen reaktiver Gewalt:* Gewalt taucht bei den Verhaltensweisen dieses Klientels – neben den hinlänglich in den Medien beschriebenen – in verschiedenen Erscheinungsformen auf. Sie kann sich ebenso *nach innen richten*. Krankheiten können sich einstellen oder verstärken. Psychosomatische Erscheinungsbilder können die Folge sein, bishin zu psychotischen Phänomenen (Suizid). Des weiteren spielen Alkoholmißbrauch und Drogenmißbrauch eine erhebliche Rolle bei sich anbietenden *Fluchtwegen* aus der subjektiv nicht zu bewältigenden Realität.

Nach Einschätzung aller bekannten Prognosen wird die Situation für folgenden Personenkreis lang- und mittelfristig zunehmend problematischer. Bei der *Zielgruppe* der Jugendsozialarbeit handelt es sich insbesondere um

- Sonderschüler/innen,
- Schulabgänger/innen ohne Hauptschulabschluß,
- Maßnahme- und Ausbildungsabbrecher/innen,
- junge Menschen mit Maßnahmekarrieren,
- junge Menschen in wenig zukunftsbezogenen Ausbildungsberufen,
- junge Menschen mit eingeschränkter körperlicher, geistiger oder seelischer Leistungsfähigkeit,
- junge Menschen mit Motivationsschwierigkeiten und mangelndem Durchhaltevermögen,
- junge Menschen aus sozial benachteiligten Familien,
- sozial gefährdete junge Menschen,
- junge Frauen und
- Ausländer/innen und Aussiedler/innen.

In der Regel liegen bei den betroffenen jungen Menschen mehrere der genannten Benachteiligungen vor.

2. Methodische Ansätze der Jugendberufshilfe

Grundsätzlich scheint der *Defizitansatz* angesichts der sogenannten Maßnahmekarrieren als überholt. Nicht an dem, was die jungen Menschen nicht können, sondern an dem, was sie können, ist anzusetzen. Hier ist Kooperation und Sensibilität der Akteure (Lehrer, Ausbilder und Sozialarbeiter) notwendig, um individuell zugeschnittene und bausteinartig anpassbar gegliederte Hilfs- und Integrationspläne für die einzelnen zu entwickeln.

Die Jugendsozialarbeit ist hier eine Querschnittsaufgabe – von der Schulsozialarbeit – bishin zu berufsbegleitenden Hilfen und der nachgehenden Betreuung. Eine Jugendberatung der Jugendsozialarbeit kann nicht besser sein, als das jeweilige (Hilfs-) Angebot vor Ort. Kritische Aspekte dürfen nicht übersehen, sondern müssen in die Handlungsfelder der Jugendsozialarbeit im Sinne einer Einmischungsstrategie Berücksichtigung finden. Die Jugendberufshilfe muß sich im Interesse ihrer Zielgruppe in die Arbeitsmarkt- und Wirtschaftspolitik, in Struktur-, Regional- und auch in Bildungspolitik einmischen und Kooperation mit den Verantwortlichen suchen.

Bekannterweise kann Sozialarbeit nicht die wirtschaftlich strukturellen Probleme von Armut und Arbeitslosigkeit lösen. Dennoch besitzt die Jugendsozialarbeit, insbesondere die Jugendberufshilfe, ein erhebliches Potential, welches sie weit mehr als einen Beitrag zur Bekämpfung der Jugendarbeitslosigkeit sein lassen kann.

In der Beurteilung der derzeitigen Praxis hat *Elke* jedoch noch weitgehend recht: »Die Jugendberufshilfe hat sich noch nicht aus dem Kontext von konjunkturell und demografisch bedingter Arbeitslosigkeit herauslösen können. Dieses Selbstverständnis zeigt sich oft genug in einer defensiven Strategie der Jugendberufshilfe. Auch in der Öffentlichkeit sowie bei vielen Politiker/innen blieb dieser Kontext prägend.«[3] Bisher wurden die wichtigsten Felder der Jugendsozialarbeit wie Jugendberufshilfe, das Jugendwohnen und die Aussiedlerarbeit noch nicht als substantieller Bestandteil kommunaler Jugendund Sozialpolitik begriffen. *Elke* erkennt richtig: »Leider wird von vielen Politikern/innen, aber auch innerhalb von Verwaltungen, die konjunkturunabhängige und von der Demografie unabhängige Rolle der Jugendberufshilfe nicht verstanden«.[4] Allgemein wird bei politisch Verantwortlichen m. E. noch zu wenig erkannt, daß z. B. trotz einer Verbesserung der Arbeitsplatzsituation von jungen Menschen in den alten Bundesländern zu berücksichtigen bleibt, daß viele erwerbslose Jugendliche und junge Erwachsene weiterhin von den Statistiken der Arbeitsverwaltung nicht erfaßt werden. Nach einer Untersuchung des Institutes für Arbeitsmarkt und Berufsforschung sind es besonders Jugendliche, die es unterlassen, sich arbeitslos zu melden.

Vor dem Hintergrund der oben genannten Aspekte ist es eine Herausforderung zeitgemäßer Jugendhilfe, örtliche Szenarien zu entwickeln, die folgende methodische Herangehensweisen ermöglichen:

a) aufsuchende Sozialarbeit und Überleitung in den ersten Arbeitsmarkt,
b) begleitende Beratung und flankierende Maßnahmen, hier insbesondere Angebote des Jugendwohnens,
c) nachgehende Betreuung und
d) Vernetzung in vertikalen und horizontalen Verbünden im Sinne eines integrativen Ansatzes.

Die Erfahrungen der Jugendsozialarbeit zeigen, daß in der Tat viele dem Klientel zuzurechnende Jugendliche, aufgrund ihrer negativen Vorerfahrungen, weder Kontakte zu den Arbeitsämtern noch zu Sozialämtern oder Jugendämtern halten.

Junge Menschen sind im Vergleich zu früheren Jahren mobiler geworden und beschränken ihren Aktionsradius und ihr Handlungsfeld keines-

---

[3] *Elke*, H., Jugendberufshilfe und Europäischer Sozialfonds; in:*Jugend – Beruf – Gesellschaft*, 2/92, S. 72.
[4] Vgl. ebenda.

wegs mehr ausschließlich auf das direkte Wohnumfeld. Entsprechend ihrer altersspezifischen Entwicklung spielt für den Alltag das Beziehungsgeflecht von Stadtteilen, aktuellen Treffpunkten, Verkehrswegen und öffentlichen Plätzen eine besondere Rolle. Die Aneignung von Lebensräumen geht über den sozialen Nahbereich hinaus und ist letztendlich mit dem Wunsch in Verbindung zu bringen, sich der sozialen Kontrolle von Eltern und Nachbarschaft zu entziehen.

Durch zeitgemäße und offensive Ansätze müssen junge Menschen *abgeholt* werden. Aufsuchende Sozialarbeit kann nicht den gezielten Einsatz von Streetworkern ersetzen und darf nicht inhaltlich gleichverstanden werden. Im Ansatz sollten jedoch durchaus Elemente des Streetworks in die aufsuchende Sozialarbeit einfließen, um die Komm-Struktur herkömmlicher Beratungsstellen aufzubrechen, besonders unter dem Aspekt, daß solche junge Menschen, die von traditionellen Angeboten nicht mehr erreicht werden, weiter ins Abseits zu geraten drohen. Gelingt es, junge Menschen zu erreichen, und diese durch geeignete sozialpädagogische Interventionen für ein berufliches Förderprogramm zu motivieren, so gilt es, die Erfahrungen der 70er und 80er Jahre zu berücksichtigen. Sogenannte *Scheinarbeitsplätze* können nach den heutigen Erfahrungen nicht als problemadäquate Lösungswege dienen. Während sich gegen Ende der 70er Jahre, aufgrund der gestiegenen Anzahl jugendlicher Arbeitsloser, das Schlagwort der *Jugendarbeitslosigkeit* manifestierte, entstanden – wie beschrieben – vielfältige Maßnahmen durch Weiterbildungsträger, welche durch die Bundesanstalt für Arbeit finanziert wurden. Neben durchaus erfolgreichen Eingliederungshilfen, läßt sich heute im Ergebnis jedoch feststellen, daß die Jugendsozialarbeit sich mit dem Phänomen der sogenannten »Maßnahmekarrieren« auseinanderzusetzen hat. Neben dem *normalen* Arbeitsmarkt wird nun der Begriff *zweiter Arbeitsmarkt* allgemein verwendet. Die Erfahrungen zeigen jedoch, daß zu langer Aufenthalt in Projekten dieses zweiten Arbeitsmarktes ebenfalls zu Ghettoisierungen führen. Verweildauern bis zu acht Jahren in den verschiedensten Projekten dieser Art sind nicht die Ausnahme. Im Anschluß steht häufig jedoch eine erneute Arbeitslosigkeit und die damit verbundenen zusätzlichen negativen Motivationen für die jungen Menschen.

Der Zugang für diesen Personenkreis in den ersten Arbeitsmarkt muß durch die Jugendsozialarbeit neu eingefordert werden. Durch die sich fortentwickelnden Technologien werden zwar einerseits neue Arbeitsplätze geschaffen, jedoch führt dieser Trend gleichzeitig auch zu höheren Anforderungen an Leistung und Qualifikation der Arbeitnehmer. Gleichzeitig fallen durch den Einsatz neuer Techniken und fortschreitender Automatisierung sogenannte *Einfacharbeitsplätze* weg. Von dieser Entwicklung sind jedoch insbesondere die Klienten der Jugendsozialarbeit betroffen. Hierbei erscheinen die Erfahrungen, wie sie z. B. in Berlin mit dem *Projekt 501*[5] oder in jüngster Zeit in Niedersachsen durch das Programm *Jugend – Arbeit – Chance* gemacht werden, als ein zukunftsorientierter und gangbarer Weg. In beiden Projekten werden durch Landes- bzw. Bundesförderung Lohnkostenfinanzierungen im ersten Arbeitsmarkt über den Zeitraum von drei Jahren getätigt. Vor dem Hintergrund des Wegfalls von Einfacharbeitsplätzen können hier *Nischen* erschlossen und auch unkonventionelle Wege der Qualifizierung *im Betrieb* beschritten werden. Der Erfahrungswert in einem *richtigen* Betrieb zu arbeiten, ist durch Maßnahmen des zweiten Arbeitsmarktes nicht zu ersetzen. Angesichts der derzeitigen Entwicklung in den neuen Bundesländern ist zu befürchten, daß eben diese Erfahrungen, die diesbezüglich seit 15 Jahren bereits in den alten Bundesländern gemacht wurden, nicht planerisch berücksichtigt werden.

Beispielhaft als Ansatz zur langfristigen beruflichen und sozialen Integration erscheint hier auch das Projekt der *Regionalen Arbeitsstellen zur beruflichen Eingliederung junger Menschen in Niedersachsen (RAN)*, welches als Modellversuch in diesem Bereich seit 1989 neue Wege für den genannten Personenkreis entwickelt. Erweiterte Handlungsspielräume der Akteure ergeben sich schon aus der Konstellation der Trägerschaft. Das RAN-Projekt wird in Trägerschaft der Sozialpartner (Arbeitgeberverband, DGB und DAG) sowie der Kommunen durchgeführt. Das Programm *Jugend – Arbeit – Chance* als entsprechendes Instrumentarium der Lohnkostenfinanzierung ist seit 1992 eingebunden. Die Konstellation zwischen aufsuchender Sozialarbeit und – je nach individueller Voraussetzung – kurzbis langfristiger Integration in den ersten Arbeitsmarkt oder eine Ausbildung dort, erweist sich als ausgesprochen effizient.

3. Zum Stellenwert des Jugendwohnens

In der Diskussion um die berufliche und soziale Integration benachteiligter Jugendlicher und junger Erwachsener rückt das Problem der Jugendwohn-

[5] Vgl. *BBJ-Consult*, Tagungsreader »Kongress-Programm 501«, Berlin 1991.

not zunehmend in den Vordergrund. Die Bundesarbeitsgemeinschaft Jugendsozialarbeit (BAG JAW) stellt in ihrem Memorandum zum Jugendwohnen im Rahmen der Jugendsozialarbeit fest: »Zu den Grundvoraussetzungen menschlicher Existenz gehören Wohnung und Arbeit. Beide bedingen einander: Wohnung ist vielfach die Voraussetzung für die Ausübung einer Arbeit, und Arbeit ist die Voraussetzung, um eine Wohnung finanzieren zu können. Wohnungsmangel ist vielfach die Ursache von Arbeitslosigkeit und sozialer Desintegration«.[6]

Eine lebensweltorientierte Jugendsozialarbeit muß vor dem Hintergrund des Strukturwandels in der Jugendphase, den zunehmenden Stellenwert einer eigenen Wohnung für junge Erwachsene berücksichtigen.

Während noch vor 20 Jahren die Wohnthematik, entweder in einer Ablösung aus dem Elternhaus über die Gründung einer jungen Familie auftauchte oder aber das Wohnen Jugendlicher in Übergangsformen wie Wohnheimen etc. thematisiert wurde, so stellt sich aufgrund der Verlängerung der Jugendphase sowie der Individualisierung der Lebensführung zunehmend der Wunsch nach einer eigenständigen Lebensführung in einer eigenen Wohnung ein. Die eigene Wohnung ist zunehmend eine eigene Zielgröße im Alltagsleben Jugendlicher und junger Erwachsener, jenseits der Funktion einer Familiengründung. Eine eigene Wohnung ist auch die Grundlage einer beruflichen Integration unter Berücksichtigung der reproduktiven Aspekte der Lebensführung. Sie spielt zunehmend eine zentrale Rolle im Beziehungsgeflecht sozialer Netze des einzelnen (Szenen und Milieus) und ist letztendlich ein wichtiger Baustein der Verselbständigung und einer selbstverantwortlichen Lebensplanung. Immer häufiger werden die Akteure der Jugendsozialarbeit mit der wechselseitigen Beziehung »ohne Arbeit keine Wohnung und ohne Wohnung keine Arbeit« konfrontiert. Es ist häufig aussichtslos, einen ernsthaften Versuch zu einer Integration zu unterstützen, wenn gleichzeitig das Problem der Wohnungslosigkeit bzw. der Wohnungssuche »außen vor« gelassen werden muß.

Insbesondere sozial benachteiligte junge Menschen sind jedoch von der aktuellen Entwicklung auf dem Wohnungsmarkt betroffen. Stark miteinander konkurrierende Gruppen befinden sich in einem Verteilungskampf um die bestehenden Wohnräume und die knappen finanziellen Ressourcen der Wohnungsbauförderung.

---

[6] *BAG JAW*, Memorandum zum Jugendwohnen im Rahmen der Sozialarbeit; in: *Jugend – Beruf – Gesellschaft*, 1/92, S. 35.

Die Erfahrungen aus der Praxis der Jugendsozialarbeit mit alleinstehenden Wohnungslosen haben eindrücklich bewiesen, daß allein die zur Verfügungstellung von Wohnraum zu einer positiven Verhaltensmodifikation führt.

In Projekten der Jugendsozialarbeit werden häufig junge Menschen zur Schaffung von Wohnraum durch Neubau oder Sanierung von Altbausubstanzen eingesetzt. Die Regel ist derzeit noch die Schaffung von Übergangslösungen wie sozialpädagogisch betreute Wohngruppen etc. Angesichts der sogenannten *verdeckten Obdachlosigkeit* (häufiger Schlafplatzwechsel bei Freunden und Bekannten, Trebegang usw.) und im Rahmen einer *Soforthilfe* haben diese Einrichtungen nach wie vor ihren Stellenwert und sind in der Regel in unzureichendem Maße vorhanden. Jedoch ist festzustellen, daß derartige *Gruppeneinrichtungen* mit ambulanter oder stationärer sozialpädagogischer Betreuung ihren Sinn dann haben, wenn Wohnen »gelernt« werden muß. Die Praxiserfahrungen zeigen jedoch auch, daß die Zentrierung der Probleme, die häufig jeder einzelne Mitbewohner in derartige Wohngemeinschaften einbringt, auf die angestrebten Integrationsbemühungen kontraproduktiv wirken.

Zu einer ernsthaften Integrationshilfe jedoch gehört die Bereitstellung von *normalem Wohnraum* wie auch entsprechend *normaler Arbeit* (erster Arbeitsmarkt). Jugendsozialarbeit muß deutlich machen, daß Wohnungspolitik Sozialpolitik ist. Auch hier muß sich Jugendsozialarbeit *einmischen*. Vernetzung und Kooperation mit Kommunen, Bund und Land sowie Wohnungsbaugesellschaften ist auf örtlicher und überregionaler Ebene notwendig.

Projekte und Mitarbeiter der Jugendsozialarbeit müssen als *Anwälte* der Jugendlichen gezielten und intensiven, regelmäßigen Kontakt zu Wohnungsgebern und kommunalen Wohnungsverwaltungseinrichtungen halten. Der sozialpädagogische Ansatz basiert im wesentlichen auf der gezielten Eingliederung in normalen Wohnraum, sofern er zur Verfügung gestellt werden kann. Die größten Schwierigkeiten der Hilfesuchenden liegen dann häufig lediglich in der selbständigen Erledigung von Formalitäten, wie beispielsweise die Abwicklung von Antragstellungen oder der Einrichtung eines eigenen Kontos. Es sind im wesentlichen einfache und lebenspraktische Hilfen (Haushaltsplanung, Wohnungseinrichtung etc.), die in einem »normalen« Elternhaus, bei der Ablösung Jugendlicher mitgegeben werden. Er sollte mit der Angebotspalette der Jugendberufshilfe verzahnt und mit paralleler Zielstellung verbunden sein. Die Erfahrungen zeigen, daß die nachgehende Betreuung, nach dem Erhalt einer eigenen Wohnung, von relativ kurzer Zeitintensität sein kann. Insofern ist der Einsatz sozialpädagogischer Fachkräfte in derartigen Projekten, für die Träger der Jugendhilfe – vergleichsweise zu traditionellen Angeboten des betreuten Wohnens, finanziell erheblich günstiger.

Insbesondere auch Hilfen für alleinerziehende (jugendliche) Elternteile mit kleinen Kindern, können nach Betreuung und Wohnraumversorgung durch diesen Ansatz erhebliche Kosten reduzieren, da diese möglicherweise sonst in stationären Einrichtungen untergebracht werden müssen.

4. Integrative Ansätze und Verbundsysteme

Bei dem bisher umrissenen Arbeitsansatz der Jugendsozialarbeit kommt der nachgehenden Betreuung ein besonderer Stellenwert zu. »Erfolgsmeldungen« der Akteure können nicht ernsthaft und relevant sein, wenn eine begleitende sozialpädagogische Beratung der Jugendlichen mit der Einmündung oder mit dem Abschluß einer Maßnahme oder Arbeitsstelle beendet ist. Ursache des Zustandekommens der *Maßnahmekarrieren* scheint die derzeit gängige Praxis zu sein, daß die Jugendlichen und jungen Erwachsenen lediglich während der Verweildauer in einer Eingliederungsmaßnahme ausschnitthaft betreut und gefördert werden, wobei der weitere Verbleib und die weitere Entwicklung keine Relevanz mehr besitzen. Bausteinartig verzahnte Integrationshilfen sind dann kaum möglich, aber eben diese können – individuell zugeschnitten – eine Integrationshilfe von Bestand leisten.

Intendiert dies Jugendsozialarbeit, muß sie sich in horizontalen und vertikalen Verbünden einbinden und strukturieren. Unter horizontalen Verbundsystemen, wird eine vernetzte Verankerung im trägerübergreifenden und hilfs- und förderangebotübergreifenden Bereich, also der örtlichen *Maßnahmelandschaft*, verstanden. Als Herausforderung für eine qualitativ effiziente Jugendsozialarbeit müssen örtliche Szenarien entwickelt werden, die folgende Voraussetzungen erfüllen sollten:

1. *Örtliche Analysen* der quantitativen und qualitativen Jugendarbeitslosigkeit unter Berücksichtigung der Zielgruppe benachteiligter Jugendlicher mit dem Versuch einer Erhellung der Dunkelziffer im Sinne einer zukunftsorientierten Bedarfsanalyse;
2. Ansätze einer *Ursachenanalyse* im Sinne der Untersuchung der Herkunft und Lebenswege der Jugendlichen unter Berücksichtigung typischer Bruchstellen und Ursachen des »Versagens«;

3. *Angebotsanalyse* im Sinne einer Auseinandersetzung mit Anzahl und Qualität der angebotenen Maßnahmen hinsichtlich ihrer Effizienz und Kompatibilität;
4. Ansätze zur Entwicklung eines Strukturverbundes im Sinne einer *trägerübergreifenden Zusammenarbeit* unter Einbeziehung von Wohnungsgebern und Wohnungsgesellschaften; und:
5. Jugendsozialarbeit sollte in *kommunaler Trägerschaft* durchgeführt werden. Durch die Einbindung in die Verwaltungsstrukturen ist die Basis eines Instrumentariums zur Bewältigung der vielfältigen Einsatzgebiete erst gegeben. Jugendsozialarbeit ist letztendlich eine Querschnittsaufgabe der Jugendhilfe, die in Bereiche der Sozialhilfe greift. Die Zielgruppe der Jugendsozialarbeit befindet sich altersgemäß häufig an der Schnittstelle einer Förderung durch die Jugend- und Sozialämter.

In der Realität dürften horizontale Verbundsysteme im Förderinteresse der einzelnen Jugendlichen aufgrund von Konkurrenzsituationen unter – und innerhalb der Träger durch Kompetenzstreitigkeiten oder Unzuständigkeitserklärungen örtlicher Ämter nur schwerlich in die Wirklichkeit übertragbar sein. Zumindest dürften individuell angepaßte und bausteinartig verzahnte Hilfen für den einzelnen Jugendlichen an der *rauhen Wirklichkeit* häufig scheitern.

Effizient und sinnvoll sind daher – in paralleler Einbindung in horizontale Verbünde – vertikale Verbundsysteme, die möglichst in einer Trägerschaft durchgeführt werden. Fachlich und organisatorisch verzahnte Angebote von der aufsuchenden Sozialarbeit und begleitenden Beratung über *eigene* berufliche Vorbereitungs- oder Bildungsmaßnahmen bis zur Überleitung in Ausbildungen oder den ersten Arbeitsmarkt mit gleichzeitiger Anbindung von Projekten betreuten Jugendwohnens (sozialpädagogisch begleitete Wohnformen). Sie können als kompakte Hilfs- und Angebotsstrukturen den Notwendigkeiten der Zielgruppe gerecht werden.

Im Kontext und Prozeß von Beratung, Begleitung, Betreuung, Kooperation sowie arbeitsweltund gemeinwesenorientierten Ansätzen begründet sich somit auch das professionelle Profil der Mitarbeiter (nicht nur *team of consultants*, sondern mehr noch *team of social managers*).

Die Vernetzung der Jugendsozialarbeit und ihrer Akteure in horizontale und vertikale Verbünde kann sich mit Blick auf die Entwicklung des Europäischen Binnenmarktes nicht auf lokale Szenarien beschränken. Wie etwa ein *team of economic managers*, wo internationale Denkweisen und

Geschäftsbeziehungen zum Berufsalltag gehören, bieten die beschriebenen Organisationsformen und Methoden der Jugendsozialarbeit die Möglichkeit, sich den notwendigen Herausforderungen der Jugendhilfe in der Europäischen Dimension zu stellen.

Die Blickrichtung auf zu erwartende Wanderbewegungen in Verbindung mit der notwendigen Entwicklung EG-weiter Qualifikationen, erfordert eine Vernetzung und Erweiterung des Handlungsrahmens auf Europäisches Niveau. Die Jugendsozialarbeit kann hier als Instrumentarium der Jugendhilfe durch eine Einbeziehung von Konzepten des Jugendwohnens in einen Europäischen Kontext und die Vermittlung von transnationalen Qualifikationen durch die Jugendberufshilfe einen wichtigen Beitrag zur Bewältigung der anstehenden Probleme leisten.

Durch die Vermittlung EG-weiter Qualifikationen in eigenen Qualifizierungs- und Beschäftigungsprojekten der Jugendberufshilfe erhöht sich die berufliche Mobilität der Klientel. Transnationale Projekte sollten mit Hin- und Rückbegegnungen einer entsprechenden Partnergruppe durchgeführt werden und einen festen Stellenwert in Planung und Durchführung der eigenen Beschäftigungs- und Qualifizierungsangebote haben. Durch interkulturelles und arbeitsweltbezogenes Lernen werden gleichzeitig neben der Vermittlung transnationaler Qualifikationen, wichtige persönliche Erfahrungen vermittelt, die subjektiv vorhandene ausländerfeindliche Einstellungen der Jugendlichen und jungen Erwachsenen relativieren können.

5. Perspektiven in kommunaler Verantwortung

Trotz seiner langen Historie und der möglichen positiven Impulse, die durch die Jugendsozialarbeit gegeben sind, stellen sich die Angebote im Rahmen der Jugendhilfe noch als unverbindlich dar. Bisher sind die Felder der Jugendsozialarbeit wie die Jugendberufshilfe, das Jugendwohnen und die Aussiedlerarbeit noch nicht substantieller Bestandteil kommunaler Jugend- und Sozialpolitik. Sie gewannen – wie bereits beschrieben-, bisher nur dann eine Relevanz, wenn der entsprechende Handlungsdruck (durch hohe Jugendarbeitslosigkeit) vorhanden war und zusätzlich refinanzierbare Programme (Landesprogramme, Bundesanstalt für Arbeit, Europäischer Sozialfonds) in Anspruch genommen werden konnten.

Mit dem KJHG ist erstmalig die Jugendsozialarbeit im §13 gesetzlich definiert und als »Soll«-Leistung der Jugendämter festgeschrieben worden: Es geht um *sozialpädagogische Hilfen zur Eingliederung in die Arbeitswelt* und *soziale Integration* (Abs. 1, als Soll-Bestimmung), *eigene Ausbildungs- und Beschäftigungsmaßnahmen* der Jugendämter, wenn sie nicht durch andere Träger sichergestellt sind (Abs. 2, als Kann-Bestimmung) und um *sozialpädagogisch begleitete Wohnformen* (Abs. 3, als Kann-Bestimmung). Die Angebote sollen vor Ort mit der Schulverwaltung, der Bundesanstalt für Arbeit sowie Trägern beruflicher Bildung *abgestimmt* werden (Abs. 4) und somit horizontal *vernetzt*werden.

Darüber hinaus haben die flankierenden Maßnahmen des Jugendwohnens im KJHG neue Perspektiven durch den Gesetzgeber erhalten. Mit der Neuregelung der *Hilfe zur junge Volljährige* (§ 41 KJHG) wird die bisherige Kann-Regelung durch eine Soll-Bestimmung ersetzt. § 41 KJHG entspricht den Erfordernissen allerdings noch halbherzig, dies insofern, daß Hilfen für junge Volljährige, noch wie bisher, lediglich einen Fortsetzungscharakter vorher geleisteter Unterbringungsformen als Voraussetzung für eine Finanzierung besitzen müssen. In Anbetracht der bereits beschriebenen aktuellen Notwendigkeiten der Hilfen für das Klientel der Jugendsozialarbeit (Verlängerung der Jugendphase, drop-outs etc.) wäre es logisch und unabdingbar, Hilfen nach § 41 KJHG auch als erstmalige Sozialisationshilfen für junge Erwachsene in Anwendung zu bringen. Nach wie vor sind in der Praxis Hilfen nach §§ 72, 39 oder 100 BSHG möglich, welche häufig nur unter starken Restriktionen greifen. Dennoch geht die derzeitige Regelung des § 41 KJHG weit über die des alten Jugendwohlfahrtsgesetzes hinaus und verlängert die Formen der Hilfen bis längstens zur Vollendung des 27. Lebensjahres. Eine Weiterentwicklung dieser Diskussion wäre für die Jugendsozialarbeit noch eine spannende Auseinandersetzung, und diese muß vor dem beschriebenen Hintergrund geführt werden.

Die angespannte Situation der kommunalen Haushalte stellen die Jugendamtsleiter häufig vor das Problem in eine Situation gedrängt zu werden, zugunsten der Durchführung von Pflichtaufgaben die freiwilligen Leistungen zu reduzieren. Wenn der Gesetzgeber zwischen Soll- und Kann-Leistungen unterscheidet, so findet sich in der Praxis im wesentlichen eine Reduzierung der Unterscheidung von freiwilligen – und Pflichtaufgaben wieder. Bei der Erstellung der Jugendhilfepläne wäre es insofern wichtig, darauf zu achten, daß Jugendsozialarbeit als ein eigenständiger Bereich behandelt wird, der sich nicht anderen Feldern der Jugendhilfe unterordnet.

Wie ein verantwortlicher Mitarbeiter des Berliner Senats auf dem Auswertungskongreß zum *Programm 501* in Berlin einräumte, wäre dieses Programm 1987 nicht innerhalb eines halben Jahres »auf die Schiene gebracht« worden, »wenn Kreuzberg im Herbst 1986 nicht gebrannt hätte«. Die in jüngster Vergangenheit allseits konstatierte erhöhte Gewalttätigkeit unter Schülern untermauert in eindringlicher Weise, welchen erweiterten Anforderungen pädagogisch und politisch zukünftig auch durch Angebote der Jugendhilfe begegnet werden muß. Durch eine Verstetigung der Jugendsozialarbeit in kommunaler Verantwortung, damit verbunden auch durch eine Weiterentwicklung und Ausschöpfung der methodischen und pädagogischen Ressourcen, ist der Jugendhilfe die Möglichkeit eröffnet, diesen zukünftigen Herausforderungen zu begegnen. Das Schaffen von Lebensgrundlagen für Jugendliche und junge Erwachsene gewinnt nicht nur als Beitrag zur Gewaltprävention perspektivisch an Bedeutung. Die gesellschaftlichen Entwicklungen werden weiterhin vor dem Hintergrund der Entwicklung in der *Zwei-Drittel-Gesellschaft* und einer sich verschärfenden Situation auf dem Arbeitsmarkt, insbesonders für benachteiligte Jugendliche und junge Erwachsene, gekennzeichnet sein. Sie werden die *Hilferufe* an »die Gesellschaft« noch lauter werden lassen. Die politisch Verantwortlichen der Jugendhilfe sollten rechtzeitig beachten, daß die flächendeckende Installierung einer kontinuierlich angelegten Jugendsozialarbeit eine Investition in die Bewältung zukünftiger Aufgaben ist. Gerade die beschriebene Kombination von sozialpädagogischen Hilfen mit arbeitsmarktpolitischen Instrumentarien, und die erweiterten Handlungsstränge der Jugendsozialarbeit in Vernetzung und Verbundsystemen können wichtige örtliche Impulse und konkrete Hilfen zur Förderung der Jugendlichen und jungen Erwachsenen geben. Jugendsozialarbeit kann einen Beitrag leisten, daß Jugendhilfe den häufig kritisierten *Elfenbeinturm* verläßt und sich offensiver in die existenziellen Belange der zu betreuenden jungen Menschen einmischt.

Peter-Ulrich Wendt

Den Spagat wagen – und können
15 Thesen zur Zukunft der kommunalen Jugendarbeit

An die Adresse der Jugendhilfe

1. Gewaltförmiges Verhalten junger Menschen kann mit den Mitteln der Jugendhilfe allein nicht beseitigt werden; oft genug als solche reklamiert, ist sie eben nicht die »Feuerwehr« für soziale Mißstände. Sie kann helfen, sie zu bekämpfen, nicht aber ihre gesellschaftlichen Ursachen beseitigen. Jede sozialpolitische Inpflichtnahme ist deshalb auch der Versuch, die soziale Disposition des Verhaltens junger Menschen und die Verantwortlichkeiten, sei es in Familie, Schule oder Politik, zu negieren.

2. Natürlich tut die Jugendhilfe gut daran, sich gegen den Versuch der Inpflichtnahme als sozialpolitische Feuerwehr, insbesondere durch Politik und Medien, zur Wehr zu setzen. Nur kann ihr nicht angeraten sein, mit dem Hinweis auf das Versagen anderer Sozialisationsinstanzen auch den eigenen Beitrag am Entstehen von Gewalt verdecken zu wollen. Ein paar Bemerkungen an ihre (kommunale) Adresse (in den alten Bundesländern vornehmlich) sollten deshalb gestattet sein, zum Beispiel:

Es war richtig, vor dem Hintergrund spezifisch deutscher Erfahrungen in der Jugendhilfe einen modernen Anspruch der Multikulturalität zu formulieren und mit den Mitteln vor allem der Jugendarbeit (§§11ff KJHG) umzusetzen. Natürlich ist es angezeigt, durch Maßnahmen im Rahmen der internationalen Jugendarbeit, multinationale Kulturarbeit oder Öffnung der Jugendzentren für ausländische Jugendliche bei deutschen Jugendlichen bestehende Vorurteile abzubauen und deren Weiterentwicklung abzumildern. Doch wer wird ernsthaft behaupten wollen, daß dieser multikulturelle Ansatz geeignet sein könne, spezifische Vorurteilsstrukturen bei deutschen Jugendlichen aufzubrechen, wenn eben *diese* deutschen Jugendlichen darüber *vergessen* werden? Genau das Gegenteil wurde oft erreicht: Nun sind es die deutschen Jugendlichen, die sich subjektiv (keineswegs immer nur zu Unrecht) ausgegrenzt fühlen.

Natürlich macht es sich die post-adornosche *Erziehung nach Auschwitz* nicht einfach. Doch reicht es wirklich aus, mit dem Hinweis auf den *biographischen Hintergrund* (was immer dies bedeuten mag für eine Sozialarbeit, die in praxi längst nicht notwendigerweise ihre Wurzeln in der 68er Bewegung oder der Frankfurter Schule hat) die »Unmöglichkeit« zu begründen, mit gewaltbereiten und/oder rechten Jugendlichen arbeiten zu können? Die so erreichte Tabuisierung der Arbeit mit *diesen* Jugendlichen ist nur noch mit dem Maß an Sprachlosigkeit zu vergleichen, das deren massiv gewalttätige Erscheinungsnahme in der Sozialarbeit nun verursacht: *Wie konnte es nur geschehen?*

Und kann der Hinweis auf Verschleißerscheinungen von JugendarbeiterInnen *(burn out)* Grund genug für jene Perspektivlosigkeit ausstrahlende Sinnkrise der Jugendarbeit sein, die viele JugendarbeiterInnen befallen zu haben scheint – oft unfähig zur gefühlvollen Aktion, nicht selten blind für jugendkulturelle Entwicklungsschübe und -brüche, zu häufig taub für die Bedürfnisse Orientierung suchender junger Menschen – aber voll von Selbstbespiegelungen und abendfüllenden, nie enden wollenden Debatten über die eigene Situation?

Da muß sich Jugendarbeit wohl fragen lassen müssen, ob die Mittelschichtsorientierung mit einer Fülle interessanter Angebote politischer, ökologischer und sozialer Jugendbildung, erlebnisorientierten Freizeitaktionen und hingebungsvoll organisierten jugendkulturellen Workshops nicht *zu* interessant, politisch, sozial, ökologisch, erlebnisreich und hingebungsvoll, kurz: auch *zu bequem* war, ein Angebot der organisierten Vernachlässigung von sogenannten *Randgruppen*, die doch in Wirklichkeit stets mehr waren als eine zu vernachlässigende Minderheit?

Stattdessen aber braucht Jugendarbeit eine Neuorientierung und damit die *Rückgewinnung des Blicks für das Wesentliche.*

3. Deshalb an dieser Stelle das Grundlegende: Jugendhilfe, Jugendarbeit ist parteiliche Arbeit *mit* und *für* junge Menschen; das Kinder- und Jugendhilfegesetz (KJHG) – insbesondere §1 KJHG – gilt es, progressiv zu interpretieren. Sie ergreift Partei für Kinder und Jugendliche – egal welcher Herkunft, Nationalität, Tradition oder Expressivität – und versucht, ihnen neue und andere Formen der Aneignung gesellschaftlicher Realität und der Definition ihres Status' in dieser Gesellschaft zu eröffnen. Dazu zählen Kul-

turarbeit ebenso wie multikulturelle und internationale Jugendarbeit, Jugendsozialarbeit oder Freizeitgestaltung, Jugendbildung und Arbeit mit sogenannten *Randgruppen*.

4. Dabei muß Jugendarbeit ihre Grenzen erkennen. Der bisher praktizierten Ausgrenzung gewaltförmig agierender Jugendlicher kann nun nicht die totale Hinwendung folgen. Gewaltförmiges Verhalten fordert unterschiedliche Zugangsweisen und Instrumente: Nicht mit jedem deutschen Jugendlichen, der einen gleichaltrigen türkischen Jugendlichen »plattzumachen« trachtet, kann jugendarbeiterisch umgegangen werden (was im Übrigen umgekehrt wohl auch gilt). Wo Gesprächsangebote sinnlos sind, weil sich zum Beispiel die Nähe zu einer nazistischen Organisation nicht nur als Verbalextremismus herausstellt, wird auch – und Jugendarbeit wird dazu stehen müssen – das rechtliche und damit auch das polizeiliche Instrumentarium einzusetzen sein. Doch das Spektrum *davor* – die gewaltfaszinierten und gewaltbereiten Jugendlichen – sind ebenso erreichbar, wie es einzelne sein mögen, die im Pulk losgezogen sind, um ein Haus »abzufackeln«, in dem politische Flüchtlinge untergebracht sind. Es kommt auf den *Einzelfall* an – Berührungsängste sollte es jedoch zunächst einmal nicht geben!

An die Adresse der Jugendarbeit

5. Jugendlicher zu sein ist heute nicht eben einfach: In Schule, Ausbildung und Beruf, in der Freizeit, in der Familie, kurz: im sozialen Kontext ergeben sich permanent Entscheidungssituationen und -konfrontationen, die Jugendlichen einerseits die *Möglichkeit* der Wahl bieten und damit ein Spektrum zuvor nie dagewesener Optionen eröffnen, andererseits aber auch den *Zwang* zur Entscheidung für die eine unter vielen Alternativen bedeuten und ein Handeln abverlangen, das oft unübersehbare, zudem langfristige Konsequenzen in sich birgt. Jung-Sein heißt heute: Sich-Entscheiden- und Sich-Zuordnen-Müssen, einschließlich des Risikos, sich falsch zu entscheiden. Bei diesem Prozeß des Abwägens, Entscheidens, Zuordnens fehlen in aller Regel verbindliche und verläßliche Hilfsinstanzen – oder sich als solche bezeichnende enttäuschen durch bald durchschaute eigene Hilfs- und/oder Orientierungslosigkeit. Weder die eigenen Eltern, der familiale Kontext, die Schule oder die Freundes- und Freizeitzusammenhänge noch die in die Jahre gekommene Jugendarbeit sind gegenwärtig in der Lage, verläßliche Hilfestellung anbieten und vor allem *durchhalten* zu können.

Ältere wissen heute selbst nicht mehr zureichend, wie sie in einer komplexen, an sozialen und kulturellen Brüchen reichen gesellschaftlichen Realität klarkommen sollen. Ihr Rat wird damit für Jugendliche mehr und mehr fragwürdiger, ihre Hilfe stets unverbindlicher, Zuwendung Mal um Mal abstrakter.

6. Das Aufkommen national-orientierter und/oder gewaltförmig-agierender Jugendzusammenhänge ist deshalb *nicht nur* problematisch; es ist auch ein Indiz dafür, daß sozial und kulturell zu kurz gekommene Jugendliche eine neue Form der Autonomie, Selbst-Solidarisierung und Expressivität entwickeln und entfalten, die die Jugendarbeit zwar im Blick auf deren Habitus und Gewaltfaszination verurteilen mag (und muß), nicht jedoch *out of range* betrachten darf. Jugendliche suchen sich dann ihre sozialen Räume selbst, wenn auch die Jugendarbeit sie in ihrer Entscheidungsnot und Zuordnungslosigkeit allein läßt. Skins, Psychs oder Streetgangs sind dabei nur der – aus der Sicht (auch politisch) engagierter Jugendarbeit *eben nicht* verurteilungs- und ablehnungsbedürftige – Teil einer Jugend, die sich anders organisiert als jene Jugend, der die heute tätige hauptamtliche Jugendarbeit entspringt. »Biographisch bedingte Unmöglichkeiten« der Arbeit mit national-orientierten und/oder gewaltförmig agierenden Jugendlichen sind m. E. eine zu bequeme Form der Ideenlosigkeit.

7. Denn: Wenn der (z. B. auch im Verhältnis zu Skins offenkundig gewordene Bruch) zwischen Jugendarbeit und Jugendszenen weiter anhält, wird auch der Prozeß der expressiv-außengesteuerten Aneignung sozialer Räume durch Jugendkulturen weiter fortschreiten. Gewaltförmiges Verhalten würde zunehmen, der *Krieg in den Städten (Farin/Seidel-Pielen)* zum Alltag werden. Spätestens dann würde sich Jugendarbeit fragen lassen müssen, ob sie nicht vollends *überflüssig* geworden wäre.

8. Der häufig untunlich glorifizierte Offene-Tür-Bereich *traditioneller* Form ist das sichtbare Beispiel dieses Bruches. In seiner überkommenen Form (Theke, allgemeine Zugänglichkeit, Gesprächsangebot, ggfs. Spielsituation) ist er längst eine Fiktion. Jugendliche heute wollen in einer Realität, die permament von ihnen Entscheidungen abverlangt, entscheidungsfreie oder doch entscheidungsarme soziale Räume, in denen sie sich weitgehend zwangfrei verhalten können. Die sozialpädagogische *Intensivbetreuung* im Offene-Tür-Bereich mit ihrem permanenten Gesprächs-, Interaktions- und Hilfe-/Beratungsangebot ist damit obsolet. (Wo Hilfe gebraucht

wird, haben Jugendliche (wenn sie Hilfe von der Jugendarbeit überhaupt glaubhaft erwarten dürfen) ein sehr differenziertes Repertoire von Anmeldungsformen entwickelt, das individuell, zeit- und fallbezogen decodiert werden muß. Das ist nicht eben immer leicht, aber möglich.)

Stattdessen verlangen Jugendliche ungleich unverbindlichere Situationen, zum Beispiel ein offenes Café ohne Konsum*zwang*, wohl erlebens- oder gar aktionsorientiert, ohne jedoch der Notwendigkeit, der Nun-erlebt'-doch-was!-Erwartung entsprechend sich verhalten zu müssen, oder – und das vor allem! – *autonome* Räume, die sie, in neuem Gewand, *selbstverwalten*. Nennen wir es *unaufdringliche Jugendarbeit.*[1]

9. Überdies verstellt das Anbieten des Offene-Tür-Bereiches klassischer Art den Blick für die zentraleren Aufgaben der Jugendarbeit: Natürlich nimmt ein sehr kleiner Teil von Jugend auch heute noch den Offene-Tür-Betrieb als Treffpunkt und Rückzugsort in Anspruch und nutzt die dortigen, wohlfeil strukturierten Angebote *alter Art*. Der größere Teil nach wie vor erreichbarer Jugendlicher jedoch bleibt ausgeschlossen, weil er sich von diesem Angebot ausgeschlossen fühlen muß. Dieser Teil, der sich zunächst zwangslos treffen will – auch und gerade an den sonst oft so »toten« Wochenenden – (und *dann* irgendwann, und zudem oft nur sehr kurzfristig, motiviert werden *kann*, neue Erfahrenswelten durch moderne Jugendarbeit vermittelt zu bekommen), jedoch muß eigentliche Zielgruppe werden. Das ist das *eine*.

An die Adresse der JugendarbeiterInnen

10. Wer nun vermutet, Jugendarbeit brauche fürderhin nicht mehr offensiv zu sein, der irrt. Daher das *andere*: Jetzt müssen sich JugendarbeiterInnen *auch* als *social manager* begreifen lernen; gefragt sind nach außen gewandte neue Ideen und Aktionsmuster und die Fähigkeit, sich auf absehbar kurzfristige Bedürfnisanmeldungen einstellen und diese *authentisch* befriedigen zu können, kulturelle Kompetenzen glaubhaft *'rüberzubringen*, kurz: sich *dann* auf Jugendliche zuzubewegen und ihre Spontaneität aufzunehmen, um sie für spannende, abwechslungsreiche Angebote der Jugendarbeit zu begeistern, *wenn* diese Jugendlichen das abfragen sollten. Gefragt ist ein *Son-*

[1] Zunächst einmal lag der Begriff von der *defensiven Jugendarbeit* als ein Element von Jugendarbeit insgesamt nahe; doch der Begriff ist eher negativ besetzt und suggiert mehr Passivität als eine zeitgemäße Form *zurückhaltender* Auseinandersetzung mit Jugendlichen, die vieles wollen, nur eines nicht: an-agitiert zu werden.

derleistungskönnen (Damm), das Jugendarbeit für Jugendliche mit sehr unterschiedlichen Zugangsweisen wieder abfragbar werden läßt. Jugendarbeit muß dabei mit Extremen klarkommen: Mit dem kurzfristigen Horizont, mit starkem Erlebnis-/Actionbedürfnis bis hin zur mittelfristigen Einlaßbereitschaft in kontinuierlichere Angebotsstrukturen.[2]

Zugegeben: Das ist eine wahre Spagatleistung – Spagat umso mehr auch deshalb, weil Jugendarbeit sich zugleich wieder darauf verstehen muß, Jugendlichen positive Grenzen zu zeigen.

11. Und weiter: Die institutionalisierte, strukturierte Jugendarbeit muß sich nun endgültig davon verabschieden, sie habe es mit einem mehr oder mindern großen *Freundeskreis* zu tun, einem Kreis von Haupt- und Ehrenamtlichen sowie Jugendlichen, die sich auf gemeinsames Gefühl oder Wissen ihres durch Kontinuität geprägten Zusammen-Seins stützen können. Das war im Übrigen auch bisher nur der Ausnahmefall. Jugendarbeit muß heute auch *Dienstleistung* sein, die völlig unverbindlich angenommen wird und keine Verpflichtungen einschließt, und konkurrieren können mit kommerziellen Dienstleistern, welche materiell motivierte Freizeitarbeit leisten. Die instuitutionalisierte Jugendarbeit darf deshalb noch lange nicht glauben, weil es nicht um »Kohle« geht,[3] könne sie sich im Verhältnis zu kommerziellen Anbietern gewissermaßen einen *professionellen Dilettantismus* erlauben. Gerade weil die kommerziellen Dienstleistungspakete objektiv akzeptierter (auch, weil bekannter und professionell promotet) sind, muß die kommunale Jugendarbeit *doppelt professionell* arbeiten. Dilletantismus vermittelt orientierungssuchenden Jugendlichen nichts.

Angesagt sind – bei ein wenig Phantasie – ein offensives Denken in den Lebens(t)räumen von Kindern und Jugendlichen, also: aufsuchende, *aufspürende* Jugendarbeit anstelle abwartender Komm-Strukturen, erlebnisorientierte Kurzzeitangebote, offene, nicht produkt-, dafür umso mehr prozeßorientierte Angebote, akzeptierende Jugendarbeit mit jungen Skins, Körpererfahrung, Kraft, Sport und Grenzerfahrungen/*survival pur* (zum Beispiel *mountain-biking* über die Alpen für die Kids aus der Vorstadt), Unerwartetes und Spontanes. Vorurteile bekämpfende internationale Jugendarbeit findet eben nicht mehr in den vier Wänden der Gastgebereltern statt – pol-

---

[2] Vgl. *Damm*, D., Konsequenzen sozialer Wandlungsprozesse für die Perspektiven offener Jugendarbeit; in: *deutsche jugend*, 12/91, S. 525 - 535.

[3] Wer sagt eigentlich, daß Jugendarbeit nichts kosten darf? Gute Angebote dürfen m. E. durchaus einen akuraten Preis haben!

nische und deutsche Jugendliche finden stattdessen beim Trecking *in Nordlappland* zusammen. Dazu gehören auch eng mit der Jugendarbeit vor Ort vernetzte, am Arbeitswelterleben orientierte Maßnahmen, Beratungs- und Hilfsangebote der Jugendsozialarbeit als Teil von *Jugendförderung*.

12. In diesem Sinne müssen JugendarbeiterInnen diese wechselhafte Spontaneität junger Menschen, ihre widersprüchliche Forderung nach Abwechselung und In-Ruhe-gelassen-Werden, ihren Leistungs*erbringungs*anspruch und ihre gleichzeitige Unverbindlichkeit akzeptieren. Jugendliche wollen nicht *vollgelabert* oder *an-agitiert* werden – sie wollen Alternativen zu den Entscheidungs*zwangs*situationen in Schule, Ausbildung und Beruf, das heißt gestalterische Freiräume, kulturelle Dienstleistungen und soziale Ruhe-Räume *zugleich*, also: Kontrapunkte zum grauen Alltag.

13. Faszination allerdings kann dort nicht aufkommen, wo Jugendarbeit zum verwaltungstechnischen Problem zu verkommen droht. Eine Bürokratisierung der Jugendarbeit ist kontraproduktiv – allerdings scheint hierzulande der Zug genau in diese Richtung zu fahren. Wo zum Beispiel die Frage des Standortes eines Mitarbeiterbüros und dessen Ausgestaltung mehr Diskussionsraum in Anspruch nimmt als die Debatte über pädagogische Inhalte, ist ein kritisches Niveau längst überschritten. In dieser Situation bedarf die Jugendarbeit einer radikalen Entschlackung.

14. Eingestanden ist: Dies alles erfordert dynamische Typen. Dagegen *scheint* das vielzitierte *burn out* zu stehen (weshalb ein radikaler Personalwechsel vielerorts angezeigt wirkt). Burn-Out-Effekte älterer, in der Jugendarbeit erfahrener KollegInnen haben allerdings *zwei* Seiten: Auf der einen, scheinbar *objektiven* Seite wirken sie als Resultat eines jahrelangen Arbeitens mit einer sich immer schneller habituell-rituell oder stilistisch-modisch wandelnden Jugend, die in vielfältige kulturelle Szenen zerfällt und deren gemeinsamer Nenner nur noch die Zugehörigkeit zur gleichen Altersgruppe zu sein scheint. Auf der anderen *subjektiven* Seite (der persönlichen *Befindlichkeit*) wirken sie aber auch als Ausdruck einer rapide geringer werdenden Frustrationstoleranz, abnehmender Motivationsfähigkeit bei wachsender Unbeweglichkeit hauptamtlicher JugendarbeiterInnen und eines individuellen Prozesses beruflicher Introvertierung, der die Chancen der Jugendarbeit vor dem Hintergrund ungünstiger Arbeitszeiten, lebensalterbedingter Distanz zu kulturellen Wandlungsprozessen bei Jugendlichen oder einer behördlich bedingten Einschränkung der Bewegungsfähigkeit *objektivierend* verneint. Ergo: So wird burn out zum Kardinalbegriff subjek-

tiv erfahrerener Unmöglichkeit, *weiter* Jugendarbeit betreiben zu können. Ich bestreite die Zwangsläufigkeit dieses Prozesses, insbesondere seiner Folgen: burn out passiert nicht, burn out ist auch ein gutes Stück selbstverschuldet.

An die Adresse aller, die mit Jugendarbeit zu tun haben

15. Ohne Änderungen geht es nicht; was Jugendhilfe, was Jugendarbeit heute brauchen, sind zum Teil auch kühne Schnitte, zum Beispiel:

- *Höhere Risikobereitschaft in der Jugendhilfepolitik:* Jugendliche brauchen autonome Räume, die diese Bezeichnung verdienen, frei von Zwängen und Kontrolle, *unaufdringliche Jugendarbeit* also. Angesagt ist offene Arbeit mit *auffälligen*, weil: national-orientierten, gewaltförmig agierenden Jugendlichen: *akzeptierende Jugendarbeit*. Auf moralisierende Fingerzeige (*diese* Jugend!) kann sie verzichten. Das setzt einen massiven Einstellungswandel insbesondere in der Jugendhilfepolitik voraus und die Bereitschaft, auch schwierigen Jugendlichen zuzugestehen, daß sie zu eigenverantwortlichem Handeln fähig sind.[5] Vorbei muß es sein mit dem Stirnerunzeln, wenn Jugendliche in *ihrem* Treffpunkt auch schon *mal die Sau 'rauslassen* und auch die enervierend bohrenden Nachfragen in den politischen Gremien und/oder durch MandatsträgerInnen müssen der Vergangenheit angehören, ob denn wohl die Farbauswahl die richtige und *nicht doch etwas zu grell* sei, ob denn *immer so laute Musik* gehört werden muß und ob denn das Mobiliar *nicht etwas länger halten* könne – *früher* sei das *ja auch* gegangen. Gefordert wird ein längerer Atem und damit die Ein-

[4] Die Rede ist vom sogenannten *Verwaltungsaufwand*, mit dem die Jugendarbeit angeblich zu kämpfen hat; manche sprechen dagegen von der Flucht der Jugendarbeit hinter die Schreibtische.

[5] Grundlage hierfür kann der Abschluß einer Nutzungsvereinbarung zwischen Kommune und Jugendlichen sein, welche die Einzelheiten der Nutzung und des Eingriffs regelt: Die Kommune stellt Räume (zum Beispiel leerstehende Läden, Bauwagen oder Stahlcontainer mit einer Toilettenzelle) mit der Möglichkeit einer monatlichen Kündigung zur Verfügung. Die Gruppe zahlt u. U. eine Energiekostenpauschale oder die tatsächlichen Verbrauchskosten; hierauf und auf eine Nutzungsentschädigung sollte jedoch besser verzichtet werden. Eventuell entstehende Kosten für einen Strom- bzw. Wasseranschluß trägt die Kommune. Ein Anspruch auf Kostenersatz etwaig investierter Mittel zur Herrichtung des Raumes besteht seitens der Jugendlichen nicht, besser wäre jedoch eine Materialhilfe, um den Raum nach eigenen Vorstellungen gestalten und verändern zu können. Die Jugendlichen sind verpflichtet, den Raum und das umliegende Gelände in einem ordentlichen und sauberen Zustand zu halten. Eine Übernachtung in den Räumen ist ausgeschlossen. Belästigungen des Umfeldes können, müssen aber keineswegs zu einer Beendigung der Nutzung führen. Die Jugendlichen haften für alle Personen- und Sachschäden, die durch sie entstehen. Ein/e Beauftragte/r der Kommune ist berechtigt, den Raum ohne Anmeldung zu betreten und zu besichtigen; Sheriff sollte er/sie jedoch nicht spielen. Deshalb wäre ein/e JugendarbeiterIn sicher am besten qualifiziert, diese Aufgabe im Kontext einer *unaufdringlichen Jugendarbeit* zu übernehmen.

sicht, daß von heute auf morgen nichts verändert werden kann. Solange Jugendhilfepolitik von der Jugendarbeit fertige, immergültige Konzepte erwartet, die sofort (positive) Früchte tragen, hat Jugendarbeit kaum eine echte Chance, etwas zu bewirken.

- *Höhere Einlaßbereitschaft und Flexibilität in der Jugendarbeit:* Politisches Bewußtsein hin und politischer Standort her – Jugendarbeit wird akzeptieren müssen, daß unter den gegebenen gesellschaftlichen Bedingungen national-orientierte, rechte und/oder gewaltförmig-agierende Jugendliche ein Faktum sind, das nicht *weggeredet* werden kann. Jugendarbeit muß deshalb lernen, daß das Verhalten dieser jungen Menschen seine innere Begründung hat und auch behalten wird, wenn nicht fair und kooperativ, flexibel und doch auch verbindlich auf die Bedürfnisse dieser Jugendlichen eingegangen wird. Sie wird begreifen lernen müssen, daß es *auch* an ihr *(aber keinesweg nur an ihr)* und ihrer Professionalität liegt, inwieweit rechte Orientierungen und Gewalttätigkeit für Jugendliche Alternative zu einer grauen Alltagswelt mit vielfältigen Gefährdungen und Infragestellungen bleiben. Da hilft kein Reklamieren, *andere* müßten tätig werden – die Jugendarbeit muß es selbst bringen!
- *Ausreichende materielle und personelle Ausstattung:* Jugendarbeit braucht – so wenig es auch in die finanzielle Landschaft zu passen scheint – weitaus mehr Mittel. Sie ist *kein* soziales Extra, das sich eine Kommune leistet, so lange sie es sich leisten kann. Sie ist *Pflichtaufgabe* und muß als solche den Anforderungen gerecht werden können. Zur Risikobereitschaft der Jugendhilfepolitik gehört auch die Fähigkeit, finanzielle Prioritäten für eine ausreichende materielle und personelle Ausstattung zu setzen. Jugendarbeit ist Zukunftsinvestition. Und: Als *non-profit-organization* muß Jugendarbeit keinen betriebswirtschaftlichen Ertragsnachweis bringen. Ihr Credo ist es, *an sich positiv* zu sein. In diesem Sinne sollte sich Jugendhilfepolitik auch nicht länger gegen andere (kommunale) Politikfelder ausspielen lassen.
- *Aufgabe der Betonburgen:* Die meisten großen Millionenbauten – auch Kinder- und Jugendtreffs, Jugendzentren, -freizeitstätten oder -begegnungshäuser genannt – sind längst der falsche Ort, um unaufdringliche Jugendarbeit leisten zu können. Zu groß, zu unübersichtlich, zu anonym und zu leer, sind sie vielerorts längst zu einer Belastung geworden. Gefordert sind stattdessen kleine Häuser als dezentrale, wohnraumnahe, sozialräumlich-konzipierte und fußläufig erreichbare Treffpunkte, angesagt ist

die Aufgabe vieler Betonburgen. Was zum Beispiel an technischer und kultureller Infrastruktur in den großen Häusern geschaffen werden konnte (Auftrittsorte, Übungsmöglichkeiten für Bands, Werkstätten, Studios u. a.) sollte an einem Platz (je nach Stadtgröße vielleicht auch an einem oder zwei weiteren Standorten) *zentral* erhalten bleiben, als Dienstleistungsort, nicht jedoch als Treffpunkt. Angesagt sind einfache Einrichtungen, die flexibel genug sind, sich den stilistischen Wandlungsprozessen *schnell* und *eingriffsarm* anpassen zu lassen.

- *Zielgruppengerechte Öffnungszeiten:* Einrichtungen für junge Menschen müssen ihren Bedürfnissen angepaßt geöffnet sein – da heißt es den Stein ins Wasser zu werfen für eine angepaßte Öffnung der sonst so verschlossenen *offenen Türen* an Wochenenden und Feiertagen –, dann, wenn die Not, seine freie Zeit zu verbringen, oft am größten ist. Kinder- und Jugendtreffs und Jugendzentren können an einzelnen Werktagen durchaus geschlossen bleiben; tote Montage und dröge Dienstage müssen nicht mehr sein, wenn am Wochenende *die lucy abgehen* soll.
- *Verzicht auf Fiktionen:* Moderne Jugendarbeit muß sich von liebgewordenen Fiktionen trennen. Dazu zählt zum Beispiel die umfassende Beteiligung von Jugendlichen. Landauf, landab ist viel Energie darauf verwendet worden, sich Gedanken zu machen, wie Jugendliche mitbestimmen wollen. Das war politisch sicher sehr anerkennenswert, doch geht es an den Bedürfnissen Jugendlicher heute durchaus meilenweit vorbei. Um nicht subjektiv der Frustration zu verfallen und objektiv vielen jungen Menschen *auf den Nerv* zu gehen, sollten kurzfristige Beteiligungsformen möglich, aber nicht zwanghaft vorgeschrieben sein. Auch die Aufgabe des Anspruches, Jugendlichen durch Angebote der Jugendarbeit ein *Gegenwelt-Erleben* zu ermöglichen (ihnen also aktiv eine *Inselsituation im Jugendzentrum* zu ermöglichen), gehört zu den Fiktionen, auf die es zu verzichten gilt.

Dazu gehört aber auch ein Zurechtrücken der Imperative in der sogenannten geschlechtsspezifischen Jugendarbeit. Unbestritten ist, daß Mädchen in der Jugendarbeit bisher zu kurz gekommen sind und Jugendarbeit in erster Linie Jungenarbeit war. Unbestritten sein sollte aber mittlerweile auch, daß unter der Fahne der Mädchenarbeit allzuoft ein *Rückzug aus der allgemeinen Jugendarbeit* erfolgt ist – aus welchem Grund auch immer (und es lag sicher nicht nur an den Kollegen). Zweierlei verträgt eine moderne Jugendarbeit sicher nicht: Den Rückzug in die Mädchenecke oder Drückebergerei der Männer vor einer offensiven Jungenarbeit. *Beides* ist notwendig, muß seinen Platz (und seine Grenzen) in der Jugendarbeit finden und macht insgesamt nur dann Sinn, wenn sich Jugendarbeiterinnen und Jugendarbeiter wieder stärker gemeinsam den Umbrüchen in den Ansprüchen Jugendlicher und den Bedürfnissen der Jugendarbeit insgesamt stellen, also Jugendarbeiterinnen mit jungen gewaltbereiten Männern umgehen können wie Jugendarbeiter mit (oftmals nach innen gewalttätigen) jungen Mädchen.

- *Mitwirkung der Jugendhilfe an allen städteplanerischen Vorhaben:* Vorbei muß die Zeit sein, wo Jugendhilfe allein schon deshalb sozialpolitische Feuerwehr zu spielen hatte, weil bei der städtebaulichen Planung die Belange junger Menschen nicht oder nur am Rande berücksichtigt wurden. Die *downtowns* der modernen Städte sind in erster Linie nicht eine architektonische Wüste, sondern eine planerische Katastrophe. Bar jeder sozialen Infrastruktur auf die grüne Wiese gesetzt, programmieren sie Perspektivlosigkeit, Konflikte, Gewalt geradezu vor. Es geht um Kinderspielräume, Tageseinrichtungen für junge Menschen, Nischen und Treffpunkte; zwar sind gerade letztere nicht planbar, doch muß Städteplanung Freiräume überhaupt erst noch einzukalkulieren lernen. Hier ist die Jugendhilfe, hier ist die Jugendhilfepolitik in erster Linie gefordert. Eine Garantie für soziale Problemlosigkeit ist das zwar längst nicht, aber wenigstens eine Chance in dieser Richtung mehr.
- *Flexibilisierungen im Haushaltsrecht:* Spontane Aktionen erlaubt das kameralistische Haushaltsrecht überhaupt nicht; gezwungen, in abgegrenzten Haushaltsperioden zu denken und sich an eine gegebene Haushaltssystematik halten zu müssen, werden Haushaltstitel bewirtschaftet, die längst nicht mehr zeitgemäß sind. Jede Form spontaner Arbeit ist so weitgehend ausgeschlossen, neue Formen jugendarbeiterischer Interventionen kommen so jedenfalls nicht zu Zug. Jugendarbeit braucht vielmehr die sogenannte *Ressourcenwirtschaft* (also: frei verfügbare, durch die Fachbehörde bewirtschaftete Mittel), die damit weitgehend alles erlaubt, was jetzt *pädagogisch* geboten ist.
- *Weiterbildung für JugendarbeiterInnen:* Dem schnellen Wandel in den Anspruchs- und Selbstdarstellungswelten junger Menschen müssen die JugendarbeiterInnen angemessen folgen können. Um up to date sein zu können, müssen sie sich umfassend methodisch fortbilden können. Deshalb muß in den zuständigen Fachämtern der kommunalen Behörden

begriffen werden, daß Fortbildung nicht nur ein modischer Zug ist, sich aus dem Dienstbetrieb auszuklinken. Jugendarbeit verdient Priorität. Gebraucht wird ein umfassendes Konzept, das es den JugendarbeiterInnen auch ohne Einschränkungen ihres Dienstleistungsund Beratungsangebotes erlaubt, sich weiterzubilden. Dazu gehört auch, freie Personalspitzen bereitzuhalten, die die weiterbildungsbedingte Abwesenheit ausgleichen können.

– *Perspektiven für ältere JugendarbeiterInnen:* Angesagt sind *Ausstiegsszenerien* für sie – oder aber das Eingeständnis zu formulieren: besser keinen Jugendarbeiter, als einen demotivierten, was die Antwort ja wohl nicht gewesen sein kann! Dazu zählen personalwirtschaftliche Überlegungen, älteren JugendarbeiterInnen in anderen Bereichen kommunaler Verwaltungen Arbeitsplätze sicher anzubieten (Fachabteilungen der Jugendämter, Bezirkssozialarbeit, neue BürgerInnen-Beratungsdienste im Zeichen eines *new public management*). Das muß durch individuelle Qualifizierungspläne ermöglicht werden, so daß das Argument mangelnder Qualifikation künftig nicht mehr Ausschlußgrund bei einer Umsetzung sein kann.

Thomas Mücke

Wie kann ich mich vor Gewalt schützen?

1988 und 1989 wurde im Norden von Berlin die Situation von Jugendlichen untersucht, die Opfer einer Gewalttat durch eine Jugendgruppe wurden. Dabei kam es zu erschreckenden Ergebnissen: Von den 71 befragten Oberschülern, die Gewalterfahrungen in der Öffentlichkeit über sich ergehen lassen mußten, zeigten nur 5% der betroffenen Jugendlichen die Gewalttat bei der Polizei an, 83% sprachen nicht mit ihren Lehrern und 75% nicht mit ihren Eltern über die ihnen zugefügte Gewalttat. Die Jugendlichen gaben für ihr Verhalten folgende Gründe an:

1. Wenn ein Jugendlicher Opfer einer Gewalttat geworden ist, richtet er sein zukünftiges Verhalten danach aus, daß sich diese Gewalterfahrungen auf keinem Fall wiederholen. Jugendliche haben Angst vor weiteren Bedrohungen und Racheaktionen, falls sie eine Anzeige bei der Polizei stellen. Auch wenn Eltern davon erfahren, was ihren Kindern passiert ist, sind sich die Eltern unsicher, ob es sinnvoll ist, Anzeige zu stellen.
2. Jugendliche reden selten mit Lehrern über ihre Gewalterfahrungen, weil sie befürchten, daß die Lehrer sie nicht ernstnehmen und überhaupt sind Lehrer über die heutige Jugendgeneration sehr unwissend. Dieser Vorwurf an die Lehrer ist auch ein Vorwurf an die gesamte Erwachsenengeneration, die jahrelang auf die zunehmende Gewaltproblematik nicht eingegangen ist. Dafür gibt es einen einfachen statistischen Grund. Menschen unter 20 Jahre werden doppelt so häufig Opfer einer Gewalttat wie Menschen über 20 Jahre. Erwachsene sind damit nicht in dem Umfang von Gewalt betroffen wie Kinder und Jugendliche und daher können Erwachsene oft nicht ernstnehmen, was Kindern und Jugendlichen wiederfährt.

3. Oberschüler haben Angst, daß ihre Eltern sich zuviel Sorgen machen, wenn sie ihnen erzählen, was ihnen angetan worden ist. Im Gegensatz zu den Grundschülern vermeiden Oberschüler das Gespräch mit den Eltern. Damit will der betroffene Jugendliche verhindern, daß seine Eltern ihm seine Freizügigkeiten einschränken. Jugendliche wollen ihre Erfahrungen auch jenseits des Elternhauses erleben. Sind die Eltern zu besorgt, befürchten die Jugendlichen, daß ihre mühsam erringenen Freizügigkeiten verloren gehen könnten.

Das Opfer ist auf sich allein angewiesen

Fazit: das Opfer findet keinen ernstnehmenden Gesprächspartner, es versucht die Gewalttat zu vergessen und zu verdrängen und verharrt lange Zeit in Angstzuständen. Nicht selten stellt sich ein Opfer aber auch die Frage »Warum hat es mich erwischt? Stimmt irgend etwas nicht an mir? Bin ich nicht o.k.?«

Sinnvolles Verhalten von jugendlichen Opfern und betroffenen Eltern

Opfer einer Gewalttat kann jeder werden. Die meisten Opfer sind willkürlich ausgesuchte Personen, wenn einfach die Lust auf Gewalt im Vordergrund steht. Nicht selten geben Opfer einen »Reiz« durch ihr Äußeres (dunkle Hautfarbe, Footballjacken, Lonsdale-T-Shirts). In der Regel sind die Opfer von Jugendgruppengewalt männliche Jugendliche. Wenn es auch keine Patentrezepte für angemessenes Verhalten gegenüber gewaltbereiten Jugendlichen gibt, so sind doch folgende Vorschläge zu beachten, die auf der Auswertung konkreter Erfahrungen beruhen.

In der konkreten bedrohlichen Situation

Werde ich von einer Jugendgruppe bedroht (z. B. »Schöne Jacke hast Du an, gib rüber«) sollte ich mich an folgende Verhaltensregeln halten:

1. Möglichst weglaufen, denn die Gruppe ist immer stärker als der einzelne. Einzelne Opfer werden gerade deshalb ausgesucht, weil sie der Gruppe unterlegen sind. Wer in solchen Situationen wegläuft, ist sicherlich auch kein Feigling oder Waschlappen, sondern vermag einzuschätzen, daß er gegenüber mehreren Jugendlichen nicht die geringste Chance hat. Wenn ich weglaufen muß, sollte ich immer dorthin laufen, wo Menschen sind und sie auffordern, mir zu helfen. Kann ich in einen geschützten Raum laufen, so sollte ich diesen Raum nicht mehr allein verlassen,

sondern dafür sorgen, daß mir geholfen wird (z.B. die Eltern oder die Polizei telefonisch verständigen).

2. Kann ich nicht mehr weglaufen, weil ich umzingelt bin oder festgehalten werde, sollte ich versuchen mit den Jugendlichen ruhig zu reden. In einigen Fällen hat dies geholfen. Es schadet auf keinem Fall, vorausgesetzt ich rede nicht aggressiv, provozierend, drohend oder beleidigend mit ihnen. Spreche ich aber aggressiv, dann reagieren die Jugendlichen mit Gewalt (Beispiel: Vier Jugendliche kamen auf einen Jugendlichen zu und fragten ihn »Bist Du ein Nazi?«. Der Jugendliche war empört über diese Frage und antwortete » *Seid ihr bescheuert*, mich so etwas zu fragen!« Die Reaktion der Jugendlichen: Es wurde eine Gaspistole gezogen und auf den Jugendlichen geschossen. Der zu vermeidende Reiz dafür war *»Seid ihr bescheuert...«)*.
3. Hilft auch das Reden nicht und bin ich jetzt in einer Situation, wo ich mir selbst nicht mehr helfen kann, so muß ich versuchen, umstehende Passanten zur Hilfe aufzufordern. Die Erfahrungen zeigen leider, daß auf einen allgemeinen Hilferuf nicht reagiert wird. Die Passanten haben Angst, fühlen sich hilflos oder reagieren mit Gleichgültigkeit. Wird um Hilfe gerufen, entfernen sich zumeist die Passanten vom Ort des Geschehens. Das Opfer wird allein gelassen, zumeist wird noch nicht mal die Polizei gerufen. Erfahrungen haben gezeigt, daß Passanten durch die Hilferufe nicht angesprochen werden, wenn sie zu mehreren sind. Jeder Passant verläßt sich auf den anderen (»Warum soll ich handeln, der andere kann doch auch«) und dadurch bleiben alle passiv. Es hat sich allerdings gezeigt, daß Menschen eher helfen, wenn sie direkt angesprochen werden, und zwar durch ihre Kleidung: *»Sie da im roten Mantel, bitte helfen sie mir und rufen sie die Polizei.«* Jetzt weiß der Passant, daß er persönlich gemeint ist, zu helfen. Und er weiß auch, was er zu tun hat. Wird ein Passant aktiv, dann ist meist der Knoten geplatzt und der sogenannte Schneeballeffekt tritt ein. D.h. auch andere umstehende Passanten werden jetzt aktiv. Für die agierenden Jugendlichen wird jetzt die Situation schwierig. Sie sind überrascht, denn bisher ist ihre Erfahrung, daß das Umfeld gleichgültig auf Gewalthandlung reagiert. Die Situation ist jetzt für sie riskant, weil sie unüberschaubar und unberechenbar geworden ist. Die Jugendlichen suchen dieses Risiko nicht und ziehen sich in der Regel vom Ort des Geschehens zurück.

4. Bekomme ich auch keine Hilfe von einem Außenstehenden, so bleibt mir in der Situation nichts anderes übrig, als das zu tun, was die Jugendlichen von mir verlangen (in unserem konkreten Fall: die Jacke geben). Leiste ich Gegenwehr, werde ich umgehend körperliche Gewalt an mir erfahren. In solchen Situationen gibt es nicht die geringste Chance einer Gegenwehr. Körperliche Gegenwehr wird in der Regel mit brutaler Gewaltanwendung beantwortet. Viele Jugendliche glauben, daß sie sich in einer solchen Situation durch eine Waffe (Tränengas, Messer und auch Gaspistole) helfen können. Das Gegenteil wird wahr: Waffen bringen das Opfer in gefährliche Situationen. Einige Beispiele:

   Ein Jugendlicher wurde von einer Jugendgruppe bedroht und versuchte sich mit seiner Tränengassprühdose zu wehren. Die Sprühdose wurde ihm aus der Hand geschlagen. Er wurde zu Boden geworfen und festgehalten und sein eigenes Tränengas über sein Gesicht versprüht.

   Andere Jugendliche glaubten sich in einer ähnlichen Situation mit einem Messer wehren zu können. Die Reaktion der Gruppe: das Messer wurde aus der Hand geschlagen oder die Hand wurde umgedreht und das Messer richtete sich gegen den eigenen Körper.

   Mit keiner Waffe kann ich mich in solchen Situationen wehren. Die Erfahrung zeigt, versuche ich mich zu wehren, wird erhebliche Gewalt an mir angewendet. Tue ich aber das, was die Jugendlichen von mir erwarten, bleibt mein körperlicher Schaden begrenzt. Der beste Schutz ist ohne Gegenwehr und vor allem ohne Waffen.
5. Werde ich im Westteil der Stadt in der U-Bahn Opfer oder Zeuge, habe ich hier noch die wichtige Möglichkeit, die Notbremse zu ziehen. Wird die Notbremse gezogen, hält der Zug nicht sofort, sondern fährt weiter zur nächsten Station, bleibt dort stehen und dort kann mir sofort geholfen werden. Da die Zeitabstände zwischen den U-Bahnstationen sehr kurz sind, bekomme ich so schnelle Hilfe. Übrigens: Die wenigsten Vorfälle passieren im ersten Waggon der U-Bahn oder der S-Bahn.
6. Bin ich Opfer einer Gewalttat geworden, sollte ich zum eigenen Schutz auch eine Anzeige bei der Polizei stellen. Jeder Mensch hat ein Recht, Anzeige zu stellen, und jeder Polizist ist verpflichtet, diese Anzeige auch anzunehmen. Die Anzeige bildet erfahrungsgemäß den besten Schutz vor erneuten Gewalttaten, da die Täter durch polizeiliche Ermittlungen Unannehmlichkeiten zu befürchten haben. Wird keine Anzeige gestellt, haben die Jugendlichen nichts zu befürchten, wenn sie das Opfer später

wieder zum Opfer machen. Das Opfer ist damit dauerhaft schutz- und wehrlos.

7. Auf jeden Fall sollte der Jugendliche mit einer Person, der er vertraut, über das Geschehene reden und gemeinsam mit ihr nach Lösungen suchen.

Das Wichtigste zusammengefaßt:

Möglichst weglaufen, denn als einzelner habe ich keine Chance gegenüber einer Gruppe.

Mit den Jugendlichen ruhig reden, sie aber nicht dabei provozieren.

Hilfe aus der Umgebung anfordern, indem ich die Menschen direkt anspreche.

Gegebenenfalls das tun, was die Jugendlichen verlangen.

Auf keinen Fall körperliche Gegenwehr ausüben oder selbst eine Waffe ziehen.

Bei einer Gewalttat auch eine Anzeige stellen, nur so kann man sich vor Wiederholungen schützen.

Nicht schweigen, sondern mit einer vertrauten Person darüber reden, was passiert ist.

Peter-Ulrich Wendt

Jugend und Gewalt
Literatur – Materialien – Adressen

1. Literatur

Arnold (1992), Th., und *Stüwe*, G., Die Aneignung von öffentlichem Raum durch Jugendliche. Handlungsmöglichkeiten der Jugendarbeit; in: *deutsche jugend*, 3/92, S. 123 - 128

Assheuer (1992), Th., und *Sarkowicz*, H., Rechtsradikale in Deutschland. Die alte und die neue Rechte, 2. Aufl. München 1992

Ausubel (1979), D. P., Das Jugendalter, 6. Aufl. München 1979

Baethge (1988), M., u.a., Jugend: Arbeit und Identität. Lebensperspektiven und Interessenorientierungen von Jugendlichen, Opladen 1988

Barth (1992), A., »Sonst hol' ich dein Auge raus«. Über Erpressungen und Roheiten an einer Essener Schule; in: *Der Spiegel*, Nr. 42/92, S. 52 - 79

Bast (1988), Chr., Weibliche Autonomie und Identität, Weinheim und München 1988

Bauer (1990), P., und *Niedermayer*, O., Extrem rechtes Potential in den Ländern der Europäischen Gemeinschaft; in: *Aus Politik und Zeitgeschichte*, 46-47/90, S. 15 - 26

Beck (1986), U., Risikogesellschaft. Auf dem Weg in eine andere Moderne, Frankfurt/Main 1986

Becker, (1984), H. u.a., »Das ist hier unser Haus, aber...« Raumstruktur und Raumaneignung im Jugendzentrum, Frankfurt 1984

Benz, W. (Hrsg.), Rechtsextremismus in der Bundesrepublik. Voraussetzungen, Zusammenhänge, Wirkungen, 3. Aufl. Frankfurt/Main 1989

Birtsch (1992), V., Soziale Ungleichheit in einer erweiterten Republik und ihre Bedeutung für die Lebenslage junger Menschen; in: *Jugendhilfe*, 4/92, S. 159 - 167

BMJFFG (1987) [Bundesminister für Jugend, Familie, Frauen und Gesundheit], Kindesmißhandlung. Erkennen und Helfen. Eine praktische Anleitung, 4. Aufl. Bonn 1987

BMJFFG (1990) [Bundesministerin für Jugend, Familie, Frauen und Gesundheit] (Hrsg.), Achter Jugendbericht. Bericht über Bestrebungen und Leistungen der Jugendhilfe, Bonn 1990; Bundesrats-Drucksache Nr. 177/1990

Bock, G, Frauen und ihre Arbeit im Nationalsozialismus; in: *Kuhn*, A./*Schneider*, G. (Hrsg.), Frauen in der Geschichte, Düsseldorf 1979

Castner (1989), H. und Th., Rechtsextremismus und Jugend; in: *Aus Politik und Zeitgeschichte*, 41-42/89, S. 32 - 39

Damm (1991), D., Konsequenzen sozialer Wandlungsprozesse für die Perspektiven offenen Jugendarbeit; in: *deutsche jugend*, 12/91, S. 525 - 535

Döhmann, U., Das Frauenbild im Neofaschismus, Diskussionspapier der VVN-Kreisvereinigung Bonn, Bonn 1988.

Erpel, S., Die »Aktionsfront Nationaler Sozialisten/Nationale Aktivisten«, Zusammenhänge zwischen neofaschistischer Politik, Ideologie, Organisationsform und Mitgliederstruktur der ANS/NA unter besonderer Berücksichtigung antifeministischer Implikationen, Universität Bielefeld (Fakultät für Geschichtswissenschaft) 1986/1987

Farin (1992), K., und *Seidel-Pielen*, E., Krieg in den Städten. Jugendgangs in Deutschland, 4. Aufl. Berlin 1992

Ferchhoff (1990), W., Jugendkulturen im 20. Jahrhundert. Von den sozialmilieuspezifischen Jugendsubkulturen zu den individualitätsbezogenen Jugendkulturen, Frankfurt 1990

Förster (1992), P., und *Friedrich*, W., Politische Einstellungen und Grundpositionen Jugendlicher in Ostdeutschland; in: *Aus Politik und Zeitgeschichte*, 38/92, S. 3 - 15

Friedrich (1991), W., und *Schubarth*, W., Ausländerfeindliche und rechtsextremistische Orientierungen bei ostdeutschen Jugendlichen; in: *Deutschland-Archiv*, 10/91, S. 1052 - 1065

Friedrich-Verlag (1987) (Hrsg.), Unterrichtsstörungen – Dokumentation, Entzifferung, produktives Gestalten, Seelz 1987

Gorz (1983), A., Wege ins Paradies, Berlin 1983

Hafeneger (1990a), B., Pädagogik, Jugendarbeit und Demokratie. Der Abschied von der »antifaschistischen Erziehung«, in: *Sozialmagazin*, 5/90, S. 32 - 37

Hafeneger (1990b), B., Nationalismus, Rassismus und Rechtsextremismus bei Jugendlichen in der DDR; in: *deutsche jugend*, 7-8/90, S. 319 - 325

Hafeneger (1992a), B., Gewalt und Gewaltbereitschaft von und unter Jugendlichen; in: *Unsere Jugend*, Nr.6/92, S. 244 - 247

Hafeneger (1992b), B., Rechtsradikalismus bei Jugendlichen. Referat auf der Jugendamtsleitertagung des Deutschen Vereins für Öffentliche und Private Fürsorge in Frankfurt/Main, 19. November 1991; in: *Unsere Jugend*, 8/92, S. 335 - 339

Hammer (1990), W., Rechtsextreme Tendenzen: Konsequenzen für Jugendarbeit und Jugendpolitik. Sieben Thesen; in: *deutsche jugend*, 3/90, S. 106 - 108

Hammer (1992), W., [Ohne Titel] Zur Tätigkeit der Gewaltkommission der Jugendministerkonferenz, Hamburg Sept. 1992

Hartwig (1990), T., Die »Attraktivität« neofaschistischer Gruppierungen für Mädchen und junge Frauen, Diplomarbeit, Fachhochschule Bielefeld (Fachbereich Sozialwesen) 1990

Heim (1991a), G., *Krafeld*, F. J., u.a., Jugendarbeit mit rechten Jugendcliquen. Handlungsansätze aus der Praxis; in: *deutsche jugend*, 11/91, S. 471 - 481

Heim (1991b), G., *Krafeld*, F. J., u.a., »Anhören war für mich erst mal das Wichtigste!« Erfahrungen mit akzeptierender Jugendarbeit mit rechten Jugendlichen; in: *sozialmagazin*, 10/91; S. 38 - 47

Heim (1991c), G., *Krafeld*, F. J., u.a., »Lieber ein Skinhead, als sonst nichts?« Grundsätze einer akzeptierenden Jugendarbeit mit rechten Jugendlichen; in: *neue praxis*, 4/91, S. 300 - 310

Heim, (1992), *G., Krafeld*, F. J., u.a., Akzeptierende Jugendarbeit mit rechten Jugendcliquen, Bremen 1992

Heitmann (1991), F., und *Löffelholz*, M., Rechte Tendenzen bei Fußballfans. Eine jugendliche Subkultur in der Risikogesellschaft; in: *deutsche jugend*, 1/91, S. 11 - 22

Heitmeyer (1985), W., Identitätsprobleme und rechtsextremistische Orientierungsmuster; in: Baacke, D., und Heitmeyer, W. (Hrsg.), Neue Widersprüche, Weinheim und München 1985, S. 175 - 198

Heitmeyer (1987a), W., Gewaltförmiges Verhalten von Straßencliquen. Ausdruck zunehmender Vereinzelung und Ausgrenzung; in: *Neubauer*, G., und *Olk*, Th. (Hrsg.): Clique, Mädchen, Freizeit, Weinheim und München 1987, S. 11 - 36

Heitmeyer (1987b), W., Rechtsextremistische Orientierungen bei Jugendlichen, Weinheim und München 1987

Heitmeyer (1987c), W., Jugend, Staat und Gewalt in der modernen Risikogesellschaft; in: *Heitmeyer*, W., u.a. (Hrsg.), Jugend – Staat – Gewalt, 2. Aufl. Weinheim und Müchen 1992

Heitmeyer (1989a), W., Angst kann man nicht wegdemonstrieren. Interview über den Umgang mit jungen Rechtsextremen; in: *Der Spiegel*, 28/89, S. 28/29

Heitmeyer (1989b), W., und *Möller*, K., »Nazis raus aus dieser Stadt!« Für neue Wege im Umgang mit rechtsextremistisch orientierten Jugendlichen; in: *deutsche jugend*, 1/89, S. 19 - 33

Heitmeyer (1989c), W., »Weil doch auch in der Natur das Recht des Stärkeren gilt ...« Ist die Jugend auf dem Weg nach rechts? In: *Frankfurter Rundschau*, 31. Oktober 1989, S. 10 (gekürzter Nachdruck eines Aufsatzes aus den Gewerkschaftlichen Monatsheften, 9/89)

Heitmeyer (1989d), W., Jugend auf dem Weg nach rechts? In: *Juso-Hochschulgruppen* (Hrsg.), Gib den Rechten keine Chance. Rechtsextremismus auf dem Vormarsch? Bonn 1989, S. 9 - 19

Heitmeyer (1990), W. und *Olk*, Th. (Hrsg.), Individualisierung von Jugend. Weinheim und München 1990

Heitmeyer (1991a), W., »Tief in den Alltag eingesickert«. Interview über Rechtsextremismus und Gewalt; in: *Der Spiegel* , 41/91, S. 32/33

Heitmeyer (1991b), W., Die Widerspiegelung von Modernisierungsrückständen im Rechtsextremismus; in: Butterwegge, Chr., und Isola, H. (Hrsg.), Rechtsextremismus im vereinten Deutschland, 1991

Heitmeyer (1992a), W. u.a., Die Bielefelder Rechtsextremismus-Studie, Weinheim und München 1992

Heitmeyer (1992b), W., Rechtsextremismus: Warum handeln Menschen gegen ihre eigenen Interessen? Köln 1992

Heitmeyer (1992c), W., Soziale Desintegration und Gewalt. Lebenswelten und -perspektiven von Jugendlichen; in: *DVJJ-Journal*, Nr. 1-2/92, S. 76 - 84,

Heitmeyer (1992d), W., Desintegration und Gewalt; in: *deutsche jugend*, Nr. 3/92, S. 109 - 122

Heitmeyer (1992e), W., und *Peter*, J. I., Jugendliche Fußballfans. Soziale und politische Orientierungen, Gesellungsformen, Gewalt, 2. Aufl. Weinheim und München 1992

Hempel (1990), H./Magistratsverwaltung für Jugend, Familie und Sport Berlin (Hrsg.), Jugend und Rechtsextremismus in Berlin-Ost, Berlin o. J. (ca. 1990)

Herriger (1991), N., »Was heißt hier schon normal ...« Devianzurteile und Normalisierung im pädagogischen Alltag; in: *Sozialmagazin*, 4/91, S. 38 - 45

Herrmanns (1990), M., Jugendarbeitslosigkeit seit der Weimarer Republik, Opladen 1990

Herrmanns (1991), M., Auswirkungen der Jugendarbeitslosigkeit; in: *Aus Politik und Zeitgeschichte*, Nr 27/91, S. 20 - 29

Herzka (1992), H. St., Seelische Gewalt gegen Kinder; in: *Jugendhilfe*, 7/92, S. 294 - 302

Hoffmann-Lange (1990), U., und *Eilders*, Chr., Das rechtsradikale Potential unter jungen Menschen in der Bundesrepublik; in: *Diskurs*, 0/90. S. 24 - 31

Hofmann-Göttig (1989), J., und *Göttig*, H., NPD – und Republikaner – die Jugendparteien von morgen? In: *Demokratische Gemeinde*, 6/89, S. 10 - 16

Holzkamp (1983), K., Grundlegung der Psychologie, Frankfurt 1983

Holzkamp (1984a), K., Der Mensch als Subjekt wissenschaftlicher Methodik; in: *Braun*, K.-H. u.a.: Karl Marx und die Wissenschaft vom Individuum, 3. Aufl. Marburg 1984, S. 120 - 166

Holzkamp (1984b), K., in: *Braun*, K.-H., und *Gekeler*, G., Objektive und subjektive Widersprüche in der Sozialarbeit/Sozialpädagogik, Marburg 1984

Holzkamp-Osterkamp (a), U., Thesen zum Problem des »autoritären Potentials« als Entstehungsbedingungen des Faschismus. Vortrag; in: *Argument Sonderband*, AS 59

Holzkamp-Osterkamp (b), U., Faschistische Ideologie und Psychologie; in: *Argument Sonderband*, AS 72

Holzkamp-Osterkamp (c), U., »Faschismus in uns allen«? In: *Konsequent*, 4/1982, S. 63f

Hurrelmann (1989), K., und *Engel*, U., Psychosoziale Belastung im Jugendalter, Berlin und New York 1989

Hurrelmann (1992), K., »Die haben richtig Angst.« Interview über den Umgang mit Randalierern und Rechtsextremen; in: *Der Spiegel*, 43/92, S. 69 - 78

Kieselbach (1988), T., Arbeitslosigkeit; in: *Asanger*, R., und *Wenninger*, G. (Hrsg.), Handwörterbuch der Psychologie, München und Weinheim 1988, S. 46f

Krafeld (1989), F. J., Anders leben lernen. Von berufsfixierten zu ganzheitlicheren Lebensorientierungen, Weinheim 1989.

Krafeld (1992), F. J. (Hrsg.), Akzeptierende Jugendarbeit mit rechten Jugendcliquen, Bremen 1992

Krause (1992), F., Streetwork in Cliquen, Szenen und Jugend(sub)kulturen; in: *Jugendhilfe*, 3/92, S. 98 - 107 (Teil 1), und 4/92, S., 146 - 158 (Teil 2)

Kuhn (1980), A., Frauenalltag und Frauenbewegung im 20. Jahrhundert, Band 3, Frauen im deutschen Faschismus 1933-1945, Frankfurt 1980

Leggewie (1989), C., »Multikulturelle Gesellschaft« – oder: die Naivität der Ausländerfreunde; in: *Juso-Hochschulgruppen* (Hrsg.), Gib den Rechten keine Chance. Rechtsextremismus auf dem Vormarsch? Bonn 1989, S. 60 - 64

Leiprecht (1992), R. (Hrsg.), Unter Anderem. Rassismus und Jugendarbeit, Duisburg 1992

Lohmeier (1991), C., Wie immun sind Mädchen gegen Rechtsextremismus? In: *deutsche jugend*, 1/91, S. 32 - 38

Ludwig (1992), R., u.a. (Hrsg.), Fluchtpunkt Deutschland, Marburg 1992

Melzer (1992), W., Jugend und Politik in Deutschland, München 1992

Möller (1989), K., Zwei Dutzend Gründe für die aktuelle Hilflosigkeit des politischen und pädagogischen Antifaschismus. Provokationen – Polemiken – Perspektiven; in: *neue praxis*, 6/89, S. 480 - 496

Möller (1990), K., Geschlechtsspezifische Aspekte der Anfälligkeit für Rechtsextremismus in der Bundesrepublik,; in: *Frankfurter Rundschau*, 29. Dezember 1990, S. 14

Möller (1991), K., Bedürfnisorientierung statt »Abschreckungsdidaktik«. Ansatzpunkte antifaschistischer Jugendarbeit; in: *deutsche jugend*, 7-8/91, S. 311 - 321

Morgenroth (1985), C., Zwischen Selbstorganisation und Selbstzerstörung. Identitätsprobleme junger Arbeitsloser, Frankfurt/M. und New York 1985

Mücke (1990a), Th., Bericht über das Projekt »Miteinander statt gegeneinander«. Dialogversuch mit rechtsextrem orientierten Jugendlichen, in: *Sozialmagazin*, 5/90, S. 38 - 43

Mücke (1990b), Th., Ursachen von rechtsextremen Orientierungen bei Jugendlichen; in: *Sozialmagazin*, 5/90, S. 44 - 46

Müller (1992), H., und *Schubarth*, W., Rechtsextremismus und aktuelle Befindlichkeiten von Jugendlichen in den neuen Bundesländern; in: *Aus Politik und Zeitgeschichte*, 38/92, S. 16 - 28

Neidhardt (1987), F., Politische Protestgewalt in der jungen Generation; in: *Jugendforum* 1987, S. 3 - 10

Oberndorfer (1992), R., Mehr Zeit für Kinder – auch nach Trennung und Scheidung. Scheidung aus der Sicht der Kinder – Aufgaben, die zur Bewältigung anstehen; in: *Jugendhilfe*, 5/92, S. 203 - 210

Older (1992), C., Gewalt durch Gruppen Jugendlicher. Eine empirische Untersuchung am Beispiel Berlins, Berlin 1992

Olk (1990), Th., und *Strikker*, F., Jugend und Arbeit; in: *Heitmeyer*, W., und *Olk*, Th. (Hrsg.), Indivdualisierung von Jugend, Weinheim und München 1990, S. 159 -193

Opitz (1988), R., Faschismus und Neofaschismus, Band 2, Neofaschismus in der Bundesrepublik, Köln 1988

Pilz (1992), G., Gewaltbereite Fußballfans – was man tun kann, was sollte man nicht tun? Plädoyer für eine pädagogische und strukturelle Offensive; in: *DVJJ-Journal*, 1-2/92, S. 88 - 99

Preuschoff (1992), G. und A., Gewalt an Schulen. Und was dagegen zu tun ist, Köln 1992

Raab (1992), E., Berufsausbildung und Arbeitsmarktschancen Jugendlicher in den alten Bundesländern; in: *Aus Politik und Zeitgeschichte*, 38/92, S. 36 - 46

Roski (1990), G., »DDR-Jugend nach der Wende« – Tendenzen und Probleme; in: *deutsche jugend*, 10/90, S. 443 - 448

Rothgang (1991), G.-W., Aggression und offene Jugendarbeit: Anregungen zur Reflexion aus psychologischer Sicht, in: *Sozialmagazin*, 3/91, S. 28 - 34

Scherr (1992), A. (Hrsg.), Jugendarbeit mit rechten Jugendlichen, Bielefeld 1992

Schmomers (1990), M, Deutschland ganz rechts, Köln 1990

Schneider (1990), H., Jugendlicher Rechtsextremismus in der Bundesrepublik nach 1945; in: *Diskurs*, 0/90, S. 62 - 69 (mit umfangreichem Literaturverzeichnis)

Schoenbaum (1968), D., Die braune Revolution. Eine Sozialgeschichte des 3. Reiches, Köln 1968

Schröder (1991), A., Jugendgruppenarbeit heute: Wandel der Jugendphase und subjektive Bedeutung von Gruppen; in: *deutsche jugend*, 10/91, S. 443 - 453

Schröder (1992), B., Rechte Kerle. Skinheads, Faschos, Hooligans, Reinbek 1992

Schubarth (1990), W., Geschichtskult contra Geschichtsbewußtsein – Nachholbedarf der DDR-Jugend; in: *deutsche jugend*, 10/90, S. 449 - 453

Schubarth (1991), W., Gesellschaftlicher Umbruch und subjektive Verarbeitungsformen bei ostdeutschen Jugendlichen; in: *Jugendhilfe*, 5/91, S. 208 - 215

Schworck (1992), A., Obdachlosigkeit in Deutschland; in: *Die Neue Gesellschaft/Frankfurter Hefte*, 6/92, S. 530 - 535

Seidel-Pielen (1991), E., Nach rechts davongelaufen; in: *Die Zeit*, 22. Nov. 1991

Siller (1991), G., Junge Frauen und Rechtsextremismus – Zum Zusammenhang von weiblichen Lebenserfahrungen und rechtsextremistischem Gedankengut; in: *deutsche jugend*, 1/91, S. 23- 32

Siller (1992a), G., und *Kessmann*, H.-J., Jugendliche in der individualisierten Gesellschaft – Konsequenzen für die politische Jugendbildung; in: *deutsche jugend*, 6/92, S. 275 - 279

Siller (1992b), G., Mädchen und Rechtsextremismus – Kein Problem? In: *SPD-Bundesparteivorstand* (Hrsg.), Rechtsextremismus, Jugendgewalt und Politikdistanz, Bonn 1992

Theunert (1987), H., Gewalt in den Medien – Gewalt in der Realität. Gesellschaftliche Zusammenhänge und pädagogisches Handeln, Opladen 1987

Voss (1991), R., Hyperaktivität: Wenn Philipp zappelt; in: *Psychologie heute*, 6/91, S. 36 - 42

Winterhoff-Spurk (1989), P, Fernsehen. Psychologische Befunde zur Medienwirkung, Stuttgart 1989

2. Berichte, Materialien und Konzepte aus dem Handlungsfeld «Jugendgewalt»/Rechtsextremismus

arbeit + leben (Bildungsgemeinschaft des DGB), Bielefelder Jugend und (Neo-) Faschismus; das Materialpaket ist zu beziehen bei a + l Bielefeld, Bleichstr. 8a, W-4800 Bielefeld

Arbeitsstelle Neonazismus (FH Düsseldorf) (Hrsg.), Rechtsextremismus und Neonazismus. Auswahlbiographie, Düsseldorf 1992; zu beziehen beim FB Sozialwesen an der FH Düsseldorf, Universitätsstr.1, W-4000 Düsseldorf

Bezirksjugendring Niederbayern (Hrsg.), Wir mischen uns ein – Auseinandersetzung mit dem Rechtsextremismus und Rechtsradikalismus; und: Positionspapier Rechtsradikalismus – Rechtsextremismus; beide Materialien sind zu beziehen beim Bezirksjugendring Niederbayern, Stadtplatz 13, W-8358 Vilshofen

Christliche Arbeiter-Jugend (Hrsg.), Wir. Aktionsmappe gegen Ausländerfeindlichkeit und Rechtsextremismus, Essen 1991; zu beziehen bei der CAJ, Hüttmannstr. 52, W-4300 Essen

DGB-Landesbezirk Nordrhein-Westfalen (Hrsg.), Betrogene Sehnsucht (Material für Jugendliche zum Thema Rechtsextremismus), Düsseldorf 1991; zu beziehen beim DGB-Landesbezirk NRW, Fr.-Ebert-Str. 34, W-4000 Düsseldorf

Der Spiegel, »Ein paar Zähne gehen drauf«. Die Lichtenberger Street Gang über den Straßenkampf der Jugendbanden im Osten Berlins; in: *Der Spiegel*, 46/90, S. 58 - 65

Der Spiegel, »In Kreuzberg kommandieren wir«. Mitglieder der türkischen »36er« und der »Ghetto Sisters« über den Kampf der Streetgangs in Berlin; in: *Der Spiegel*, 47/90, S. 160f

Farin (1992), K., und *Seidel-Pielen*, E., Krieg in den Städten. Jugendgangs in Deutschland, 4. Aufl. Berlin 1992

Göttinger Jugendring e.V., Projekt Jugendkulturen. Arbeit mit rechtsorientierten Jugendlichen, Göttingen 1991; zu beziehen über das Jugendamt der Stadt Göttingen

Hartwig, M., Skinheads in der Offenen Jugendarbeit. Berliner Erfahrungen; in: *deutsche jugend*, 7-8/90, S. 325 - 329

Heim, G., *Krafeld*, F. J., u.a., »Anhören war für micht erst mal das Wichtigste!« Erfahrungen mit akzeptierender Jugendarbeit mit rechten Jugendlichen; in: *sozialmagazin*, 10/91; S. 38 - 47

Heim, G., *Krafeld*, F. J., u.a., Jugendarbeit mit rechten Jugendcliquen. Handlungsansätze aus der Praxis; in: *deutsche jugend*, 11/91, S. 471 - 481

Heim, G., *Krafeld*, F. J., u.a., »Lieber ein Skinhead, als sonst nichts?« Grundsätze einer akzeptierenden Jugendarbeit mit rechten Jugendlichen; in: *neue praxis*, 4/91, S. 300 - 310

Heitmeyer, W., und *Peter*, J. I., Jugendliche Fußballfans. Soziale und politische Orientierungen, Gesellungsformen, Gewalt, 2. Aufl. Weinheim und München 1992

Heitmeyer, W. u.a., Die Bielefelder Rechtsextremismus-Studie. Weinheim und München 1992

Hempel, H./Magistratsverwaltung für Jugend, Familie und Sport Berlin (Hrsg.), Jugend und Rechtsextremismus in Berlin-Ost, Berlin o. J. (ca. 1990)

Hundseder, F., Literatur zum Thema Rechtsextremismus; in: Landesjugendring Berlin e.V. (Hrsg.), Nazis ins Berlin, a. a. O., S. 33 - 38

Innenministerium des Landes Niedersachsen (Hrsg.); Skinheads. Fakten und Hintergründe, Hannover 1992; zu beziehen über die Pressestelle des Ministeriums, Lavesallee, W-3000 Hannover 1

Jäger, U., und *Seeboth*, A., Eine (r)echte Provokation. Der Rechtsextremismus und sein Umfeld, hrsg. vom DGB-Landesbezirk Nordrhein-Westfalen; Info über DGB-Landesbezirk NRW, Fr.-Ebert-Str. 34-38, W-4000 Düsseldorf

Juso-Bundesvorstand (Hrsg.), Informationsdienst Jugend und Bildung, 5/89: Rechtsextremismus bei Jugendlichen und in der Schule, Bonn 1989; zu beziehen über den Juso-Bundesvorstand, Ollenhauerstr. 1, W-5300 Bonn 1

Katholisches Jugendamt Bonn (Hrsg.), Arbeitshilfe »Rechtsradikalismus: Nie wieder wegsehen«, Bonn o. J.; zu beziehen beim Katholischen Jugendamt in der Stadt Bonn, Kaiserstraße 52, W-5300 Bonn 1

Keppeler, S., Grundsätzliche Überlegungen zu Streetwork in der Jugendarbeit und Jugendhilfe; in: *Steffan*, W. (Hrsg.), Straßensozialarbeit, Weinheim und Basel 1989, S. 16 - 30

Kollmann, D. (Hrsg.), Schwarzbücherbraun. Medienhandbuch zum Thema (Neo)Faschismus, Bielefeld 1990

mmentierte Literaturliste, Bremen 1992; die Literaturliste (mit vielen wertvollen Hinweisen) ist zu beziehen über ZEBB (Zentrum für soziale Beratung und Bildung im Fachbereich Sozialwesen der Hochschule Bremen), Universitätsallee, W-2800 Bremen 33

Krafeld, F. J. (Hrsg.), Akzeptierende Jugendarbeit mit rechten Jugendcliquen, Bremen 1992

Krause (1992), F., Streetwork in Cliquen, Szenen und Jugend(sub)kulturen; in: *Jugendhilfe*, 3/92, S. 98 - 107 (Teil 1), und 4/92, S., 146 - 158 (Teil 2)

Kraußlach, J., Streetwork – eine Möglichkeit wirksamer Jugendarbeit? In: *Faltermeier*, J., und *Sengling*, J.-D. (Hrsg.), Wenn Kinder und Jugendliche an ihren Lebenswelten scheitern – Herausforderung für die Sozialpädagogik, Frankfurt 1983, S. 194 - 211

Landes-Arbeitsgemeinschaft Mobile Jugendarbeit Baden-Württemberg (Hrsg.), Mobile Jugendarbeit Baden-Württemberg, Brosch. Stuttgart 1991; zu beziehen bei der LAG Mobile Jugendarbeit, Auf der Steig 72, W-7000 Stuttgart 50

Landesjugendring Berlin e.V. (Hrsg.), Nazis in Berlin ... wo ihr sie trefft; in: *Blickpunkt* 11-12/90, Berlin 1990; zu beziehen über den Landesjugendring Berlin, Münchener Str. 24, W-1000 Berlin 30

Landesjugendring Berlin e.V. (Hrsg.), Blickpunkt 412/413 – Jugendgewalt – Streetwork, Berlin 1991; zu beziehen über den Landesjugendring Berlin

May, M., »Nazis 'raus« – oder was sonst? In: *Sozial-Extra*, 10/89, S. 24 - 27

Mücke, Th., Bericht über das Projekt »Miteinander statt gegeneinander«. Dialogversuch mit rechtsextrem orientierten Jugendlichen, in: *Sozialmagazin*, 5/90, S. 38 - 43

Schröder, B., Rechte Kerle. Skinheads, Faschos, Hooligans, Reinbek 1992

SJD – Die Falken, Bezirk Niederrhein (Hrsg.), Dem Hass kein Chance – Fakten gegen Neofaschismus und Ausländerfeindlichkeit, Duisburg o. J.; zu beziehen bei SJD – Die Falken, Bezirk Niederrhein, Krummacherstraße 34, W-4100 Duisburg

Staatliches Schulamt für die Stadt Frankfurt/Main (Hrsg.), Die Gewaltdiskussion in der Öffentlichkeit und die Situation an Frankfurter Schulen, Frankfurt/Main 1991

Stadtjugendring Hannover e.V. (Hrsg.), Reader Rechtsextremismus. Materialien, Hannover 1989; zu beziehen beim Stadtjugendring Hannover, Maschstraße 24, W-3000 Hannover 1

Stadtjugendring Hannover e.V. (Hrsg.), Jugend gegen Rechts. Berichte, Erfahrungen, Perspektiven, Hannover 1990; zu beziehen beim Stadtjugendring Hannover

Stadtjugendring Hannover e.V. (Hrsg.), Nicht mit uns – organsierter Neofaschismus in der Bundesrepublik Deutschland (Videodokumentation); zu beziehen über den Stadtjugendring Hannover

Stadt Salzgitter – Jugendamt (Hrsg.): Jugend – Jugendgewalt – Rechtsextremismus. Dokumentation einer Fachtagung, Salzgitter 1993; zu beziehen beim Jugendamt der Stadt Salzgitter – Abt. Jugendarbeit, Postfach 10 06 80, W-3320 Salzgitter 1

Steffan, W., Beratung im lebensweltlichen Kontext; Grundorientierungen des Streetworkers, Kontaktaufnahme und Interaktionsablauf; in: *Ders.* (Hrsg.), Straßensozialarbeit, Weinheim und Basel 1989, S. 187 - 195

Unabhängige Kommission Berlin gegen Gewalt (Hrsg.), Erster Zwischenbericht der Unabhängigen Kommission zur Verhinderung und Bekämpfung von Gewalt in Berlin, Manuskript/ Senatsvorlage Berlin 1991

Verein Jugend und Sport Hamburg e.V. (Hrsg.), Projekt Offside. Konzeptionelle Vorstellungen und Bilanz nach zwei Jahren, Hamburg 1988; zu beziehen beim Verein, Stresemannstraße 162, W-2000 Hamburg 50

Wendt, P.-U., Neonazis – gibt's die denn? Eine Dokumentation zu einem aktuellen politischen Problem, Northeim 1987

Zu den Autorinnen und Autoren:

Hartwig, Tanja, genannt Harbsmeier, Diplom-Sozialpädagogin, zur Zeit freiberuflich in der Bildungsarbeit (Schwerpunkt Mädchen- und Frauenbildung) tätig; bei den Jusos in der SPD aktiv, u. a. mehrjährige Leitung des antifaschistischen Arbeitskreises der Jusos Ost-Westfalen - Lippe

Heil, Hubertus, Zivildienstleistender, Bezirksvorsitzender der Jusos Braunschweig

Korn, Judy, Jugendarbeiterin und Vorsitzende des Vereins »Initiative für ein friedliches Miteinander«, Berlin; zum Projektzeitraum als Schülerin an den Betreuungsarbeiten beteiligt

Jäger, Siegfried, Sprach- und Sozialwissenschaftler an der Universität Duisburg, Leiter des Duisburger Instituts für Sprach- und Sozialforschung

Krafeld, Franz Josef, Hochschullehrer an der Universität Bremen und Leiter des Projektes »Akzeptierende Jugendarbeit mit rechten Jugendcliquen« in Bremen

Lutzebäck, Elke, Mitarbeiterin des Projektes »Akzeptierende Jugendarbeit mit rechten Jugendcliquen« in Bremen

Mücke, Thomas, Diplom-Politologe und Diplom-Pädagoge, Jugendsozialarbeiter; Dozent an der Fachhochschule für Sozialarbeit und Sozialpädagogik in Berlin; Vorstandsmitglied des Vereins Gangway e.V. (Verein für aufsuchende Sozialarbeit in Berlin); zum Projektzeitraum als Streetworker tätig

Ness, Klaus, Diplom-Pädagoge, Referent beim SPD-Landesverband Brandenburg; zahlreiche Buch- und Zeitschriftenveröffentlichungen

Perik, Muzaffer, Diplom-Sozialpädagoge; zur Zeit pädagogischer Mitarbeiter in der Abteilung Jugendarbeit der Stadt Salzgitter; zahlreiche Buch- und Zeitschriftenveröffentlichungen

Ristau, Malte, Referent im Planungsstab des SPD-Parteivorstandes; zahlreiche Buch- und Zeitschriftenveröffentlichungen

Schaar, Gisela, Mitarbeiterin des Projektes »Akzeptierende Jugendarbeit mit rechten Jugendcliquen« in Bremen

Storm, Carola, Mitarbeiterin des Projektes »Akzeptierende Jugendarbeit mit rechten Jugendcliquen« in Bremen

Thierse, Wolfgang, MdB, Stv. Vorsitzender der SPD und der SPD-Bundestagsfraktion

Teuber, Reinhard, Diplom-Sozialpädagoge, Leiter der Sachgebietes Jugendsozialarbeit in der Abteilung Jugendarbeit der Stadt Salzgitter

Weihrauch, Jörg, Diplom-Sozialpädagoge; zur Zeit pädagogischer Mitarbeiter im Falken-Jugendzentrum Lister Turm in Hannover (Träger: SJD – Die Falken)

Welp, Wolfgang, Mitarbeiter des Projektes »Akzeptierende Jugendarbeit mit rechten Jugendcliquen« in Bremen

Wendt, Peter-Ulrich, Diplom-Sozialwirt und Politikwissenschaftler, zur Zeit Leiter der Abteilung Jugendarbeit im Jugendamt der Stadt Salzgitter; zahlreiche Buch- und Zeitschriftenveröffentlichungen